국어시간에
옛글읽기

국어시간에 옛글읽기

전국국어교사모임 옮김

Humanist

고전은 호두알 같은 글입니다. 호두는 고약한 냄새가 나는 외피를 문질러 까내고 깨끗이 씻어 말린 다음 딱딱한 껍데기를 깨야만 고소하고 풍부한 맛을 내는 알맹이를 먹을 수 있습니다. 호두의 풍미를 더 섬세하게 맛보기 위해서는 호두 알맹이를 싸고 있는 속껍데기를 물에 불려 살살 걷어내는 수고를 해야 합니다.

이번에 펴내는 《국어시간에 옛글읽기》도 우선 좋은 작품들을 고르고 섬세하게 옮기는 작업을 했습니다. 읽으면 당장 입이 벌어지는 작품들이고, 다음으로 무릎장단을 칠 만큼 재미난 작품들이며, 우리 삶을 되돌아볼 수 있는 작품들로 엮으려고 노력했습니다.

고전은 우선 읽기가 어렵습니다. 학생들은 고전이라고 하면 머리부터 설레설레 흔듭니다. 고전을 대하면 난독증이 나타난다고도 합니다. 아무리 품질 좋은 호두알이라도 손질을 해야 먹을 수 있듯, 이 책에 실린 글들도 호두알을 손질하듯 다듬으며 옮겼습니다.

고전은 해인사의 팔만대장경과 같습니다. 해인사 팔만대장경은 그 규모로 보는 사람들의 기를 죽입니다. 목판을 대하면 막막하기만 합니다. 문화 해설사의 설명을 듣고 나서야 그 속에 담긴 중생을 향한 부처님의 마음을 알게 됩니다. 아무리 하찮은 글이라도 반드시 그 속에는 글쓴이의 메시지가 담겨 있기 마련입니다. 이 책에 실린 글들도 마찬가지입니다. 무궁무진한 고전들 중, 우리가 살아가면서 곱씹어 볼 만한 글들로 구성하려 애썼습니다. 독자들이 공감할 수 있는 설화, 수필, 시, 노래, 책문 등을 실었습니다.

이 책은 글의 종류에 따라 같이 읽으면 도움이 될 만한 글들을 묶어 여섯 개의 장으로 구성했습니다. 그리고 각 작품마다 '해설'을 두어 내용을 파악하기 쉽도록 하고 글에 대한 이해를 넓히도록 했습니다.

이 글들이 여러분께 뜻하지 않은 선물이 되길 바랍니다. 또 어쩌다 만난 옛글로 글 읽는 시간이 행복했으면 좋겠습니다.

옮긴이들

차례

2장. 물을 보려면 그 근원을 보라

3장. 현명한 판결

4장. 서라벌 밝은 달밤에

5장. 죽고 사는 것이 이미 정해졌으니

6장. 학문의 진리가 마음을 즐겁게 해야

1장

나를 찾아서

내 평생을 돌아보면서
—이황•

태어나면서 몹시 어리석고
자라면서는 병이 많았었네.
중년엔 어쩌다가 배움을 좋아해
늙어선 외람되이 벼슬을 하였네.
배움을 구하였으나 아득히 멀어졌고
벼슬은 사양했지만 오히려 더해졌네.
세상에 나가서는 발을 헛디디고
물러나 숨어서는 뜻이 올곧았네.
나라의 은혜는 너무나 부끄럽고
성인의 말씀은 참으로 두렵구나.
산은 우뚝우뚝 높이 솟고

• 이황(1501~1570): 조선 중기의 문신이자 학자. 호는 '퇴계'. 스무 살 무렵《주역》에 몰두해 건강을 해치기도 했다. 34세(1534)에 문과에 급제하고 관직에 발을 들여놓았으나 중종 말년부터 나라가 어지러워지자 관직을 떠나 산림에 은퇴할 뜻을 품었다. 그래서 벼슬이 주어지면 사양하거나 물러나는 일이 많았다. 고향인 낙동강 상류 '토계'에서 독서에 전념했는데, 이때 토계를 '퇴계'라 바꾸어 부르고 자신의 호로 삼았다. 60세(1560)에 도산서당을 짓고 독서와 저술에 힘쓰는 한편 많은 제자를 길렀다. 그가 죽은 후에 고향 사람들이 도산서당 뒤에 서원을 지어 도산서원의 사액을 받았다.

물은 끊이지 않고 흐르네.
너풀너풀 처음으로 돌아가
많은 헐뜯음에서 벗어났네.
내 마음 이렇게 막혔으니
내 뜻을 누가 알아주리오?
옛사람을 그리워 생각하니
진실로 내 마음과 들어맞네.
어찌 뒷세상은
지금을 모르랴?
근심 가운데 즐거움 있고
즐거움 가운데 근심 있네.
변화를 타 돌아가리니
다시 무엇을 구하리오?

해설

이 글은 이황이 죽기 전에 스스로 지은 '묘갈명'이다. '묘갈'이란 죽은 사람의 생애를 간략하게 기록해 무덤 앞에 세우는 작은 비석이다.

이황은 조선은 물론 일본과 중국에까지 매우 큰 영향을 끼친 성리학의 대학자였다. 그럼에도 '태어나면서 몹시 어리석고', '중년엔 어쩌다가 배움을 좋아해', '배움을 구했으나 아득히 멀어졌고', '세상에 나가서는 발을 헛디디고'라는 표현에는 대학자로서의 모습보다는 자신의 일생을 겸허하게 돌아보는 한 인간의 담담한 내면의 모습을 찾아볼 수 있다. 또한 '물러나 숨어서는 뜻이 올곧았네.', '너풀너풀 처음으로 돌아가 많은 헐뜯음에서 벗어났네.'라는 표현에서, 어지러운 벼슬살이에서 물러나 늘그막에 도산서당을 지어 학문과 저술에 힘쓰고 제자를 양성하며 살아간 인간 이황의 모습이 잘 나타나 있다.

책만 읽는 바보

—이덕무•

서울 남산 아래에 어떤 어리석은 사람이 살고 있었다. 그는 말을 잘하지 못하고 더듬거렸으며 또한 게으르고 생각이 좁았다. 세상 돌아가는 일도 알지 못하고 장기나 바둑 같은 것도 할 줄 몰랐다. 사람들이 욕을 해도 따지지 않고 칭찬해도 뽐내지 않았다. 오직 즐기는 것은 책을 보는 일이어서 추위나 더위, 배고픔이나 아픔도 전혀 느끼지 못했다.

어릴 때부터 스물한 살이 되기까지 하루도 손에서 책을 놓은 적이 없었다. 그의 방은 매우 좁았다. 그러나 동쪽, 남쪽, 서쪽으로 창문이 있어서 해가 동쪽에서 서쪽으로 흘러갈 때 그 밝은 빛을 좇아가며 책을 읽었다. 읽지 못한 책을 만나면 즐거워하며 웃었다. 그래서 사람들은 그가 웃는 것을 보면 '좋은 책을 만났구나.' 하고 생각했다.

• 이덕무(1741~1793): 조선 후기의 학자. 호는 '형암', '아정', '청장관', '신천옹'. 박지원, 홍대용, 박제가, 유득공, 서이수 등 북학파 실학자들과 깊이 사귀며 많은 영향을 주고받았다. 1778년(정조 2) 서장관(외국에 보내는 사신 가운데 기록을 맡아보던 임시 벼슬)으로 북경에 가서 청나라 학자들과 교유했다. 1779년 박제가, 유득공, 서이수와 함께 초대 '규장각 검서관'이 되었다. 그가 죽자 정조는 그의 아들 이광규를 검서관으로 임명했다. 저서로《청장관전서》가 있다.

그는 두보의 오언율시를 아주 좋아해서 앓는 소리처럼 웅얼웅얼 읊었다. 그러다가 깊은 뜻을 깨우치면 아주 기뻐하며 일어나 이리저리 왔다 갔다 했는데, 기뻐하면서 내는 소리가 마치 갈까마귀가 우는 듯했다. 어떨 때는 아무 소리도 없이 눈을 휘둥그레 뜨고 자세히 살피기도 하고 꿈꾸는 사람처럼 중얼거리기도 했다.

그래서 사람들이 그를 '간서치(看書痴, 책만 읽는 바보)'라고 불렀는데 그도 그 이름을 좋아했다. 그의 이야기를 써주는 사람이 없어서 내가 붓을 들어 적고 제목을 '책만 읽는 바보'라고 붙였다. 그가 누구인지 이름은 적지 않는다.

해설

이 글은 이덕무가 1761년 21세 때 자신에 대해서 쓴 간략한 '자전(自傳)'이라 할 수 있다. 이덕무는 박학다식하고 문장이 뛰어났으나 서자였기 때문에 사회적으로 소외될 수밖에 없었다.

이 글에는 글쓴이가 가난과 병치레 가운데서도 독서를 통해 내면적인 가치를 추구하려는 모습이 뚜렷하게 그려져 있다. 이덕무는 하루도 책을 손에서 놓은 적이 없었을 뿐 아니라 늘 붓과 먹을 가지고 다니면서 보고 듣고 생각나는 것을 그때그때 적어두었다가 저술할 때 참고로 했다고 한다.

'깊은 뜻을 깨우치면 아주 기뻐하며 일어나 이리저리 왔다 갔다 했는데, 기뻐하면서 내는 소리가 마치 갈까마귀가 우는 듯했다.' 라는 표현에는 '책만 읽는 바보'로 살아가는 글쓴이의 모습이 잘 나타나 있다.

쓸모없는 늙은이의 하찮은 이야기

—이제현•

임오년(1342) 여름, 비가 한 달 넘게 계속되었다. 집에만 있으면서 바깥출입을 하지 않았더니 나를 찾아오는 사람도 없었다. 심심하고 지루해서 벼루를 들고 낙숫물을 받았다. 그러고는 벗들과 주고받은 편지 조각들을 이어 붙인 다음 머릿속에 떠오르는 대로 종이 뒷면에다 적어두고 그 끝에 '역옹패설'이라고 제목을 붙였다.

무릇 상수리나무를 뜻하는 '역(櫟)' 자에는 즐거움을 뜻하는 '낙(樂)' 자가 따른다. 상수리나무는 쓸 만한 나무가 못 되는 까닭에 사람들이 베지 않으니 나무로서는 즐거운 일이라 할 만하다. 그래서 상수리나무에는 즐겁다는 '낙(樂)' 자가 따르는 것이다.

• 이제현(1287~1367): 고려 후기 문신이자 학자. 호는 '익재', '역옹'. 원나라의 수도 연경에 가서 만권당(고려 충선왕이 중국 원나라에 있을 때에 연경에 세운 독서당)에 머물면서 원나라의 학자들과 교류했다. 저서로《익재난고》,《역옹패설》이 있다.

나는 일찍이 높은 벼슬을 지내다가 스스로 물러난 후 나 자신이 변변치 못함을 알기에 '역옹(櫟翁, 상수리나무처럼 쓸모없는 늙은이)'이라 호를 붙였다. 인재는 못 되어도 오래 살고 싶은 마음에서였다.

논에서 자라는 피(볏과의 한해살이풀)를 뜻하는 '패(稗)' 자에는 낮음을 뜻하는 '비(卑)' 자가 따른다. 뜻을 살펴보면, 피는 볏과 식물 가운데에서도 쓸 만한 것이 못 된다는 의미다.

나는 어려서 글을 읽을 줄 알았지만 자라서는 학문을 그만두어 버렸다. 이제 늙어서는 그릇된 글이나 짓기를 좋아하니 참되지 못하고 하찮은 것이 마치 피와 같다. 이런 까닭에 내가 쓴 것들을 '패설(稗說, 피처럼 하찮은 이야기)'이라고 이른 것이다.

이제현이 쓴다.

해설

고려 말 대학자였던 이제현이 쓴 수필집 《역옹패설》의 서문이다. 낙숫물을 받아 먹을 갈고 편지 조각 뒷면을 이어 붙여 머릿속에 떠오르는 생각들을 적은 것이 한 권의 책이 되었다고 말한다. 말 그대로 붓 가는 대로 쓴 글이다.

글쓴이는 상수리나무를 뜻하는 '역(櫟)' 자를 자신의 이름으로 삼아 상수리나무같이 쓸모없음으로 여유로운 삶의 자세를 드러내고, 낮음을 뜻하는 '비(卑)' 자를 가진 '패(稗)' 자를 통해 자신의 글을 논에서 자라는 피와 같이 쓸 만한 것이 못 된다고 말한다.

이제현은 고려 말의 복잡한 정치 상황에서 원나라와 고려를 넘나들며 큰 영향력을 지녔던 인물이지만 '쓸모없는 늙은이의 하찮은 이야기'라는 제목에서 그의 겸손과 여유를 읽을 수 있다.

어머님 계신 곳을 바라보기만 할 뿐
—이순신•

나랏일과 부모를 모시는 일이 서로 부딪칠 때는 당연히 집안일을 잊고 나랏일에 마음을 다해야 할 것이지만, 혹 부모님 때문에 나랏일을 저버리는 안타까운 경우가 있기도 합니다.

제게 나이 많은 어머님이 계신데 올해 81세이십니다. 어머님은 임진년(1592) 초에 난리를 피하고 다행히 별 탈 없이 살아 계십니다. 집안이 바닷길을 통해 남쪽으로 와 순천 지방에서 잠시 동안 살고 있었습니다. 이때는 어머님과 제가 서로 보는 것만으로도 즐거웠으며 다른 생각을 할 겨를이 없었습니다.

다음 해에 명나라 군사가 왜적을 쓸어 없애자 왜적들이 도망가 숨어버리고 흩어졌던 백성들은 다시 고향을 그리워하게 되었습니다. 그러나 왜적들이 우리를 속이고 온갖 꾀를 다 내니, 한구석에 진을 치고 있는 저들을 어찌 아무렇지도 않게 여기겠습

• 이순신(1545~1598): 조선 선조 때의 무신. 시호(죽은 뒤에 붙이는 이름)는 '충무'. 1592년 임진왜란이 일어나자 전라좌도 수군절도사로 옥포 해전, 노량 해전, 당항포 해전 등을 승리로 이끌었다. 1598년 11월 19일, 노량에서 퇴각하기 위해 집결한 500척의 왜적 함대를 물리치다 전사했다. 죽는 순간, "싸움이 바야흐로 급하니 내가 죽었다는 말을 삼가라."라는 말을 남기고 눈을 감았다.

니까? 만약 저들이 다시 덤빈다면 어버이를 굶주린 호랑이의 아가리로 밀어 넣는 꼴이 되겠기에 얼른 돌아가지 못하고 오늘에까지 이른 것입니다.

저는 본래 어리석은 사람인데도 외람되게 중요한 일을 맡았습니다. 일을 잘 살펴야 할 책임이 있어 몸을 자유로이 할 수 없으니, 높은 곳에 올라 멀리 어머님이 계신 곳을 바라보기만 할 뿐입니다. 자식이 아침에 나갔다가 저녁에 돌아오지 않으면 마을 어귀에 나가서 자식을 기다리는 것이 어버이의 마음입니다. 그런데 저는 어머님을 못 뵌 지 3년이나 되었습니다.

얼마 전 어머님께서 인편에 편지를 보내셨습니다.

'내가 나날이 병이 깊어져 얼마 더 못 살 것 같다. 죽기 전에 네 얼굴을 한 번만이라도 봤으면 싶구나.'

아아! 이런 말은 모르는 사람이 듣더라도 눈물이 날 터인데, 하물며 바로 그 자식이 들었으니 어떻겠습니까? 마음이 어지러워 다른 일이 손에 잡히지 않았습니다.

제가 지난 계미년(1583) 함경도 건원보에 무관으로 있을 때 아버님께서 돌아가셔서 천 리를 달려 집으로 돌아간 적이 있습니다. 살아 계실 때 약 한 첩도 달여 드리지 못했는데 돌아가실 때 자리조차 지키지 못해 끝내 평생의 한이 되었습니다.

이제 어머님께서 연세가 많아 해가 서산에 닿은 듯합니다. 만약 또 하루아침에 어머님께서 돌아가신다면 저는 효도를 다하지 못한 자식이 될 것이고 어머님 또한 눈을 감지 못하실 것입니다.

생각건대, 왜적이 화해를 청하는 것은 터무니없고, 명나라 사신이 조선에 내려왔는데도 저들은 바다를 건너갈 낌새가 없으므로 앞으로 닥칠 일은 저번보다 더할 것입니다.

이번 겨울에 어머님을 찾아가 뵙지 못하고 봄이 되면 왜적을 막는 일이 급해 제가 이곳을 떠나지 못하게 됩니다. 공께서 제 작은 마음을 헤아리셔서 며칠 동안의 말미를 주신다면 뱃길로 어머님을 찾아뵙고자 합니다. 그렇게 해주시면 어머님의 마음에 조금이나마 위로가 될 듯합니다. 만약 그사이 급한 일이 생긴다면 공의 허락을 받았다 하여 중요한 일을 그르치겠습니까?

이 편지에 대한 이원익의 답장은 다음과 같다.

'어머니에 대한 지극한 정은 모두가 똑같이 공감할 것입니다. 공의 편지는 제 마음을 울렁거리게 합니다. 다만 공적인 일이라 감히 제 마음대로 할 수가 없습니다.'

해설

이순신 하면 임진왜란을 승리로 이끈 위대한 영웅으로만 생각하기 쉽지만, 이 편지글은 그런 모습보다는 인간 이순신의 모습을 꾸밈없이 보여준다.

먼저 이순신은 충과 효 사이에서 갈등하는 모습을 보인다. 이순신은 임진왜란과 정유재란으로 이어진 7년간의 전쟁에서 중요한 자리를 맡아 전장을 함부로 떠날 수 없는 처지였다. 그 이전에 아버님이 돌아가실 때 자리를 지키지 못해 평생의 한이 되었다. 이제 어머니마저 병이 들어 오래 살지 못할 것 같다는 편지를 받은 이순신은 어머니가 돌아가시기 전에 꼭 어머니를 뵙고 싶다며 며칠 동안만 다녀올 수 있게 해달라고 요청하는 글을 이원익에게 보냈다. 하지만 결국 이순신은 어머님의 임종을 지키지 못한다.

이 글에서 한 인간으로 갈등하는 이순신의 모습은 세종로에 근엄하게 서 있는 모습과는 거리가 멀다. 이원익의 답장처럼 이 편지글을 읽으면 이순신의 지극한 효심에 가슴이 울렁거리지 않을 수 없다.

늙으신 어머님은 강릉에 계시는데
—이이•

우리 어머님은 신 진사의 둘째 따님이시다. 어릴 때부터 책을 읽고 글도 잘 지었으며 글씨도 잘 쓰셨다. 또 바느질도 잘하고 수놓는 것까지 빈틈이 없으셨다. 어머님은 성품이 부드럽고 기품이 있으시며 마음이 바르고 깨끗하셨다. 행동거지는 여유롭고 조용하며 일을 처리하실 때는 차분하고 꼼꼼하셨다. 말씀이 적고 행실이 조심스러운 데다 겸손하셔서 외할아버지께서는 어머님을 몹시도 사랑하셨다. 성품이 꾸밈이 없고 효성이 지극하여 부모님께서 편찮으시면 얼굴에 슬픔이 가득하고, 병이 나으셔야 본래의 낯빛을 찾으셨다.

어머님이 시집을 가게 되었을 때 외할아버지께서는 내 아버님

• 이이(1536~1584): 조선 중기의 문신이자 학자. 호는 '율곡'. 아버지는 이원수, 어머니는 사임당 신씨이다. 여덟 살 때 파주 화석정에 올라 시를 지을 정도로 문학적 재능이 뛰어났으며, 아홉 차례의 과거에서 모두 장원을 차지했다. 그는 많은 글을 통해 정치, 경제, 국방 등에 가장 필요한 방안을 구체적으로 제시했고, 언로를 개방하고 여론을 살필 것을 역설했다. 저서로《성학집요》,《격몽요결》등이 있다.

께 이렇게 말씀하셨다고 한다.

"나에게 딸이 많은데 다른 딸들은 시집을 가도 그렇게 서운하지 않더니, 자네 처만은 내 곁에서 떠나보내고 싶지 않네그려."

어머님이 혼인하신 지 얼마 안 되어 외할아버지께서 돌아가셨다. 그래서 어머님은 삼년상을 마치고 서울로 와서 신부의 예를 갖추어 시어머님인 홍씨 할머니를 뵈었다.

어머님은 몸가짐을 조심하고 말씀도 함부로 하지 않으셨다.

어느 날 일가친척들이 모여 잔치를 할 때였다. 여자들이 모두 모여 이야기를 나누는데, 함께 앉아 있으면서도 어머님이 아무 말이 없으시자 할머니께서 물으셨다.

"새아기는 왜 말이 없느냐?"

어머님께서는 꿇어앉아 이렇게 대답하셨다.

"저는 여자라 문밖에 나가 보지 않아서 본 것이 없는데 무슨 말을 하겠습니까?"

그러자 그 자리에 있던 사람들이 모두 부끄러워했다.

훗날 어머님은 강릉 친정에 문안을 가셨다가 돌아오실 때 외할머니와 눈물을 흘리며 이별하셨다. 일행이 대관령 중턱에 다다르자 어머님은 외할머니를 그리는 정을 못 이겨 수레를 멈추게 하고는 한참이나 있다가 슬피 눈물을 흘리며 시를 한 수 지으셨다.

늙으신 어머님은 강릉에 계시는데

이 몸은 홀로 서울로 가네
때때로 머리 돌려 북촌을 바라보니
흰 구름 아래로 푸른 산이 저문다

서울로 돌아온 뒤에는 수진방에 사셨는데 그때 할머니께서 나이가 많아 집안일을 돌볼 수 없어 어머님이 맏며느리 노릇을 하셨다. 아버님께서는 뜻이 크고 기개가 있어 집안 살림을 돌보지 않아 살림이 넉넉지 못했다. 그러나 어머님께서는 살림살이를 알뜰히 하여 웃어른을 받들어 모시고 아랫사람을 보살폈다. 집안 살림살이를 할 때 혼자 마음대로 하지 않고 반드시 할머니께 말씀드린 뒤에야 하셨다. 그리고 할머니 앞에서는 계집종을 꾸짖는 일도 없으셨다.

어머님의 말씀은 따뜻하고 얼굴빛은 부드러웠다. 아버님께서 어쩌다 실수를 하시면 도리에 맞도록 말씀을 드리고, 자식에게 잘못이 있으면 타이르셨다. 또 아랫사람들이 잘못을 저지르면 꾸짖으시니 하인들도 모두 어머님을 공손히 받들어 모셨다.

어머님은 늘 강릉을 그리워해 깊은 밤 고요할 때면 눈물을 흘리며 슬피 울고 때로는 날이 밝을 때까지 잠을 이루지 못하셨다. 어느 날 친척 어른의 몸종이 와서 거문고를 탄 일이 있었다. 어머님께서는 그 소리를 들으시고 눈물을 흘리며 이렇게 말씀하셨다.

“거문고 소리가 그리움을 품은 사람의 마음을 더욱 애타게 하는구나.”

그러자 그 자리에 있던 사람들이 모두 슬퍼하면서도 그 뜻을 몰랐다.

어머님께서는 일찍이 외할머니를 그리워하는 시를 지었다.

밤마다 달님에게 비나니
생전에 다시 뵙게 해주소서

이러하셨으니 아마도 어머님의 효심은 하늘에서 내리신 것이리라.

어머님은 갑자년(1504) 겨울 10월 29일 강릉에서 태어나셨으며, 임오년(1522)에 아버님과 혼인하고 갑신년(1524)에 서울로 오셨다. 그 뒤 때로는 강릉에 계시기도 했고 때로는 봉평에 살기도 하다가 신축년(1541)에 서울로 올라오셨다.

경술년(1550) 여름, 아버님께서 수운판관에 임명되시고, 이듬해 봄에 삼청동 셋집으로 이사를 했다. 그해 여름에 아버님이 배로 물건을 실어 나르는 일을 맡아 관서 지방에 가시게 되었는데 형님과 내가 모시고 갔다. 이때 어머님께서 아버님이 계신 여관으로 편지를 보내셨다. 어머님께서는 눈물을 흘리며 편지를 쓰셨는데 아무도 그 까닭을 몰랐다.

그해 5월, 아버님께서 일을 마치고 배를 타고 서울로 향하셨는데 집에 도착하시기도 전에 어머님께서 병이 나셨다. 편찮으신 지 겨우 이삼일이 지났을 뿐인데 어머님께서 여러 자식들에게 이렇게 말씀하셨다.

"내가 아무래도 일어나지 못할 것 같구나."

그날 밤, 어머님은 여느 날처럼 편안하게 잠자리에 드셨다. 그래서 자식들은 병이 좀 나은 줄 알았는데, 17일 새벽에 갑자기 돌아가시니 그때 연세가 마흔여덟이었다.

그날 나는 아버님을 모시고 서강에 도착했는데 행장 속에 있던 놋그릇이 모두 붉게 변했다. 사람들이 모두 이상한 일이라고 생각하고 있었는데, 조금 있다가 어머님이 돌아가셨다는 소식을 전해 듣게 되었다.

어머님께서는 그림도 잘 그려서 일곱 살 때부터 안견의 그림을 본받아 산수도를 그렸는데 아주 뛰어났다. 특히 포도를 잘 그렸는데, 세상의 어느 누구도 흉내 낼 수가 없었다. 그 그림을 본뜬 병풍이나 족자가 세상에 많이 전해지고 있다.

해설

사람이 죽은 뒤에 그의 행적을 적은 글을 '행장'이라고 한다. 이 글은 '선비 행장'으로 '선비'는 '돌아가신 어머니'를 뜻하는 말이다. 이이는 어머니인 사임당 신씨가 평생 살아온 일을 적었다.

이이는 무엇보다 강릉에 혼자 계신 외할머니를 그리는 어머니의 효심을 이야기한다. 그러면서도 시집을 알뜰하게 챙기는 어머니의 모습을 그리고, 어머니가 돌아가시던 날의 이야기를 적었다. 사임당의 살아온 평생이 이 한 편의 글에 잘 드러나 있다.

사임당 신씨는 시와 글씨와 그림에 뛰어났던 조선 시대의 대표적인 여성 예술가였다. 아들의 입장에서 재능 있고 효심 깊었던 어머니의 일생을 간략하면서도 또렷하게 그리고 있다.

떠나는 이 정녕 뒷기약을 남기지만
—박지원•

우리 누님은 반남 박씨이다. 이제 그 동생 박지원이 돌아가신 누님의 행적을 적는다.

누님은 열여섯에 덕수 이씨인 이백규에게 시집가서 딸 하나와 아들 둘을 두고 신묘년(1771) 9월 초하루에 돌아가시니 나이가 마흔셋이셨다. 매형의 조상 무덤이 경기도 양평의 아곡에 있었으므로 누님도 장차 그곳에 좋은 터를 잡아 묻으려 한다.

매형이 어진 아내를 잃고 가난하여 살길이 막막해서 어린 자식들과 계집종 하나를 데리고 떠나려 한다. 솥과 그릇, 상자와 궤짝 등을 싣고 강물에 배를 띄워 산골로 들어가려고 상여와 함께 나섰다. 나는 새벽에 두포의 배 위에서 배웅하고 통곡하면서 돌아왔다.

아아! 누님이 시집가던 날 새벽에 일어나 화장을 하던 것이 어

• 박지원(1737~1805): 조선 후기 문신이자 학자. 호는 '연암'. 학문이 뛰어났으나 1765년 과거에서 뜻을 이루지 못했고, 이후 과거를 보지 않고 학문과 저술에 힘썼다. 홍국영이 권력을 잡았을 때 생명의 위협을 느껴 황해도 연암협에 숨어 살았는데, 그래서 '연암'을 호로 삼았다. 1780년(정조 4) 팔촌형 박명원이 사신으로 북경으로 갈 때 함께 갔다가 돌아와(1780년 6월 25일 출발, 10월 27일 귀국)《열하일기》를 썼다. 이 글에는 청나라의 발달된 문물과 제도를 받아들여 조선을 개혁하고자 하는 내용이 담겨 있다. 문집으로《연암집》이 있다.

제 일만 같구나. 나는 그때 여덟 살이었는데, 장난질로 방바닥에 누워 구르면서 새신랑의 말투를 흉내 내어 말을 더듬거리고 점잔을 뺐다. 누님은 부끄러워하면서 내 이마에 빗을 떨구어 맞혔다. 나는 화가 나 울면서 먹물을 분에 뒤섞고 침으로 거울을 더럽혔다. 그러자 누님은 옥으로 만든 오리와 금으로 만든 벌을 꺼내 나에게 주면서 울음을 그치게 했다. 지금부터 스물여덟 해 전의 일이다.

말을 멈추어 두고 아득히 강을 바라보니, 누님의 이름을 쓴 붉은 깃발이 펄럭거리고 돛대 그림자는 출렁거리는 강물 위로 어른거렸다. 언덕에 이르러 나무를 돌아가더니 가려서 더는 보이지 않았다. 강가의 멀리 보이는 산들은 검푸른 빛이 마치 누님의 쪽 찐 머리 같고, 강물 빛은 누님의 거울 같고, 새벽달은 누님의 눈썹 같았다.

울면서 빗을 떨구던 일을 생각해 보니, 어릴 적 일은 또렷하고 즐거운 기억도 많았다. 그런데 그 뒤로는 언제나 걱정과 가난을 면치 못했고, 세월도 마치 꿈속처럼 훌쩍 흘렀다. 형제로 지낸 날들이 어찌 이다지 짧았더란 말인가?

떠나는 이 정녕 뒷기약을 남기지만
오히려 보내는 사람 눈물로 옷깃 적시게 하네
조각배 이제 가면 언제나 돌아올까
보내는 이 하릴없이 언덕 위로 돌아가네

해설

이 글은 박지원이 죽은 누님을 그리며 지은 '묘지명'이다. 묘지명이란 죽은 사람의 일생과 추모의 뜻을 담아 무덤에 넣는 글이다.
박지원과 죽은 누님은 여덟 살 터울이었는데, 열여섯에 시집간 누님은 마흔셋에 세상을 떠났다. 이 글은 여느 묘지명과는 그 서술 방식이 다르다. 박지원은 누님의 죽음에 대한 비통함 대신 스물여덟 해 전 누님이 시집가던 날 새벽에 누님에게 어리광을 부렸던 기억을 떠올린다. 그리고 강가에서 누님의 상여를 떠나보내는 정경을 서술한다. 붉은 깃발이 보이지 않자 산과 강물, 새벽달을 보며 마지막 누님의 모습을 그려본다.
박지원은 누님을 보내는 아픈 이야기를 절제된 문장을 통해 이야기한다. 이러한 절제된 서술에서 오히려 누님에 대한 깊은 애정을 느끼게 된다.

구 정승 신 정승
—서거정•

고령군 신숙주(申叔舟)가 영의정으로 있었고, 능성군 구치관(具致寬)이 새로 우의정이 되었다. 세조가 두 정승을 급히 궁궐로 불러들여 말했다.

"오늘 그대들에게 물을 것이 있소. 대답을 잘하면 괜찮겠지만 대답을 제대로 못 하면 벌을 면하기 어려울 텐데, 어떠시오?"

두 정승이 공손히 대답했다.

"신중히 대답해 벌을 받지 않도록 하겠나이다."

세조가 곧 불렀다.

"신 정승?"

신숙주가 대답하자 세조가 말했다.

"내가 신(新, 새) 정승을 불렀는데, 그대가 잘못 대답했소."

그러고는 벌로 큰 술잔에 술을 내렸다. 세조가 또 불렀다.

"구 정승?"

• 서거정(1420~1488): 조선 초기의 문신이자 학자. 호는 '사가정'. 학문의 폭이 넓었으며 시에 능했다. 1478년 대제학으로 있으면서 우리나라 역대 시문을 집대성해《동문선》을 편찬했다. 문집으로《사가집》이 있다.

그러자 구치관이 대답했다. 세조가 말했다.

"내가 구(舊, 옛) 정승을 불렀는데, 그대가 잘못 대답했구려."

그러고는 벌로 큰 술잔에 술을 내렸다. 세조가 불렀다.

"구 정승?"

신숙주가 대답하자 세조가 말했다.

"내가 구(具) 정승을 불렀는데, 그대가 잘못 대답했소."

또 신숙주에게 벌주를 내렸다. 세조가 불렀다.

"신 정승?"

구치관이 대답하자 세조가 말했다.

"내가 신(申) 정승을 불렀는데, 그대가 잘못 대답했구려."

또 구치관에게 벌주를 내렸다. 세조가 불렀다.

"신 정승?"

그러자 신숙주와 구치관이 모두 대답하지 않았다. 또 세조가 불렀다.

"구 정승?"

이번에도 신숙주와 구치관이 모두 대답하지 않았다. 세조가 말했다.

"임금이 신하를 부르는데 신하가 대답하지 않으니 예의가 아니오."

또 벌주를 내렸다.

이렇게 종일 하니, 두 정승이 벌주를 마시고 크게 취했다. 세조가 크게 웃었다.

해설

1453년에 수양대군은 영의정 황보인, 좌의정 김종서, 병조판서 조극관 등을 죽이고 권력을 장악한다. 2년 뒤 수양대군은 조카 단종을 몰아내고 왕위에 오른다. 1456년 집현전 학사 출신을 중심으로 단종 복위 사건이 일어나지만 성공하지 못한다. 그리고 결국 단종은 세조에게 죽임을 당한다. 그때 단종의 나이는 열일곱이었다.

조카를 몰아내고 왕위에 오른 세조는 긍정적인 평가와 부정적인 평가를 동시에 받고 있다. 권력을 장악하는 과정에서 보인 수양대군의 행적은 권력욕에 물든 부정적인 이미지로 남는다. 그러나 왕위에 오른 후 세조가 보인 정치력은 단연 돋보인다. 조직을 개편하여 왕권을 강화하고, 북방을 개척했으며, 조세 제도를 바꾸어 국가의 재정을 늘린 것 등은 긍정적인 평가를 받는다.

두 정승을 불러서 말장난을 하는 모습에는 세조의 인간적인 소탈함이 묻어난다. 오늘날 문학 용어로 말한다면 일종의 '언어유희'이다. 신숙주의 이름에서 '신(申)'은 '신(新)'과 음이 같고, 구치관의 이름에서 '구(具)'는 '구(舊)'와 음이 같다. 새로 정승으로 임명된 구치관이 신(新) 정승이고, 이미 정승이었던 신숙주는 구(舊) 정승이라는 사실과 묘하게 엮인다. 동음어를 활용해 말의 재미를 느끼게 한다.

나를 찾아서

—이용휴•

나를 다른 사람과 상대하여 보면, 나는 가깝고 다른 사람은 멀다. 나를 사물과 상대하여 보면, 나는 귀하고 사물은 하찮다. 그런데도 세상은 이와 반대로 가까운 내가 먼 다른 사람의 말을 받아들이고, 귀한 내가 하찮은 사물의 부림을 받는다. 왜 그러한가? 그것은 욕망이 슬기를 가리고, 잘못된 습성이 참됨을 없애버리기 때문이다.

그래서 좋아하고 미워하며 기뻐하고 성내는 감정과 행하고 그치며 굽어보고 우러러보는 행위를 모두 다른 사람과 사물을 따라서 하고 스스로 주인이 되어 하지를 못한다. 그것이 심해지면 말하고 웃는 것이나 낯빛이나 모습까지도 저들의 노리갯감이 된다. 그리고 정신과 생각, 땀구멍과 뼈마디까지도 모두 나에게 속한 것이 없게 되니, 정말 부끄러워할 일이다.

내 벗인 이 처사는 예스러운 풍모와 마음을 가졌으며 다른 사

• 이용휴(1708~1782): 조선 후기 문인이자 학자. 호는 '혜환'. 어려서 작은아버지인 이익에게 학문을 배웠다. 진사시에 합격했으나 관직에 뜻을 두지 않고 학문에 전념했다. 천문, 지리, 군사, 농업 등 실제 생활에 도움이 되는 실학에 관심이 깊었다. 저서로《탄만집》,《혜환잡저》등이 있다.

람과 틈을 짓지 않고 또한 겉치레를 꾸미지도 않는다. 그러나 마음속에는 지키는 것이 있다. 그래서 평생토록 남에게 부탁하는 일이 없었고 좋아하는 물건도 없었다. 다만 부자(父子)가 서로 지기(知己)가 되어 위로하고 격려하며 부지런히 일해 농사지어 먹고살 따름이다.

처사가 손수 심은 나무가 수백 수천 그루인데 그 뿌리와 줄기, 가지와 잎은 모두 아침저녁으로 물을 주고 북돋아서 기른 것이다. 나무가 자라 봄이면 꽃을 얻고 여름이면 그늘을 얻고 가을이면 열매를 얻는다. 그러니 처사의 즐거움이 어떠한지 알 만하다.

처사가 동산에서 나무를 가져다 작은 집을 짓고는 '아암(我菴, 내 집)'이라고 이름했다. 그것은 사람이 날마다 하는 행위가 모두 자신으로부터 말미암는다는 것을 보여주려는 것이다. 저 모든 영화로움과 권세, 이익, 부귀공명은 자신이 천륜을 지키면서 단란하게 즐기고 본업에 힘을 쓰는 것과 비교하면 외적인 것에 불과하니, 처사는 선택할 줄을 안 것이다.

뒷날 내가 처사를 찾아가면 함께 암자 앞 늙은 나무 아래 앉아 "다른 사람과 나는 평등하고 만물은 일체다."라는 뜻을 이야기 나눌 것이다.

해설

사람들은 다른 사람이나 사물 등과 비교해 자신을 찾으려고 한다. 다른 사람이 나를 어떻게 생각하는지 끊임없이 눈치를 살펴야 하고, 나 자신을 드러내기 위해서 비싼 아파트와 자동차를 소유하려고 한다.

이처럼 자신의 무의식을 지배하는 것은 무엇인가? 프랑스 철학자 라캉은 그것을 '타자의 욕망'이라는 말로 표현하고 있다. 인간의 욕망은 타자의 욕망이다. 라캉은 "나는 내가 생각하는 곳에 존재하지 않고, 내가 생각하지 않는 곳에서 존재한다."라고도 말한다. 나는 무수한 타자에 의해 규정된다고 본 것이다.

나를 다른 사람과 사물과 상대해 보면 내가 가깝고 귀하다는 것을 누구도 부인하지 않는다. 그러나 실제로 나는 어떠한가? 세상은 이러한 생각과는 반대로, 가까운 내가 먼 다른 사람의 말을 받아들이고, 귀한 내가 하찮은 사물의 부림을 받는다. 내 감정과 행위는 다른 사람과 사물을 따라서 하고 나 스스로 주인이 되지 못한다.

글쓴이는 벗이 집을 짓고 '아암'이라고 이름 붙인 뜻을 풀어준다. 글쓴이는 그것이 날마다 하는 행위가 모두 자신으로부터 말미암는 것이라고 풀이한다. 외적인 것에 부림을 받지 않고 자신이 주인이 되는 것, 그것이 자신이 다른 사람과 평등해지고 만물과 하나가 되는 바탕이다.

넘어지고는 단풍을 줍는 척했네

—박제가•

한낮에 금강굴을 넘었다. 금강굴은 바위가 덮어 움집처럼 생겼는데, '아' 하고 입을 벌린 것 같았다. 금강굴 안에 들어가 잠깐 서 있자니 머리에 인 것이 없는데도 무거운 것이 누르는 듯했다. 부처는 누르는 것을 두려워하지도 않고 그 안에 앉아 있었다. 금강굴 안에 들어간 사람들이 지팡이로 천장을 떠밀면서 움직이는지 시험했다. 바위가 단단하다는 것이야 믿을 수 있다 하더라도 나는 차마 그렇게 할 수 없었다. 굴의 높이는 서울 창의문 뒤에 있는 암자와 비슷했지만 조금 넓은 듯하고 창구멍이 나 있었다.

토령(土嶺)을 쳐다보니 5리쯤 되어 보였다. 잎 진 단풍은 가시나무 같고, 떠내려온 자갈이 길에 널려 있었다. 뾰족한 돌들이 떨어진 나뭇잎에 덮여 있다가 발을 딛자 삐어져 나왔다. 나는 넘어질 뻔하다가 일어났는데 손바닥에 진흙이 묻어버렸다. 뒤에 오는 사람들이 넘어졌다고 놀릴까 봐 단풍을 하나 줍는 척하고

• 박제가(1750~1805): 조선 후기 학자. 호는 '초정'. 박지원, 이덕무, 유득공 등과 함께 북학파에 속하는 실학자이다. 1778년에는 채제공을 따라 이덕무와 함께 청나라에 가서 청나라 학자들과 교유했다. 돌아온 뒤 청나라에서 보고 들은 것을 정리해《북학의》를 써서 조선의 정치, 사회 제도의 모순과 개혁 방안을 다루었다. 저서로《북학의》,《정유집》등이 있다.

기다렸다.

만폭동에 앉으니 석양이 사람을 비추어주었다. 커다란 바위가 고개처럼 생겼는데, 긴 폭포가 넘어서 온다. 물줄기가 세 번이나 꺾이고서야 비로소 바닥을 씹는다. 움푹 팬 곳에서는 소용돌이가 일어난다. 마치 고사리 싹이 주먹을 모아 쥔 것 같기도 하고, 용의 수염이나 호랑이의 발톱 같기도 하다. 무엇을 움켜쥘 듯하다가 스러진다. 소리를 뿜으며 아래로 흘러 물줄기가 넘친다. 움츠렸다가 다시 쏟아지는데 숨이 가쁜 듯하다. 그 소리를 한참이나 가만히 듣고 있자니 내 몸도 그 물줄기와 함께 숨을 쉬는 것 같았다. 잠잠하여 아무 소리도 들리지 않다가 또 조금 있으면 더욱 세차게 물결치는 소리가 들린다.

바지를 정강이까지 걷고 소매는 팔꿈치 위로 걷었다. 나는 두건과 버선을 벗어 깨끗한 모래 위에 던져두었다. 둥근 바위에 엉덩이를 붙이고 물에 발을 담그고 걸터앉았다. 작은 단풍잎이 물에 가라앉았다가 떠올랐다 하는데, 위는 자줏빛이고 아래는 노란빛이었다. 이끼가 덮인 바위는 미역처럼 반질반질했다. 발로 물을 가르자 발톱에서 폭포가 일어나고, 입으로 물을 뿜자 이 사이로 비가 쏟아졌다. 두 손으로 물을 휘젓자 물빛만 일렁이고 내 그림자가 사라졌다. 눈곱을 씻고 술을 마셔 붉어진 얼굴도 깨웠다. 그때 가을 구름이 물에 비치어 내 정수리를 어루만졌다.

수많은 나무들이 계곡 사이 길옆으로 늘어서 있다. 멀리 보이는 하늘은 폭포 위에 있는데, 목을 늘이면 닿을 것 같다. 길을 거슬러 올라가자 바위가 펑퍼짐하게 넓은데 어지럽게 흐르는 물 때문에 발을 딛기가 어려웠다. 여러 사람들이 저쪽 아래에서 내가 떨어질까 걱정하면서, 나를 말리지도 못하고 쳐다보기만 하며 올라오지 못했다. 한 걸음 떼고 돌아보니 지 아래서 나에게 손짓하고 부르는 손과 입을 헤아릴 수 있었다. 다섯 걸음을 떼고 돌아보니 저 아래서 나를 올려다보는 사람들의 눈썹 언저리가 보이고, 열 걸음을 떼고 돌아보자 저 아래 사람들이 쓴 갓이 상투처럼 가물거렸다. 백 걸음을 떼고 돌아보니 저 아래 골짝 어귀의 사람들이 폭포 아래에 앉은 듯하고, 그 사람들은 이미 나를 볼 수가 없었다.

거친 수풀에 길은 끊어지고, 멀리 해는 기울었다. 소슬하여 겁이 나 나도 모르게 마음이 바빴다. 밀친 나뭇가지가 내 얼굴을 때리고, 옷은 나뭇가지에 걸려 찢어졌다. 쌓인 낙엽에 샘물이 흘러 스며 있어 무릎 아래가 진창 같았다. 그러더니 진창이 끝나고 폭포의 근원인 샘이 보였다. 소리도 없이 졸졸 흐르는데 바위를 감고 돌았다. 북쪽으로 큰 골짜기를 보니 툭 트이고 그윽했다. 붉은 단풍만 골짜기에 가득하고 다른 것은 아무것도 보이지 않았다. 향로봉 꼭대기가 바로 내 앞에 다가올 것같이 솟아 있었다. 공중으로 길을 만들어 다리를 놓으면 건너겠지만, 향로봉과 내가 있는 곳이 하늘과 땅처럼 아득히 떨어져 이를 수가 없어 탄식하며 돌아왔다.

바위는 얼추 배를 드러내고 가슴을 풀어헤친 모양새다. 아래

쪽은 불룩하고 가운데는 잘록한데, 주름 몇 개가 배꼽께를 가로질렀다. 내가 올라간 곳은 쇠뿔 사이의 이마 위쪽 같은 곳이다. 바위가 생겨날 때 옹기를 엎어둔 것처럼 속이 비어 있는지 아니면 속까지 꽉 찬 덩어리인지 알지 못하겠다. 두드리면 그렇게 단단한데 소리쳐 부르면 어떻게 메아리가 울리는 것일까? 작은 샘에서 물이 솟아 처음에는 띠처럼 작게 흐르다가 바위를 빌려 소리를 내고 끝내는 거대한 폭포를 이루니 이것이 바로 대자연의 신비가 아니겠는가?

내가 처음 오를 때, 중 하나가 따라와 돌아갈 길을 일러주었다. 내려와 보니 모두 가버리고 골짜기에 가마 하나만 남겨두고 타고 오게 해놓았다. 걸어서 퇴락한 가섭암을 들러 바위틈을 지나 서쪽으로 단군대를 넘었다. 그래서 나는 다른 사람들보다 10리나 넘게 다리품을 더 팔아야 했다.

단군굴은 바위가 네 길이나 갈라져서, 마치 항아리를 갈라 세워놓은 듯 배는 텅 비고 머리는 뾰족했다. 바위틈으로 하늘이 보이고, 아래에서는 비를 피한다. 세상에 전하기를, 이곳이 바로 단군이 하늘에서 내려온 곳이라고들 한다. 역사책에 박달나무 아래라고 한 곳이 바로 이곳인데, 박달나무가 저 위쪽에 울창하다고들 한다. 그러나 사방을 둘러봐도 박달나무는 보이지 않는다. 다만 비로봉과 향로봉에 하늘을 뚫을 듯이 우뚝 솟아 있는 것은 향나무라고 한다. 퇴락한 암자가 단군굴에 나란히 붙어 있는데, 작아서 마치 비둘기장 같다. 바위 바람이 차가워서 암자에는 중이 거처할 수가 없다. 단군대는 단군굴의 서쪽 꼭대기에 있다. 산기슭이 올챙이처럼 생겼는데, 사방을 둘러보니 넓은 바다 가운데 있는 외로운 섬 같다.

바람이 불어 나뭇가지가 흔들리고, 기생은 너울너울 춤을 춘다. 모두 술에 취했고, 거문고 줄이 바쁘다. 먼 산에는 벌써 저녁빛이 감돌았다. 모두들 추워서 어수선하게 지팡이와 신발을 재촉해서 챙겼다. 절을 바라보고 일어나서 저녁연기를 따라서 산을 내려왔다. 사람들의 무릎은 반 넘게 어둠 속에 묻혔지만, 단군대 꼭대기에는 엷은 햇살이 한 치나 남아 있었다.

사람들이 말을 타고 갈 때는 뒤에 서려고들 하지 않는데, 이는 앞의 말의 발굽 아래에서 날리는 먼지를 피하기 어렵기 때문이다. 산에서 내려올 때는 앞에 서려고들 하지 않는데, 이는 뒤에 따라오는 사람들이 발로 돌을 차서 굴릴까 해서이다.

천주석은 저 멀리 서쪽 봉우리에 덩치 커다란 중처럼 우뚝 서 있다. 아침에 길을 가면서 중이 가리켜서 보았는데, 저녁에 그곳을 지나니 두 눈이 먼저 알고 바라본다. 가마를 멘 중들이 모두 머리를 들고 천주석을 보는데, 그것을 먼 길을 가는 데 이정표로 삼는 까닭이다.

극락전을 지나는데 희미한 등불이 푸르게 비친다. 오래된 장경각은 기왓골이 어둑하고, 밭두둑에는 삼대가 허옇고 흐릿하게 서 있다. 늙은 중이 마중을 나와 인사를 하는데 정이 묻어 있다. 아침에 중을 보고 저녁에 그 절로 다시 돌아왔는데, 하루 만에 만났지만 마치 옛 친구를 대하는 듯하다. 극락전은 보현사에 속한다.

금환이라는 중과 《법화경》에 나오는 화택의 비유•에 대해 이야기했다. 금환이라는 중은 나이가 쉰이 넘었는데, 입으로는 경전을 줄줄 외지만 다른 사람에게 잘 설명하지는 못한다. 금환의 형 혜신도 역시 중인데 극락전에 거처한다. 혜신은 경전의 뜻을 금환보다 잘 안다고 한다.

내가 금환에게 물었다.

"중노릇은 즐겁소?"

"제 한 몸 보전하기는 편하지요."

"한양은 가보았소?"

"한 번 가보았지요. 온갖 먼지가 어지럽게 날리는데, 사람 살 곳이 아니더군요."

"다시 속세로 나오고 싶지는 않소?"

"열두 살에 중이 되어 홀로 빈산에 산 것이 마흔 해랍니다. 지난날에는 모욕을 당하면 화도 나고 스스로 돌아보면 불쌍하더군요. 이제는 칠정의 감정•도 모두 말라버렸답니다. 비록 속세에 살고 싶어도 그럴 수 없을뿐더러, 속세에 나간들 쓸모없는 인간에 불과합니다. 마지막까지 부처님께 의지해 죽음으로 돌아가야

• 화택(火宅)의 비유: 세상이 모두 불이 타는 집과 같이 힘들다는 뜻이다.
• 칠정(七情)의 감정: 사람의 일곱 가지 감정. '기쁨(희), 노여움(노), 슬픔(애), 즐거움(락), 사랑(애), 미움(오), 하고픔(욕)'을 이른다.

지요."

"어쩌다가 중이 되었소?"

"중이 되고자 하는 마음이 없다면 비록 부모라 하더라도 억지로 중노릇을 하게 할 순 없지요."

이날 밤 보름달이 흰 비단 같았다. 탑을 세 번 돌고, 술잔을 한 번 돌렸다. 멀리 나뭇잎에서 소리가 들리는데, 물이 쏟아지는 소리 같기도 하고 비질하는 소리 같기도 했다.

만세루를 따라 걸어 대웅전에 들어갔다. 종이등은 환하고 부처가 밝게 비쳤다. 전각이 사치스러웠지만 속되고, 탱화는 기이했지만 잡스러웠다. 늙은 중이 부처를 모시고 서 있었다. 옷이 발에 끌리고 모자가 이마를 덮고 있었다. 주름살이 눈썹과 턱과 살쩍 사이로 얼기설기하고, 머리 깎은 자국에는 얼핏 수묵색을 띠었다. 자세히 살펴보니 나무로 만든 불상이었다. 좌우의 금강역사는 이뿌리가 성벽 위에 쌓은 담 같고 혀는 불꽃 같았다. 옷은 벗겨져 몸이 물고기 비늘 같고, 뱀과 귀신이 비집고 나온다. 위엄이 있다고 보면 그렇게 보이겠지만 나는 문득 장난기가 느껴졌다. 나는 다른 사람의 업신여김을 막는 것은 덕에 달린 것이지 겉모습에 달린 것이 아님을 이를 보고 알았다.

해설

이 글은 박제가의 기행문 〈묘향산 소기〉의 일부분을 옮긴 것이다. 박제가가 스무 살 때 영변 도호부사로 부임하는 장인 이관상을 따라갔다가 처남 이몽직과 7일(9.13~19) 동안 묘향산과 그 일대를 유람하고 이 글을 썼다.

이 글은 산행의 과정을 순차적으로 그리고 있다는 점에서는 여느 기행문과 다를 바가 없다. 그러나 산수의 풍경을 보고 느낀 감상과 각 부분에서 드러나는 글쓴이의 행동은 글을 읽는 사람으로 하여금 웃음을 머금게 하는 재치가 돋보인다. 특히 이 글 전체에서 다음 부분에 글쓴이의 재기발랄함이 잘 드러나 있다.

'나는 넘어질 뻔하다가 일어났는데 손바닥에 진흙이 묻어버렸다. 뒤에 오는 사람들이 넘어졌다고 놀릴까 봐 단풍을 하나 줍는 척하고 기다렸다.'

또 개인적인 서정을 담아 뛰어난 경치를 표현하는 솜씨도 여느 기행문과 다르게 빼어나다. 만폭동에서 폭포가 떨어지는 장면을 묘사하는 부분을 보면, 마치 손에 잡힐 듯 만폭동의 폭포를 독자의 눈앞에 펼쳐준다.

이처럼 이 기행문은 풍경에 대한 뛰어난 관찰과 묘사, 그리고 글쓴이의 서정이 발랄하게 표현된 글이라 할 수 있다.

게으름이 나에게
—성현*

병술년(1466) 여름, 나는 밖에 나가지 않고 낮잠을 즐기며 시간을 보내고 있었다. 꿈인 듯 꿈이 아닌 듯 마음이 어지럽고, 병인 듯 병이 아닌 듯 몸에서 기운이 빠져나갔다. 돌이 가슴을 누르는 듯 답답하여 무당을 불러 귀신에게 빌었다.

"네가 내 마음속에 들어와 동정을 엿보니 나는 병이 들었다. 그 이유를 말할 테니 잘 들어보아라.

내가 고금의 역사를 살피고 성현의 글을 읽어보니, 게으른 사람은 이룬 것이 없었고 노력하는 사람은 풍족하고 넉넉했다. 또 제멋대로 하는 사람은 공을 이루지 못했고, 성실한 사람은 업적을 남겼다. 하나라 우임금 같은 똑똑한 이도 아주 짧은 시간조차 아까워했고, 주나라 무왕 같은 성인도 해가 지도록 쉴 겨를이 없었다.

그런데 지금 나는 어떤가? 일찍이 그런 생각도 못 하고, 일을

* 성현(1439~1504): 조선 초기의 문신이자 학자. 호는 '용재', '허백당'. 음악에도 정통해 왕의 명령에 따라《악학궤범》편찬에 참여했다. 저서로는 수필집《용재총화》와 문집《허백당집》등이 있다.

게을리하고 놀기만 일삼았다. 농부들은 일 년 내내 바쁘게 일하고, 공인들도 저마다 있는 힘을 다한다. 그런데 나는 그들과 달리 게으름을 이기지 못하고 날마다 잠만 사랑했다.

벼슬살이를 살펴보면, 사람들은 남보다 뒤처질까 두려워한다. 그래서 바쁘게 높은 벼슬아치를 기웃거리다가 마침내 높은 벼슬을 얻는다. 나는 그 사람들과 달리 발이 있어도 남보다 뒤처지고 낮은 벼슬에 매여 세 임금님을 모셨지만 승진하지 못했다.

세상 사람들을 살펴보니, 사람들은 재물만 찾는다. 털끝만 한 이익으로도 다투고, 자손에게 많은 재산을 물려주려고 한다. 나는 그들과 달리 주먹을 쥐고 다투지 않는다. 나는 화려한 것을 싫어하고 가난 속에서도 소박한 생활을 즐긴다.

젊은 사람들을 살펴보니, 아름다운 노래와 춤에 빠져 여름이고 겨울이고 가리지 않고 흠씬 취해 논다. 나는 초대를 받았지만 한 번도 가지 않았다. 그러자 그들은 나를 보고 흥이 없는 사람이라고 비웃는다.

책이 있지만 읽지 않으니 사리를 분별하지 못하고, 거문고가 있어도 타지 않으니 정서가 쓸쓸하다. 손님이 와도 대접하지 못하니 돌아가면서 화를 낸다. 말이 있어도 잘 먹이지 않으니 엉덩이뼈가 튀어나오고, 병이 있어도 치료하지 않으니 원기가 날로 줄어든다. 아이가 있어도 가르치지 않으니 세월만 헛되이 보낸다.

활이 있어도 바루지 않고, 술이 있어도 거르지 않는다. 손이 있어도 세수하지 않고, 머리카락이 있어도 빗지 않는다. 길이 있어도 쓸지 않고, 풀이 있어도 뽑지 않는다. 게을러서 나무도 심지 않고, 게을러서 고기도 낚지 않는다. 게을러서 바둑도 두지 않고, 게을러서 집도 수리하지 않는다. 솥발이 부러져도 게을러서 고치지 않고, 옷이 해져도 게을러서 깁지 않는다. 종들이 잘못해도 게을러서 묻지 않고, 사람들이 시비를 걸어도 게을러서 화를 내지 않는다.

내 지식은 날로 거칠어지고, 내 마음은 날로 졸렬해지고, 내 모습은 날로 여위어지고, 내 말은 날로 못해진다.

내 허물은 모두 네가 만든 것이다. 어째서 너는 다른 사람에게 가지 않고 나만 따라다니는가? 이제 나를 떠나 좋은 곳으로 가거라. 그러면 나도 너에게서 받는 해로움이 없어지고, 너도 네가 마땅히 있을 곳을 얻을 것이다."

그러자 귀신이 말했다.

"그렇지 않다. 내가 너에게 재앙을 내린 것이 아니다. 운명은 하늘에 달려 있으니 내 잘못이라 하지 마라.

굳센 쇠는 부서지기 쉽고, 단단한 나무는 부러지기 쉬우며, 깨끗한 것은 더러워지기 쉽고, 우뚝 선 것은 꺾이기 쉽다. 단단한 돌은 고요하기 때문에 이지러지지 않고, 높은 산도 고요하므로 무너지지 않는다.

움직이는 것은 일찍 사라지고, 고요한 것은 오래 산다. 이제 너도 저 돌과 산처럼 오래 살 것이다.

세상 사람들의 부지런함과 노력은 재앙의 근원이 되지만, 너의 게으름은 복을 받는 근원이 된다. 세상 사람들은 형세를 좇다가 시비에 휩쓸리지만, 너는 물러나 있어서 다른 사람의 입방아에 오르내리지 않는다. 세상 사람들은 물욕에 휘둘려 이익을 얻으려고 소란스럽지만, 너는 아무런 걱정이 없어 정신을 온전히 기를 수 있다.

네 몸과 마음에 어느 것이 좋고 어느 것이 나쁘겠느냐?

너는 앎(지)을 버리고 알지 못함(무지)으로 나아가고, 억지로 하려고 하지 말고 무위(無爲)에 나아가라. 또 유정(有情, 감정에 흔들림)을 버리고 무정(無情)을 지키며, 유생(有生, 삶에 대한 집착)을 버리고 무생(無生)을 즐겨라. 그러면 도를 잃지 않아서 하늘과 짝이 되고, 아득히 태초의 모습으로 돌아갈 것이다.

내가 이처럼 너를 잘 지켜주는데, 너는 도리어 나를 원망하는구나. 네가 그걸 모르다니 어찌하려고 그러는가?"

이에 내가 입을 다물고 아무 말도 못 했다. 나는 게으름 귀신에게 이전의 잘못을 고치고 더불어 함께하자고 했다. 마침내 게으름이 떠나지 않았다.

해설

러셀은《게으름에 대한 찬양》이라는 책에서 "노는 시간은 발효와 숙성의 시간이다. 그래야 세상 뒤편을 응시할 수 있다."라고 '빈둥거리는' 시간을 찬양했다. 쌍소는《느리게 산다는 것의 의미》라는 책에서 '느림'을 "부드럽고 우아하고 배려 깊은 삶의 방식"이라고 말했다.

글쓴이는 게으름에게 병이라고 말하면서 떠나라고 요구한다. 그러나 게으름은 사람들의 부지런함과 노력이 오히려 재앙의 근원이 된다고 말하면서 '무지, 무위, 무생'으로 나아가라고 대답한다. 게으름이 도리어 복의 근원이 되고, 시비에 휩쓸리지 않게 하고, 아무런 걱정이 없어 정신을 온전히 기르게 해주는 것이라는 말이다.

이 글을 통해 글쓴이가 말하고 싶어 하는 것은 게으름의 당당한 자기변명이다. 이런 식의 글쓰기 방식은 이규보의 〈시 귀신을 몰아내는 글(구시마문)〉에서도 이미 보인다. 시 귀신에게 떠나라고 요구하는 이규보를 시 귀신은 나무란다. 이규보도 자신의 생각이 그르다는 것을 깨닫고 시 귀신을 맞아들여 스승으로 삼는다.

흔히 살기 위해 일하는지, 일하기 위해 사는지 생각하다 보면, 무엇이 목적이고 또 무엇이 수단인지 헷갈린다. 기존의 확고한 가치에 대해 이렇게 반문해 보는 태도는 삶을 더욱 행복하게 만들어준다는 것을 기억할 필요가 있다. 러셀은 앞의 책에서 "행복하려면 게을러져라."라고 말한다.

몸을 지키는 말
—이이

조카 홍석윤이 제 어머니를 뵈러 가다가 나와 말을 나누었다.

홍석윤 제가 배우고 싶으나 의지가 약해 하는 일 없이 세월을 보내고 말았습니다. 제가 마음에 새길 만한 말씀을 해주시면, 자리 옆에 붙여놓고 밤낮으로 보면서 게으름을 부리지 않겠습니다.

이이 옥을 갈고닦지 않으면 그릇이 될 수 없다. 마찬가지로 사람이 배우지 않으면 도리를 알 수 없고, 도리를 알지 못하면 사람이 될 수 없다. 그러므로 배우려고 하지 않는 선비는 짐승이 되려는 것을 꺼리지 않는 사람이다. 짐승이 되려는 것도 겁내지 않는다면, 자리 옆에 경계하는 말을 써 붙인들 무슨 소용이 있겠느냐?

홍석윤 본디부터 배우려고 하지 않은 사람에게는 경계하는 말씀이 소용없습니다. 그러나 배우고자 하나 의지가 약한 사람에게 경계의 말씀을 들려주시면 도움이 될 것입니다.

이이 그렇겠구나. 사람의 병에는 두 가지가 있다. 하나는 기운이 병드는 것이고, 다른 하나는 뜻이 병드는 것이다. 기운이 병들면 의원에게 물어보고 약을 구해 치료해야 한다. 이는 바깥 사물로 병을 치료하는 것이다. 뜻이 병들면 스스로 깨닫고 마음을 닦아 치료해야 한다. 이는 안에 있는 마음으로 병을 치료하는 것이다. 바깥 사물로 병을 치료하는 것은 다른 사람에게 달려 있고, 안에 있는 마음으로 병을 치료하는 것은 자기 자신에게 달려 있다. 사람들은 다른 사람에게 달려 있는 기운의 병은 치료하려고 하면서도, 정작 자기 자신에게 달려 있는 마음의 병은 치료하려고 애쓰지 않으니, 이 얼마나 우스운 일이냐?

진실로 스스로 마음을 닦으려고 한다면, 게으름의 병은 부지런함으로 치료하고, 욕망의 병은 올바른 이치로 치료하고, 자신을 다잡지 못하는 병은 조심스러움과 엄격함으로 치료하고, 어수선한 생각의 병은 정신 집중으로 치료해야 한다. 자기 자신에게 있는 병은 밖에서 약을 구하지 않아도 되니 치료하지 못할 것이 없다. 그러니 어찌 배움이 이루어지지 않는 것을 걱정하겠느냐?

홍석윤 몸을 지키는 데 필요한 말씀을 해주십시오.

이이 집에 들어오면 부모님께 효도하고, 밖에 나가면 어른을 공경해야 한다. 또 책을 읽어 사물의 이치를 파고들어 연구하고, 선을 행하여 본디 성품이 돌아오기를 구해야 한다. 마음을 고요히 하고 있을 때는 마음을 다잡아 곧게 하며, 몸을 움직일 때는 바깥 사물과 잘 조화되도록 해야 한다. 자기 자신을 채찍질할 때는 용맹스럽게 하고, 자기 몸을 지킬 때는 끈기 있게 해야 한다.

이렇게 말하고 글을 써서 홍석윤에게 주었다.

해설

조카 홍석윤이 외삼촌인 이이에게 삶의 지침이 될 말을 구한다. 그러자 먼저 이이는 배움의 태도를 말해준다. 옥이 있어도 갈고 닦지 않는다면 그것은 옥이 될 수 없듯이, 사람도 배우지 않으면 짐승과 다를 바가 없다. 그러므로 사람은 꾸준히 배우고 그것을 실천할 줄 알아야 한다.

사람의 병에는 두 가지가 있다. 하나는 몸이 병드는 것이고, 또 하나는 마음이 병드는 것이다. 몸에 든 병은 의원에게 치료를 받으면 되지만, 마음에 든 병은 자기 자신에게 달려 있다. 사람들은 몸에 든 병은 고치려고 하면서도 정작 마음에 든 병은 고치려고 하지 않는다.

일찍이 공자도 이런 것을 지적한 적이 있다.

"옛날에 배우는 사람들은 자기 자신을 위한 학문을 했는데, 요즘 배우는 사람들은 남에게 자신을 드러내기 위해서 학문을 한다."

이이는 마음에 든 병을 고치는 방법을 구체적으로 말한다. 게으름은 부지런함으로, 욕망은 올바른 이치로, 해이함은 엄격함으로, 어수선한 생각은 정신 집중으로 치료해야 한다. 또 집에 들어오면 부모님께 효도하고, 밖에 나가면 어른을 공경해야 한다. 그리고 책을 읽어 사물의 이치를 파고들어 연구하고, 선을 행하여 본디 성품이 돌아오기를 구해야 한다. 그러고 나면 배움은 저절로 다가오는 것이다.

한바탕 울 만한 자리
—박지원

7월 8일, 날이 맑았다.

정사 박명원과 함께 가마를 타고 삼류하(三流河)를 건너 냉정(冷井)에서 아침을 먹었다. 십여 리를 가서 산기슭을 돌아 나서니 태복이가 허리를 굽히고 말 앞으로 달려와 땅에 머리를 조아리고 큰 소리로 외친다.

"백탑이 보입니다."

태복이는 일행인 정 진사의 말을 끄는 하인이다.

산기슭에 가려 백탑은 보이지 않는다. 말을 채찍질해 수십 걸음을 가 산기슭을 벗어나자 눈앞이 아찔하고 문득 눈에 헛것이 오르락내리락한다. 나는 오늘에야 비로소 사람살이가 본디 의지할 곳 없이 다만 하늘을 이고 땅을 밟으며 떠도는 것임을 알았다. 말을 멈추고 사방을 돌아보다가 나도 모르게 손을 이마에 대고 말했다.

"좋은 울음 터로구나. 한바탕 울 만하다."

정 진사가 말했다.

"천지간에 이런 넓은 세계를 만나서 뜬금없이 울 만하다니, 무슨 말씀이오?"

“그렇겠군. 그러나 그게 아니지. 천고에 영웅은 잘 울고 미인은 눈물이 많다지만, 겨우 두어 줄기 소리 없는 눈물이 옷깃에 떨어졌을 뿐 그 울음소리가 쇠나 돌에서 나온 듯이 천지에 가득 찼다는 말은 들어보지 못했네. 사람들은 단지 칠정(일곱 가지 감정) 가운데 오직 ‘슬픔’만이 울음을 자아내는 줄 알지만, 실은 칠정이 모두 울음을 자아낸다네. 기쁨이 사무치면 울게 되고, 노여움이 사무치면 울게 되고, 즐거움이 사무치면 울게 되고, 사랑이 사무치면 울게 되고, 미움이 사무치면 울게 되고, 욕망이 사무치면 울게 되니, 맺힌 감정을 푸는 데 우는 것보다 빠른 방법이 없네.

울음은 천지간에 우레와도 같다네. 사무치는 감정이 이치에 맞게 나오는 것이니 웃음과 무엇이 다르겠는가? 사람들은 이런 사무치는 감정을 겪어보지 못해 슬픔을 울음과 짝 맞춘 것이지. 그래서 사람이 죽어 초상을 치를 때 억지로라도 ‘아이고!’ 하는 것이라네. 그러나 진실로 칠정의 지극하고 참다운 소리는 참고 억눌려 천지 사이에 쌓이고 맺혀 감히 드러날 수 없는 법이네. 한나라의 가생이라는 사람은 그 울음 터를 얻지 못해서 참지 못하고 임금을 향해 크게 한 번 울부짖었으니, 어찌 사람들이 놀라고 이상하게 여기지 않았겠는가?”

“지금 울 만한 자리가 저토록 넓으니 나도 선생을 따라 한바탕 통곡해야 할 터인데, 칠정 가운데 어느 것을 구해 울어야겠소?”

“그것은 갓난아이에게 물을 일이지. 아이가 처음 배 밖으로 나올 때 느끼는 것이 어떤 감정이었겠나? 처음에는 밝음을 보고, 다음에는 부모와 친척이 가득 차 있는 것을 볼 것이니, 기쁘고 즐겁지 않을 수 없을 것이네. 이런 기쁨과 즐거움은 늙을 때까지 두 번 다시 없을 터이니 슬프고 화날 까닭이 없을 것이네. 그러니 아이의 감정으로는 즐겁게 웃어야 할 것이지만 도리어 분하고 서러운 감정이 가슴에 북받친 것처럼 울부짖기만 한다네. 이것을 보고 '사람은 잘나든 못나든 죽기는 매일반이고, 살아가면서 수많은 근심과 걱정을 하게 되니, 아이가 태어난 것을 후회해서 스스로 먼저 우는 것이다.'라고 한다면, 이는 갓난아이의 본뜻과는 다를 것이네. 갓난아이가 어머니 배 속에 있을 때, 어둡고 막히고 감기고 비좁게 지내다가, 하루아침에 탁 트인 곳으로 나와 손을 펴고 다리를 뻗으니 마음이 시원해질 것이니, 어찌 마음이 다하도록 참된 감정이 흘러나오지 않겠는가? 그러니 마땅히 갓난아이의 울음소리에 거짓이 없다는 것을 본받아야 할 것이네.

금강산 비로봉 꼭대기에 올라 동쪽 바다를 굽어보면 한바탕 울 만한 자리가 될 것이고, 황해도 장연의 바닷가에 가면 한바탕 울 만한 자리가 될 것이네. 오늘 요동 벌판에 이르러 이로부터 산해관까지 1200리 사이에는 사방에 산이 하나도 없어 하늘과 땅 끝을 풀로 붙이고 실로 꿰맨 듯하고 옛날과 지금의 비와 구름만 아득할 뿐이니 또한 한바탕 울 만한 자리가 될 것이네."

해설

1780년 6월 24일, 마흔네 살의 박지원은 8촌형 박명원을 따라 북경으로 가기 위해 압록강을 건넌다. 4개월에 걸친 중국 여행이 시작된 것이다. 그렇지만 사실 박지원은 아무런 벼슬도 갖지 못한 채였다. 그저 박명원의 수행원으로 함께 간 것이다. 그는 그 4개월의 여정을 글로 남겼는데, 그것이 바로《열하일기》다.

《열하일기》는 일기라는 기본 형식에 정치, 경제, 사회, 철학, 과학, 기술, 연극, 음악 등 다양한 갈래를 망라하고 있다. 박지원은 4개월간의 여행을 통해서 바라본 청나라의 선진 문물을 상세히 기술하면서 이를 적극적으로 도입해 백성들의 생활에 적용할 것을 역설한다.

여기 수록한 글은 광활한 요동 벌판을 보고 느낀 것을 서술한 것이다. 그곳에 서서 연암은 '한바탕 울 만한 자리'라고 하면서 그 이유를 논리적으로 설명한다. 연암은 칠정 가운데 슬픔만이 울음을 자아낸다는 일반적인 견해를 제시하고 그것을 부정한다. 다시 말해, 슬픔만이 아니라 칠정 모두가 사무치면 울음을 자아낸다는 자신의 견해를 세운다. 이는 대상을 바라보는 연암의 독특한 인식이 드러난 것이다.

시(詩)는 자하 신위에게서 망했고, 산문은 연암 박지원에게서 망했으며, 글씨는 추사 김정희에게서 망했다는 말이 있다. 우리 산문이 연암에 와서 그 정점에 이르렀다는 말이다. 박지원의 글은 이 말이 거짓이 아님을 증명한다.

2장

물을 보려면 그 근원을 보라

대나무
—석식영암•

화산 월등사 서남쪽에 죽루(대나무로 지은 누각)가 있는데, 죽루 서쪽 언덕에 대나무 수천 그루가 솟아서 절 뒤를 둘러싸 숲을 이루고 있다. 주지 스님이 이 대나무 숲을 아주 사랑했다.

하루는 죽루 위에서 손님을 모아놓고는 주지 스님이 대나무를 가리키며 말했다.

"여러분께서 대나무의 좋은 점을 들려주십시오."

어떤 사람이 이렇게 말했다.

"죽순은 좋은 먹거리지요. 처음 싹이 나오면 마디는 짧고 속은 살이 올라 꽉 찹니다. 이때 낫으로 잘라 칼로 다듬어 솥에 삶아서 화로에 구우면 향기가 좋고 달고 부드러우며 맛이 좋지요. 소고기도 맛이 없어지고, 산짐승 고기도 비교가 되지 않습니다. 늘 먹어도 물리지 않으니, 대나무의 맛이란 바로 이런 것이지요."

어떤 사람은 이렇게 말했다.

"대나무는 강한 듯하면서 강하지만은 않고, 부드러운 듯하면서 부드럽지만은 않아서 사람이 쓰기가 좋습니다. 휘어서 광주

• 석식영암(?~?): 고려 때의 승려. 지팡이를 의인화한 가전체 작품인 〈정시자전〉을 지었다.

리와 상자를 만들 수 있고, 가늘게 쪼개 엮어서 문에 거는 발을 만들 수 있으며, 잘라서 짜면 마루에 까는 자리를 만들 수 있고, 잘라서 깎으면 옷상자, 도시락, 여물통, 그릇, 조리 따위를 만들 수 있습니다. 이 모두 대나무로부터 나오는 것이니, 대나무의 쓰임이 이러합니다."

어떤 사람은 이렇게 말했다.

"대나무가 돋아날 때, 작고 크고 먼저 나오고 뒤에 나온 것이 줄을 지어 차례를 이룹니다. 처음에는 뾰족하다가 뒤에 미끈해집니다. 그러고는 거북 껍데기 같은 껍질이 벗겨지고 옥 같은 줄기가 자라면, 분가루가 없어지고 하얀 마디가 뚜렷해집니다. 그러면 푸른 대나무에서 바람 소리가 저절로 생겨나지요. 바람이 불어 대나무 숲에서 우는 소리가 나고, 푸른 대나무가 우거져 그늘을 만들고, 저물녘 대나무 그림자는 달빛을 희롱하며, 차가운 대나무는 눈을 맞고 있습니다. 이것이 대나무를 감상하기에 가장 좋은 모습들입니다. 봄부터 섣달까지 날마다 시를 읊을 수 있게 해주고, 걱정을 물리쳐 주며, 흥을 돋우어 줍니다. 대나무의 운치란 바로 이런 것이지요."

어떤 사람은 이렇게 말했다.

"대나무는 키가 천 길이 되는 것, 둘레가 두어 길 되는 것, 머리에 무늬가 있는 것, 빛이 검은 것, 가시가 있는 것, 털이 있는 것 등 종류도 다양하고 저마다 부르는 이름도 다릅니다. 또 지역마다 그 이름과 모양도 다르지요. 그러나 대나무는 바다가 얼 만큼 추워도 시들지 않고, 쇠가 녹을 만큼 더워도 마르지 않습니다. 또 사시사철 변함없이 푸르고 싱그럽지요. 그러므로 성인은 대나무를 높이 여기고, 군자는 대나무를 본받으려 합니다. 땅이나 시절에 따라 그 뜻을 바꾸지 않으니, 대나무의 지조가 그러합니다."

이에 내가 말했다.

"맛이나 쓰임, 운치, 지조로 대나무를 좋아한다면, 이는 대나무의 겉만 얻고 알맹이는 버리는 것입니다. 대나무가 처음 날 때 쑥 자라는 것을 보면, 선천적으로 깨달은 능력이 나아지는 것을 알 수 있습니다. 또 대나무가 늙을수록 더욱 단단해지는 것을 보면, 뒤에 노력하는 힘이 차츰 늘어나는 것을 볼 수 있습니다. 대나무의 속이 빈 것을 가지고 자성이 없음을 볼 수 있고, 대나무의 곧은 것을 가지고 참모습을 이야기할 수 있습니다. 대나무 뿌리가 용으로 변하는 것은 사람이 모두 부처가 될 수 있다는 것을 보여주며, 대나무 열매가 봉황의 먹이가 되는 것은 다른 사람을 이롭게 하는 것을 보여주는 것입니다. 스님께서 대나무를 좋아하시는 것은 저러한 것들에 있지 않고 바로 이런 것에 있을 것입니다."

스님이 말했다.

"자네 말이 맞는 것 같네. 자네야말로 대나무의 좋은 친구로군."

이에 이 일을 적어 뒷날 대나무를 좋아하는 사람의 모범이 되게 하려 한다.

해설

이 글의 소재는 월등사 뒤편을 둘러싸고 있는 대나무이다. 대나무를 통해 불교적인 깨달음의 과정을 말하고 있다.

월등사의 주지 스님이 대나무의 좋은 점이 무엇인지 말해줄 것을 요청한다. 이에 대해 먼저 네 사람이 대나무의 좋은 점을 말한다. 첫 번째 사람은 향기가 좋고 달고 부드러운 대나무의 맛을 말하고, 두 번째 사람은 광주리뿐만 아니라 자리, 옷상자 등을 만들 수 있는 대나무의 쓰임을 말한다. 세 번째 사람은 대나무 숲의 소리를 비롯해 대나무 그늘과 그림자, 눈 맞는 대나무 등이 가져다주는 운치를 말하고, 네 번째 사람은 추위와 더위에도 싱그러워 변하지 않는 대나무를 통해 지조를 예찬한다.

그러나 대나무에 대한 이러한 해석은 대나무를 표면적으로만 인식한 것에 불과하다. 대나무에 대한 글쓴이의 해석은 앞의 네 사람이 내린 대나무에 대한 해석이 단면에 그친 것임을 말해준다. 글쓴이가 볼 때, 대나무가 처음 쑥 자라는 모습은 불교에서 말하는 돈오(頓悟, 문득 깨달음)를 보여주는 것이며, 뒤에 대나무가 단단해지는 모습은 점수(漸修, 점차 수행하여 실천함)를 보여주는 것이다. 또한 대나무는 모든 사람이 부처가 될 근본을 가지고 있다는 것을 보여주고, 불교의 가르침인 자비로움을 가지고 있다는 것을 글쓴이는 말한다.

이 글은 대나무를 바라보는 인식의 차이를 통해 사물을 바라보는 태도와 사람됨의 깊이를 새롭게 깨닫게 하고 있다.

유익한 세 벗
—유방선•

'서파삼우(西坡三友)'는 내 벗 이이립이 스스로 지은 호이다. 이립은 호걸이다. 어려서 육경•에 통달해 유학자들 사이에 이름을 드날렸다. 을유년(1405) 과거에 급제하고 나서 인재를 뽑는 일을 맡았다. 10년 동안 벼슬살이하며 공을 쌓고 이름이 드러났으니, 그는 하늘이 준 덕을 갖춘 인재라 할 만하다.

기해년(1419) 가을, 그는 벼슬에서 물러나 남쪽으로 돌아가 영천 서파리에 살면서 스스로 '서파삼우'라고 이름했다. '삼우', 즉 세 벗은 돋보기와 뿔잔과 쇠칼이다.

그가 나에게 말했다.

"내가 사람을 피해 한적한 곳을 찾아서 살아가네. 다른 사람이 나를 벗으로 찾지도 않고, 나 또한 다른 사람을 벗으로 찾아 구하지 않는다네. 이제 세 가지를 벗으로 삼아 돋보기로는 불붙이는 것을 맡게 하고, 뿔잔으로는 술을 채우게 하고, 쇠칼로는 생

• 유방선(1388~1443): 조선 전기의 학자. 호는 '태재'. 변계량, 권근 등에게 학문을 배우고, 원주에서 생활하던 동안 서거정, 한명회 등을 길러냈다. 저서로《태재집》이 있다.

• 육경: 유교의 교리를 담은 중국 춘추시대 여섯 가지 경전.《역경》,《서경》,《시경》,《춘추》,《예기》,《악기》.

선회를 친다네. 이렇게 하여 스스로 술을 따라 마시니, 취하고 배부르게 할 수 있다네. 물고기와 쌀이 나는 시골에 거닐며 살아가니 곧 태평성대라 할 만하지 않은가? 이것이 바로 내가 이들을 세 벗으로 삼은 까닭이네. 자네가 나의 뜻을 더 자세하게 밝혀주게나."

내가 생각하니 벗한다는 것은 다른 사람을 넓게 이해하고 받아들이는 마음이나 행동을 일컫는 것이니, 사람이나 사물이 모두 벗이 될 수 있다. 그래서 옛사람들은 사물을 벗으로 삼기도 했다. 그러나 사물 중에서 벗으로 삼을 만한 것으로 그 세 가지만 있는 것은 아니다. 그런데도 그가 굳이 이 세 가지로 벗을 삼은 것은 먹는 것을 위해서만은 아닐 것이다. 그의 말은 겸손해서 그런 것이다.

내가 볼 때, 돋보기는 불을 붙이기 위한 물건이다. 한번 불을 붙여 꺼지지 않게 하면 그 빛이 비치지 않는 곳이 없다. 그것은 덕이 한번 밝아져 그치지 않는다면 그 덕이 꺼지지 않는 것과 같다. 돋보기로 불을 붙이는 뜻에서 이러한 생각을 이끌어낸다면,《대학》에서 말한 것처럼 나날이 새로워지게 될 것이다. 그러니 돋보기를 벗으로 삼은 뜻이 어찌 불을 피우는 것에만 그치겠는가?

뿔잔은 뿔로 만든 것인데, 가운데는 비고 안으로 향하며 아래에 이르는 길이 있다. 뿔잔에 들어가는 것은 맑기도 하고 흐리기도 하니, 그것은 사물을 감싸주는 넓은 마음과 깊은 생각을 가지고 있다. 그 뿔잔을 사용하는 사람이 그 덕을 생각한다면 도를 즐기고 착함을 좋아하는 마음을 갖게 될 것이다. 그러니 어찌 석 잔 술의 뜻을 알지 못할 걱정이 있겠는가?

쇠칼은 곧 쇠다. 쇠의 기운은 가을을 나타내고,• 쇠의 덕은 날카로움에 있다. 한나라의 진평은 쇠의 날카로움을 사물에 써서 고기를 썰어 고르게 했고, 여회는 쇠의 날카로움을 정치에 적용하여 일을 처리함에 결단력이 있었다.• 이 칼을 잡고 그 쓰임을 살펴보면, 칼을 쓰는 데는 여유가 있어야 한다. 그러니 남들이 어찌 그의 옳은 말을 거스르겠는가?

이 세 가지 벗은 안으로는 스스로를 수양하는 방법을 갖추고 있고, 밖으로는 백성들을 대하는 도리를 갖추고 있다. 공자께서 《논어》에서 도움이 되는 세 벗에 대해 말씀하시고, 맹자께서 옛 사람을 벗으로 삼는다고 하신 것•도 바로 이것이다.

그는 가히 벗을 얻는 방법을 안다고 할 것이다. 세 벗의 좋은 점을 자기 것으로 만들어 가진다면 어찌 그 효과가 작다고 하겠는가? 뒷날 그가 높은 벼슬을 하여 관리들을 임명하고 파면하기도 하며 세상을 다스려, 위로는 임금의 정치를 돕고 아래로는 역

• 음양오행에서 금(金)은 '서쪽, 가을, 흰색'을 나타낸다.

• 진평, 여회: 각각 한나라와 당나라 때의 재상.

• 맹자가 만장에게 말했다. "한 고을의 우수한 선비는 한 고을의 우수한 선비와 사귀고, 한 나라의 우수한 선비는 한 나라의 우수한 선비와 사귀고, 천하의 우수한 선비는 천하의 우수한 선비와 사귄다. 천하의 우수한 선비를 사귐으로써도 부족하다면, 또 옛사람을 논한다. 그의 시를 외우고, 그의 책을 읽고도 그 사람을 모른다면 되겠느냐? 그래서 그 세대를 논하는 것, 바로 이것이 나아가 옛사람과 벗으로 사귀는 것이다."

사에 아름다운 이름을 전하게 된다면, 그 세 벗에 힘입었다고 해야 할 것이다.

아, 대장부가 이 세상에 나서 때를 만나거나 만나지 못하는 것은 하늘의 뜻이다. 그러나 지금은 밝은 임금이 위에 계시어 큰 도가 새롭고, 어질고 현명한 사람이 잇따르니 함께 나아갈 때다. 그러니 내 어찌 기쁘지 않겠는가? 내 마땅히 눈을 비비고 그를 기다릴 것이다.

해설

공자는 유익한 벗과 해로운 벗을 이렇게 설명한다.

“정직한 사람, 진실한 사람, 견문이 넓은 사람을 벗하면 유익하고, 겉차림만 그럴싸하고 정직하지 않은 사람, 다른 사람 앞에서 부드럽게 잘 보이려는 사람, 이리저리 말을 잘 둘러대는 사람을 벗하면 해롭다.”

글쓴이는 경북 영천 서파리에 살면서 돋보기와 뿔잔 그리고 쇠칼을 벗으로 삼고 ‘서파삼우(서파의 세 벗)’라고 이름한 이이립의 뜻이 무엇인지 풀어준다. 불을 붙이는 돋보기를 벗한 것은 덕을 밝혀 나날이 새로워지려는 뜻으로, 안이 비어 있는 뿔잔은 사물을 감싸주는 넓은 마음과 깊은 생각을 가지고 살려는 뜻으로, 그리고 날카로운 쇠칼은 일을 처리함에 결단력과 여유를 갖추겠다는 뜻으로 풀이한다.

결국 이이립이 이 세 가지를 벗 삼은 것은 안으로 스스로를 수양하겠다는 마음 자세를 갖추고 밖으로는 사람들을 대하는 도리를 갖추고 살아가겠다는 것을 나타낸다. 사물을 벗하며 이름 하나에도 의미를 부여하고 살아간 옛사람의 모습이 잘 나타나 있다.

봄을 보내며

—임제•

옛날 무극•이 상제께 아뢰었다.

"하늘은 사계절을 가지고 있는데, 사계절의 으뜸은 봄입니다. 땅에는 동서남북이 있는데, 사방의 으뜸이 동방입니다. 동방은 곧 만물을 낳은 곳이라, 임금이 없으면 만물을 교화할 수가 없습니다. 청컨대 동군을 왕으로 삼으소서."

상제가 무극의 말을 옳게 여겼다.

정월 초하룻날, 동군이 왕위에 올랐다. 나무의 덕으로 왕이 되어 무위•로써 교화했다. 나라 이름을 '신(新)'이라 하고 스스로 춘신군•의 후손이라 했다.

- 임제(1549~1587): 조선 전기 문인. 호는 '백호'. 어려서는 자유분방해 스승이 없었고, 스무 살이 넘어서 성운에게 배웠다. 성격이 호방하고 얽매임을 싫어했다. 여러 곳을 유람하고 많은 일화를 남겼다. 황진이의 무덤을 찾아가 시조를 짓고 제사를 지냈다가 파직당하기도 했고, 기생 한우와 시조를 주고받기도 했다. 〈수성지〉, 〈화사〉, 〈원생몽유록〉 등의 한문소설을 지었고, 문집으로《임백호집》이 있다.
- 무극(無極): 우주가 음과 양으로 나뉘기 전을 '태극(太極)'이라고 하는데, 그것은 또 아무것도 없는 상태이므로 '무극'이라고도 한다.
- 무위(無爲): 노자의 중심 사상으로, 자연에 따라 행하고 인위를 가하지 않는 것.
- 춘신군(春申君): 중국 전국시대 말기 초나라의 정치가. 제나라의 맹상군, 조나라의 평원군, 위나라의 신릉군 등과 함께 전국시대 '4공자'의 한 사람.

동군이 왕위에 오른 뒤, 두세 달 동안 바람이 순조롭게 불고 비가 알맞게 내렸다. 바야흐로 이때 만물이 기뻐했다. 햇빛이 비치고 달빛이 어루만지니, 모양과 기운을 가지고 있는 것은 모두 동군의 덕택을 입었다. 동쪽으로 움직이고 서쪽으로 다다라 모든 곳에 영향을 미쳤다. 그러니 동군이 오고 나서 어느 것이나 되살아나지 않는 것이 없었다.

동군은 위엄이 있고 엄숙한 태도나 차림새를 가지고 있었으며, 또한 화려함을 좋아해서 세상을 비단으로 수놓은 듯 아름답게 만들었다. 화단에는 나비들이 향기로운 봄바람 앞에서 춤을 추었고, 휘늘어진 수양버들 가지에서는 꾀꼬리가 태평스러운 세월을 노래했다. 하늘과 땅 사이에서는 만물이 화려한 빛깔로 꾸며져 장관을 이루니, 이처럼 번성한 모양은 견줄 데가 없었다.

아! 하늘이 아무리 크다 하나 동군이 아니고서는 만물의 모양이 바뀌게 할 수 없고, 사물이 비록 많다 하나 동군이 아니고서는 사물이 생겨 이루어지게 할 수 없다. 이로 보건대 곤충이나 푸나무 등 세상의 온갖 사물들이 바뀌고 생겨나게 하는 공은 모두 하늘과 동군이 이룬 것이다.

인간 세상의 임금도 또한 그러하다. 무릇 임금이 위에서 덕을 베풀면 백성이 아래에서 화합하게 된다. 그러므로 공자도 "바람이 불면 풀이 눕는다."라고 한 것이다. 그렇게 된다면 사람은 누구나 제자리를 얻게 된다. 마음이 따르면 기운이 따르게 되고, 기운이 따르면 형체가 따르게 되고, 형체가 따르면 소리가 따르게 되고, 소리가 따르면 천지가 바뀌어 모두 따라 움직인다. 그러므로 백성을 다스려 탈이 없게 하는 것이 왕도•의 시작이요, 만물을 떨쳐 일어나게 하는 것이 천도의 시작이다. 이렇게 본다면 하늘과 사람 사이에 무슨 다름이 있겠는가?

이에 동군의 덕이 지극하다는 것을 알겠으니, 상제의 빛남이 넓고도 높아 이름 붙일 수가 없다. 그러나 사계절은 골고루 나뉘어 한 기운이 한 해를 다 맡기 어렵다. 하늘의 운행은 돌고 철마다 하는 일이 어긋나지 않으니, 사물이 성하고 쇠퇴하는 것이 진실로 이치라 하겠다. 그러므로 자리를 넘겨주고 떠나며, 늙으면 정치를 맡지 않는 것이다.

나이 아흔에 청제(靑帝)는 적제(赤帝)에게, 적제는 백제(白帝)에게, 백제는 흑제(黑帝)에게 임금 자리를 넘겨주었다.• 이것은 요임금이 순임금에게, 순임금이 우임금에게, 우임금이 탕임금에게, 탕임금이 주나라 문왕과 무왕에게 임금 자리를 넘긴 것과 무엇이 다르겠는가?

동군은 임금 자리에 있은 지 석 달 동안 연호를 세 번 바꾸었는데, 그 이름은 '초봄, 가운뎃봄, 늦봄'이다.

봄이 저무는 날, 봄이 감을 슬프고 아깝게 여기는 사람이 쓴다.

• 왕도(王道): 어짊과 덕으로 나라를 다스리는 도리.
• 청제는 봄을 맡은 동쪽의 신, 적제는 여름을 맡은 남쪽의 신, 백제는 가을을 맡은 서쪽의 신, 흑제는 겨울을 맡은 북쪽의 신이다.

해설

동양에서 자연 현상과 인간 생활을 설명할 때 기본이 되는 것이 '오행설'이다. 이 글을 읽는 데는 오행에 대한 이해가 필요하다. 오행을 각 항목과 관련시키면 다음과 같다.

오행	방위	계절	색깔	오상(五常)	맛
나무	동	봄	푸른색	인(仁)	신맛
불	남	여름	붉은색	예(禮)	쓴맛
흙	중앙	늦여름	누른색	신(信)	단맛
쇠	서	가을	하얀색	의(義)	매운맛
물	북	겨울	검은색	지(智)	짠맛

글쓴이는 봄을 보낸다. 봄은 방위로는 동쪽을, 오행으로는 나무를, 색으로는 푸른색과 대응된다. 동군(東君)이 왕위에 올랐다는 것은 봄이 되었다는 말이고, 봄은 오행에서 나무에 해당하기 때문에 나무의 덕으로 세상을 교화하고, 봄은 한 해의 시작이기 때문에 나라 이름을 처음과 새로움을 뜻하는 '신(新)'이라 한 것이다.

그다음은 봄의 덕을 칭송한다. 겨울이 지나 봄이 되니 동군의 덕으로 만물이 새롭게 생겨난다. 나비가 춤을 추고 꾀꼬리가 노래한다. 그러나 이런 아름다운 봄이 영원할 수는 없다.

글쓴이는 봄이 저무는 것을 슬퍼하고 아깝게 여긴다. 그러나 무작정 슬픔에 빠지지만은 않는다. 봄이 가고 여름이 오는 계절의 변화는 자연의 순리이기 때문이다.

밤이 되면 솔바람 소리 들리고
—박제가

세상에서 지극한 벗으로는 가난하고 어려울 때의 사귐을 말하고, 벗을 사귀는 가운데 하기 어려운 말은 가난을 상의하는 것입니다. 아! 높은 벼슬에 오른 사람이 혹 가난한 사람의 집을 찾아가는 일도 있으며, 벼슬하지 않는 선비가 높은 벼슬아치의 집을 찾을 때도 있습니다. 이렇듯 서로 구하는 것은 깊지만 서로 마음에 맞기가 어려운 것은 무엇 때문일까요?

벗이란 술을 마시고 친밀하게 대하며 손을 잡고 무릎을 가까이하는 사람만을 가리키지는 않습니다. 말하고 싶은 것이 있어도 말하지 않는 벗이 있고, 말하고 싶지 않은 것이 있어도 말이 나오는 벗이 있습니다. 이 두 벗을 통해 사귐의 깊고 얕음을 알 수 있습니다.

사람들은 저마다 아끼는 것이 있는데, 자신이 소유한 재물을 아끼지 않는 사람은 없습니다. 또 누구나 다른 사람에게 부탁할 일이 생기는데, 경제적인 부탁을 하는 것은 모두 꺼려합니다. 만약 자신이 소유한 재물을 흔쾌히 빌려줄 수 있는 친구라면 다른 것이야 오죽하겠습니까?

《시경》에서 "가난한 내 처지. 아는 사람이 없네."라고 했습니다. 다른 사람은 내가 가난한 사정에 조금도 마음을 기울이지 않습니다. 이로 인해 고마워하는 마음과 원망하는 마음이 일어나는 것입니다.

가난을 드러내 말하지 않는 사람이 있다 하더라도, 그가 어찌 남에게 구하는 바가 전혀 없겠습니까? 그러나 그는 문을 나서면 억지로 웃고 말하며, 차마 오늘 먹거리가 없다는 말을 입에 담을 수 없겠지요. 이런저런 이야기를 하면서도 차마 자기의 딱한 사정을 털어놓지 못합니다. 마지못해 입을 떼어 막 이야기하려는 순간, 상대방의 표정이 안 좋아지는 느낌을 받으면 끝내 말하지 못합니다. 비록 말한다 하더라도 결국 말하지 않는 것과 같게 됩니다.

재물이 많은 사람은 남이 구걸하는 것을 싫어해, 먼저 재물이 없다고 말합니다. 상대방의 기대를 끊어버리려는 것이지요. 그러면 대개는 서글프고 부끄러워져 의욕을 잃고 제집으로 돌아가게 됩니다. 그렇지 않은 사람은 드물겠지요.

이것으로 나는 알았습니다. 자신의 가난을 이야기한다는 것은 결코 쉬운 일이 아니라는 것을.

무릇 가난할 때의 사귐을 진정한 벗이라고 말합니다. 이는 처한 바나 걱정하는 바가 같아 어려운 사정을 서로 잘 알기 때문일 것입니다.

손을 잡고 괴로움을 이야기할 때는 반드시 끼니와 날씨 같은 것을 먼저 묻고 살아가는 형편을 묻습니다. 그러면 말하고 싶지 않아도 저절로 말이 나옵니다. 이는 벗이 진정으로 슬퍼해 주어 감격해서 그런 것입니다. 지난번 다른 사람에게 말하지 못했던 것이 이제는 벗 앞에서 곧바로 쏟아져 나와 막을 수가 없습니다. 어떤 때는 벗의 집을 찾아가 종일토록 말이 없이 베개를 베고 자다가 오기도 합니다. 그래도 다른 사람과 10년 동안 만나면서 나눈 대화보다 낫지 않겠습니까?

그 이유는 다른 데 있지 않습니다. 벗과의 사귐이 들어맞지 않는다면, 말을 하더라도 말을 하지 않은 것과 다름이 없기 때문입니다. 또 벗과의 사귐에 틈이 벌어지지 않는다면, 비록 말을 하지 않더라도 좋은 것입니다. 옛말에 "머리가 흰데 낯설고, 길에서 잠깐 만나 쉬었는데 오랜 친구와 같다."라고 한 것도 이를 두고 한 말입니다.

내 벗인 백영숙은 재주 있는 기질을 자부하며 세상에 노닌 지 30년이 되었습니다. 그런데 세상을 잘못 만나 곤궁하게 되어 이제 부모님을 모시고 끼니를 해결하기 위해 깊은 골짜기로 들어가려 합니다. 아! 나와 영숙은 곤궁함으로써 사귀고 가난함으로써 말을 나누었으니, 나는 영숙이 떠나는 것이 몹시 슬픕니다. 비록 그러하나 나와 영숙의 사귐이 어찌 곤궁하기만 했겠습니까? 집에 이틀 끼닛거리밖에 없는데도 서로 만나면 칼을 끌러서 맡기고 술을 마셨고, 술이 거나해지면 큰 소리로 노래 부르며 서로 장난치며 웃곤 했습니다. 세상살이의 슬픔과 기쁨, 세상 인정의 너그러움과 옅음, 인생의 달고 씀이 모두 그 안에 있었습니다. 아! 그러니 영숙이 어찌 곤궁할 때만의 벗이겠습니까?

영숙은 일찍부터 세상에 이름이 알려져 사귐을 맺은 사람이 나라 안에 두루 퍼져 있었습니다. 위로는 정승과 판서, 목사와 관찰사, 또 덕이 있고 이름난 선비에 이르기까지 모두가 영숙을 좋아해 사귐을 허락했습니다. 친척이나 마을 사람들, 혼인으로 사귐을 이룬 사람이 한둘이 아니었습니다. 말 달리고 활을 쏘며 칼로 치고 주먹을 휘두르는 사람들과 글씨와 그림, 도장, 바둑, 거문고, 의술, 풍수, 방기의 무리로부터 저자의 가마꾼, 농부, 어부, 백정, 장사꾼 같은 천한 사람들에 이르기까지 하루도 길에서 만나 다정하게 대하지 않은 적이 없었습니다. 그리고 집으로 찾아오는 사람과도 서로 사귀었습니다. 영숙은 그 사람 됨됨이를 따라 태도를 달리했기 때문에 모든 사람에게 환심을 얻었습니다. 또 영숙은 산천, 풍속, 이름난 물건, 유적 등과 관리의 다스림, 백성의 고충, 군정(軍政), 수리(水利)를 모두 잘 알아 뛰어났습니다. 이로써 영숙이 많은 사람과 사귀었는데 어찌 영숙을 따를 사람이 하나도 없겠습니까? 그럼에도 영숙은 때때로 나의 집 문만을 두드렸습니다. 물어보면 달리 갈 데가 없다는 것이었습니다.

영숙은 나보다 일곱 살이 많습니다. 나와 같은 마을에서 살던 때를 떠올려 보니, 그때 어렸던 내가 이제 수염이 났습니다. 10년 동안 얼굴 모습이 많이도 변했습니다. 그런데도 우리 두 사람에게는 그 10년이 하루같이 느껴지니, 그와 나의 사귐이 참으로 두터웠습니다.

아! 영숙은 평생 훌륭한 마음을 중히 여겼습니다. 일찍이 천금을 흩어 남을 도운 것이 여러 번이었지만, 마침내 곤궁하게 되어 입에 풀칠도 하지 못하게 되었습니다. 비록 활을 잘 쏘아 과거에 급제하기도 했지만, 그의 신분적 한계 때문에 공명을 얻지 못했습니다.

이제 영숙이 집안 식구들을 이끌고 기린협•으로 가려 합니다. 내 들으니 기린협은 험하기가 동해에서 으뜸이라고 합니다. 그곳은 수백 리가 큰 고개와 깊은 골짜기여서, 나뭇가지를 붙잡지 않고는 나아갈 수 없다고 합니다. 그곳 사람들은 화전을 일구고, 너와로 지붕을 이어 살고, 사대부들은 살지 않는다고 합니다. 소식은 일 년에 한 번쯤이나 서울에 이를 것입니다. 낮에 집 밖에 나서도 만날 사람이 없고, 밤이 되면 외로운 산새와 슬픈 짐승들이 울어 그 소리가 울려 퍼질 것입니다. 옷을 입고 일어나 이리저리 돌아다니며 사방을 둘러보면 눈물이 흘러 옷깃을 적실 것이니, 서럽게 서울을 그리워하지 않겠습니까?

아! 영숙은 그곳에서 무엇을 할 수 있겠습니까? 한 해가 저물어 눈이 흩어져 내리면 산이 깊어 여우와 토끼가 살져 있으리니, 활을 당기고 말을 달려 한번 쏘아 잡을 것입니다. 말안장에 앉아 웃으면 악착같이 매달리던 마음이 풀어지고 적막한 바닷가에 있는 것도 잊게 될 것입니다. 그러니 벼슬길에 나아가고 물러나는

• 기린협: 오늘날의 강원도 인제군.

데 마음을 쓰지 않아도 되고, 누군가와 헤어지는 슬픔도 없을 것입니다. 또 서울에서처럼 먹다 남은 밥을 찾다가 다른 사람의 싸늘한 눈빛을 만나지도 않을 것이고, 다른 사람에게 어렵게 부탁하는 말을 건넬 필요도 없습니다.

영숙이여, 떠나십시오. 나는 지난날 곤궁했을 때 그대와 진정한 벗이 되었습니다. 그러니 영숙과 나의 사귐은 앞으로도 변치 않을 것입니다.

해설

1773년, 박제가의 친구인 백영숙(1743~1816)이 궁벽한 산골로 떠난다. '영숙'은 백동수의 자(字)이며, 그는 이덕무의 처남이기도 하다. 백영숙은 무과에 급제했지만 서얼이라는 신분의 한계로 벼슬을 얻지 못했다. 그런 친구가 세상에 뜻을 버리고 강원도 산골로 들어간다고 한다.

친구를 떠나보내며 먼저 박제가는 벗의 사귐을 이야기한다. 박제가에게 영숙은 '세상살이의 슬픔과 기쁨, 세상 인정의 너그러움과 옅음, 인생의 달고 씀'을 모두 알게 해준 사람이었다. 박제가는 가난할 때 사귄 벗이 진정한 벗이라고 말한다. 그런 다음 백영숙이 가는 기린협 산골을 묘사한다. 그곳은 큰 고개와 깊은 골짜기로 험하기가 동해에서 으뜸이라는 말 속에는 떠나는 친구가 마주해야 할 삶에 대한 안타까움이 배어 있다. 그곳에서 친구가 만날 사람들의 모습은 바로 친구의 모습이다. 그리고 사방을 둘러보며 눈물로 옷깃을 적시는 친구의 모습은 박제가 자신의 모습이다.

박제가는 친구에게 떠나라고 말한다. 그것은 서울에 살면서 버둥거리고 싸늘한 눈치나 살펴야 하는 자신과 친구의 모습에 대한 울분과 저항의 표현이다. 박지원이 백영숙을 떠나보내며 쓴 글에도 이런 마음이 오롯이 담겨 있다.

"나는 갈림길 사이를 서성이면서 여태도 거취를 결정하지 못하고 있으니, 하물며 감히 영숙이 떠나는 것을 막을 수 있겠는가? 나는 그 뜻을 장히 여길지언정 그 궁함을 슬퍼하지 않으련다."

물을 보려면 그 근원을 보라

—이첨•

사람들은 큰 물줄기가 높은 산에서 비롯된 것은 알고 있다. 하지만 물의 근원이 무엇인지는 잘 알지 못한다.

무릇 물의 본성은 아래로 흐르는 것이다. 물은 땅속에 있을 때는 숨어서 쌓여 있지만, 땅 위로 나오면 흘러서 가득 차게 되어 물의 이치를 드러내준다. 사람이 물을 안다는 것도 이처럼 보이는 것에서 그치고, 보이지 않는 것에 대해서는 잘 알지 못한다.

세상 사람들은 과연 물의 근원을 아는가? 축축하게 젖은 습한 땅은 물의 남은 기운이다. 이 물들이 모여 긴 강줄기를 이루어 너른 바다에 이른다. 한없이 넓고 크고 세차게 흘러 막을 수가 없다. 그러니 숨어 있는 것과 밖으로 드러난 것을 아는 사람이 아니라면 누가 그 물을 제대로 살필 수 있겠는가? 이러하기 때문에 같은 것을 보면서도 알지 못하는 사람이 있는 것이다.

내가 하동에 있을 때 집 옆에 작은 샘이 있었다. 그런데 샘의 근원이 잡풀에 묻혀 샘이 시작되는 곳을 알지 못했다. 그래서 이

• 이첨(1345~1405): 고려 말 조선 초의 문신. 호는 '쌍매당'. 문장과 글씨에 뛰어나 하륜 등과 함께《삼국사략》을 편찬했고, 가전체 작품인 〈저생전〉을 지었다.

웃 사람들이 근거 없이 고집을 부려, 그 샘이 더러운 흙 속에서 나오는 것이라고 하며 마시려고 하지 않았다. 내가 가서 보고는 샘의 근원을 깨끗하게 청소하고 물줄기를 터놓았다. 그리고 동쪽에 돌로 우물 벽을 만들었다. 그 옆에 있는 다른 우물과 땅속 물길이 같고 물맛도 같았다. 두 우물은 한 물줄기에서 갈라져 나왔던 것이다. 이에 마을 노인들이 와서는 다들 잘했다고 했다. 사람들이 오고 가며 우물에서 물을 길어 썼지만 마르지 않았다. 이는 내가 지혜를 써서 물을 흐르게 한 것이고, 또한 물줄기를 거슬러 샘의 근원을 알아낸 것이다.

아! 사람이 세상에 쓰이고 버림을 받는 것도 이와 비슷하다. 세상에는 임금을 도와 백성에게 혜택이 미치도록 하는 사람이 있다. 그런데 그러한 사람 곁에는 늘 헐뜯는 사람이 있기 마련이다. 헐뜯는 사람이 있으면 물러나 욕된 일을 견디며 때를 기다린다. 그러다가 하루아침에 뛰어난 임금이나 자신을 알아주는 사람을 만나면 올바른 도리를 세상에 행하게 되니, 앞에서 이야기한 물과 그 이치가 같은 것이다.

오늘날 윗자리에 있는 사람들은 다만 외모와 말솜씨를 보고서 사람을 골라 쓰며, 그 마음의 옳고 그름을 따지지 않는다. 이는 물이 흐르는 것만 알고 물의 근원은 알지 못하는 것과 같다.

맹자께서 "물을 보는 데는 방법이 있으니, 반드시 그 물줄기를 보라." 하셨다. 나 또한 이렇게 말하겠다.

"물을 보는 데는 방법이 있으니, 반드시 그 근원을 보라."

해설

'격물치지'라는 말이 있다. 실제 사물의 이치를 탐구해 온전한 지식에 이름을 나타내는 말이다. 그러므로 배우는 사람은 사물의 이치를 뿌리까지 탐구해야 앎에 이를 수 있는 것이다.

글쓴이는 세상 사람들은 과연 물의 근원을 아는지 묻는다. 물의 근원을 안다는 것은 그 이치를 탐구함으로써 가능해진다. 사람이 같은 것을 보면서도 알지 못하는 사람이 있는 것은 바로 사물을 탐구하지 않기 때문이다. 물을 바라보는 데에 물줄기를 보아야 한다는 맹자의 말이나 근원을 보라는 글쓴이의 말은, 이치를 깨닫기 위해서 노력해야 한다는 것이다.

글쓴이는 샘의 근원을 찾아 물을 흘러가게 한 경험을 통해 사람이 세상에 쓰이고 버림을 받는 것을 설명한다. 사람이 세상에 태어나서 뛰어난 임금이나 자신을 알아주는 사람을 만나면 올바른 도리를 행하는 것이 바로 물과 이치가 같은 것이다.

그러나 세상은 어떠한가? 사람을 판단할 때, 그 마음의 옳고 그름을 보지 않고 다만 외모와 말솜씨를 보고서 사람을 골라 쓴다. 이것은 물의 겉모습만 보고 물의 근원을 알지 못하는 것과 같다.

우애 있는 닭

—이익•

내가 암탉을 한 마리 길렀는데 아주 사랑스러웠다. 병아리를 까고 나서 다시 알을 품어 병아리를 까더니 함께 기르는 것이었다. 먼저 나온 병아리는 자라서 날개깃이 나고, 뒤에 나온 병아리는 겨우 솜털만 나 있었다.

어느 날 밤, 어미 닭이 들짐승에게 잡아먹히고 먼저 나온 병아리들도 잡아먹혔는데 다행히 암컷 병아리 한 마리가 살아남았다. 그러나 그 병아리는 머리와 날갯죽지 깃털이 다 빠지고 병이 들어 모이를 쪼아 먹지도 못했다. 뒤에 나온 병아리들이 울면서 어미 닭을 찾는데 아주 불쌍했다.

살아남은 암컷 병아리가 병이 낫자 어린 병아리들을 불러서 품어주었다. 집에 있는 사람들이 처음에는 우연히 그러는 것이려니 했다. 그런데 암컷 병아리가 모이를 보면 작은 병아리들을

• 이익(1681~1763): 조선 후기 학자. 호는 '성호'. 두 살 때 아버지를 여의고 어머니 슬하에서 자랐다. 열 살이 되어서도 글을 배울 수 없을 만큼 약했으며, 나중에 둘째 형 이잠에게 글을 배웠다. 1706년 이잠이 감옥에서 죽은 뒤 시골에 내려가 살았다. 중국을 통해 들어온 서양 문물을 접하면서 중국 중심의 세계관에서 벗어나 합리적이고 실증적인 실학으로 나아갔다. 그의 학문은 안정복, 권철신 등을 거쳐 정약용에게까지 영향을 미쳤다. 저서로《성호사설》,《성호선생문집》등이 있다.

부르고, 다닐 때는 어미 닭 소리를 내면서 뜰 언저리를 벗어나지 않고, 날개깃을 벌려 감싸주기도 하는 것이었다. 어쩌다가 서로 떨어지기라도 하면 허둥거리면서 작은 병아리들을 찾아다녔다. 이렇게 크고 작은 병아리들이 서로 사랑하는 것이 마치 어미 닭과 새끼 닭 같았다. 또 짐승들이 올까 봐 사람 가까이에 있고 처마 밑에서 잠을 자는 것이었다.

때는 장마철이 몇 달이나 계속되었는데, 암컷 병아리는 어린 병아리들을 날개로 감싸서 물에 젖지 않도록 해주었다. 그러나 몸집이 작고 다리가 짧아서 다리를 굽히면 어린 병아리들이 다 감싸지지 않았다. 그래서 암컷 병아리는 다리를 꼿꼿이 세우고 밤을 지냈다. 여름이 지나 가을이 되도록 그렇게 하니 보는 사람마다 감탄했다. 그래서 그 닭을 '우계(友鷄, 우애 있는 닭)'라고 불렀다. 그리고 사람들은 바르지 못한 행동을 하는 사람이 있으면 이렇게 말했다.

"저 우계를 좀 보아라."

그러면 부끄러워하면서 모두 뉘우쳤다. 사람들은 우계가 비록 곳간의 곡식을 쪼아 먹더라도 차마 쫓지 않았다. 그만큼 우계는 사람들에게 믿음을 준 것이다.

마침내 작은 병아리들이 자라 주먹만 하게 되었지만 우계는 더 자라지 못하고 작은 모양 그대로였다. 더군다나 우계는 작은 병아리들을 먹이고 감싸주느라고 병까지 들었다. 밤에 비를 맞아가며 애쓰다 그리되었으니 사람들은 더욱 우계를 불쌍하게 여겼다.

그런데 어느 날 밤, 들짐승이 몰래 엿보고 있다가 우계를 물어 갔다. 사람들이 뒤쫓았지만 잡지 못하고 다만 산길 여기저기 흩어져 있는 우계의 깃털만 가져왔다. 나는 마침 밖에 나갔다가 돌아왔는데, 그 이야기를 듣고 하마터면 눈물을 흘릴 뻔했다. 남아 있는 뼈라도 찾으려고 사람을 시켜 보냈지만 찾지 못했다. 그래서 우계의 깃털을 상자에 넣고 산에 묻어주고 '우계총(友鷄塚, 우애 있는 닭의 무덤)'이라고 했다.

아! 예나 이제나 변함이 없는 것이 있다고 했다. 까마귀의 자식 노릇과 벌의 신하 노릇이 그중 가장 두드러진 것이다. 그러나 벌은 무리를 떠날 수 없으므로 그렇게 행동하는 것이다. 까마귀 또한 어미 새가 길러준 은혜를 갚으려는 것뿐이다. 그러니 이들에게 우애라는 것은 이미 오래전부터 없었다. 우애라는 것은 부모의 마음을 미루어 형제에게 미치는 것으로 사람에게도 드문 일인데, 하물며 사람 아닌 동물에게 어찌 있을 수 있겠는가.

무릇 사람이 올바른 것은 앞사람이 이끌어 주어서이기도 하고, 풍속이 그러해서이기도 하며, 헛된 명성을 좋아해 꾸민 것이기도 하다. 그러니 그 마음은 참으로 알 수가 없는 것이다. 그런데 우계는 누가 가르친 것도 아니고 누구에게 배운 것도 아니며 또 누구에게 보이기 위해 꾸민 것도 아니었다.

사람의 행실을 보면 어른과 아이가 다르다. 아이들은 아직 널리 알지 못하고 성실하게 행하지 못하기 때문에 혹 처음과 끝이 다르기도 하다. 그런데 우계는 어린 병아리를 벗어나지 못했는데도 처음부터 끝까지 한결같았으니 얼마나 대단한 일인가.

내가 듣기에 태어나면서부터 아는 사람을 성인이라고 하는데, 우계는 바로 닭 중의 성인이 아니었나 싶다. 또 타고난 선한 본성을 온전히 그대로 행하는 사람을 성인이라고 하는데, 우계는 동물로서 그 같은 행실을 했으니 이는 동물의 바탕에 얽매이지 않은 것이었던 듯싶다. 공은 이루었지만 몸은 죽어 보답을 받지 못했으니, 이치에는 두루 통했으나 운수는 나빴던 모양이다.

몸은 죽었어도 이름은 오래도록 전해지는 경우가 있는데, 저 우계에게서도 그러한 것이 있다. 이에 내가 우계의 무덤을 길가에 만들어 오가는 사람들이 보게 하는 것이다.

해설

'우애'를 뜻하는 '友' 자의 옛 글자는 손을 뜻하는 '又'를 아래위로 겹쳐 쓴 것이다. 이는 손과 손을 맞잡은 것을 뜻한다. 여기서 더 나아가 뜻을 같이하는 사이, 곧 벗의 의미로 쓰였다.

어떤 사람이 공자에게 왜 정치를 하지 않느냐고 물었다. 그러자 공자는 부모에게 효도하고 형제와 우애를 두터이 한 다음에 그것을 세상으로 확장해 나가는 것이 바로 정치라고 대답한다. 맹자가 '군자의 세 가지 즐거움' 가운데 첫 번째로 든 것이 바로 부모가 살아 계시고 형제가 별 탈이 없는 것인데, 이는 앞에서 말한 공자의 뜻과 다르지 않다.

이 이야기에서 다루고 있는 것도 형제간의 우애이다. 글쓴이는 우애라는 것이 부모의 마음을 미루어 형제에게 미치는 것이라고 말한다. 부모 형제 사이에서 마땅히 지켜야 할 도리를 '천륜(天倫)'이라 하고, 부자나 형제나 부부 사이의 인간관계나 질서를 '인륜(人倫)'이라고 한다. 자식이 어버이에게 사랑을 받으며 자라 효를 실천하는 것을 천륜이라 한다면, 형제간의 우애는 바로 이 부모와 자식 사이의 마음을 통해 이차적으로 인간관계에 나타난 것이다. 그러므로 부모와 자식 사이의 사랑이야 마땅한 것이지만, 형제간의 우애는 항상 그러한 것이 아니다.

이 글에 나오는 우계는 사람에게도 드문 우애를 행한다. 우계는 하찮은 동물에 불과하지만 마치 성인처럼 배우지도 않은 것을 행하고 꾸밈이 없었다. 글쓴이는 이러한 우계의 모습을 통해 인간사회에도 사랑과 우애가 마땅히 행해져야 함을 말하고 있다.

삽 때문에 장님이 된 사람
—이상적•

유 공이 젊었을 때, 함께 공부하는 친구 예닐곱 명과 남쪽으로 길을 가다가 날이 저물어 충청도의 어느 객점에 들어갔다. 저녁을 먹고는 친구들이 떠들썩하게 이런저런 이야기를 하다가 주먹질과 발길질을 하면서 힘자랑을 했다.

그때 방에 장님이 한 사람 있었는데 덥수룩한 수염에 나이가 쉰쯤 되어 보였다. 그 장님은 방 한 귀퉁이에서 짚신을 삼으면서 그들의 이야기를 듣고는 피식 웃었다. 친구들이 장님을 잡고는 왜 비웃는지 물었다. 그러나 장님은 또 피식 비웃으며 대답을 하지 않았다. 친구들이 다그치자 그제야 장님이 입을 열었다.

"보아하니 젊은이들은 부잣집 도령들이로구먼. 그래 얼마나 힘이 센가 보세."

그러고는 그 장님이 오른팔을 굽혀 땅에 세우고 말했다.

"자네들이 내 팔을 굽혀서 넘어뜨려 보게. 만약 그렇게 못 하

• 이상적(1804~1865): 조선 후기 역관이자 문인. 호는 '우선'. 열두 번이나 중국을 다녀왔으며, 중국에서 시문집을 간행했다. 김정희의 〈세한도〉를 북경에 가지고 가서 청나라 문인들의 글을 받아 오기도 했다. 저서로《은송당집》이 있다.

면 나에게 술을 사야 하네.”

한두 사람이 나서보았지만 할 수가 없었다. 친구들이 모두 나서서 해보았지만 그 장님의 팔은 산처럼 우뚝 서서 움직이지 않았다. 객점에 있던 사람들이 모두 놀랐다. 그 장님이 크게 웃고는 술을 가져오라 하면서 말했다.

“내가 자네들을 위해 젊은 혈기를 꺾어주려고 그랬으니, 너무 이상하게는 생각하지 말게.”

젊은이들이 숨을 고르고는 말했다.

“안됐어. 정말 장사인데.”

그러자 장님이 한숨을 쉬고는 눈을 비비고 말했다.

“삽이 이렇게 만들었지.”

장님이 술이 얼큰해지자 젊은이들에게 이야기를 해주었다.

“나는 충청도 사람인데 어려서부터 힘이 세었소. 그런데 집이 가난해서 남의 집 일을 해주고 살았다오. 다른 사람이 이틀 동안 할 일을 나는 아침나절에 해내고, 열 사람 몫을 해냈다오. 그래서 이웃에서 서로 나를 데려다 쓰려고 했소.

그럭저럭 몇 해가 흐르고, 어느 해 여름에 큰비가 내려 논밭이 모두 잠겼다오. 나는 둑을 터서 물을 빼려고 밤중에 삽을 들고 나갔소. 일을 마치고 둑에 앉아 쉬고 있었소. 동이 트기 전이라 달빛이 환하게 비추는데, 삽날이 달빛을 받아 번쩍였소.

그때 마침 어떤 사람이 그곳을 지나가고 있었는데, 갑자기 봇짐을 길에 던지고는 허둥지둥 달아나는 것이었소. 이상했지만 영문을 몰랐다오. 아침에 가보니 봇짐에 100냥이나 되는 돈이 들어 있었소. 생각해 보니 그때 경상도와 충청도에 거듭 흉년이 들어서 도둑이 날뛰던 것이었소. 아마도 그 나그네는 번쩍이는 삽을 보고는 나를 도둑으로 여겼던 모양이오. 내가 일부러 빼앗은 것도 아니고 저절로 굴러온 것이라 무슨 잘못이 있으랴 싶어서 그 봇짐을 가지고 왔소. 그 돈으로 집도 짓고 장가도 들고 술과 고기도 사고 도박도 했다오. 하는 일도 없이 그렇게 지내다 보니 그 돈도 다 떨어졌소. 다시 삽을 들고는 말했다오. '삽아, 네가 나와 남의 집에 품을 팔고 힘들게 일하는 것보다 이번 한 번으로 편하게 살아가는 것이 좋지 않겠느냐?'라고.

이때부터 매일 밤이면 으슥한 곳에서 사람을 기다렸다가 사람이 보이면 삽을 휘둘러서 뜻대로 되지 않은 적이 없었소. 여기서 안 되면 다음 날은 저기로 가서 그랬소. 그때 스스로 세상에 힘으로 나를 당할 자가 없다고 여겼다오.

그러던 어느 날 들에서 나그네를 만났는데 차림새를 보니 부유한 장사꾼인 듯했소. 옷차림이 화려하고 생긴 것도 곱상했소. 나는 그 사람을 대수롭지 않게 여기고 물건에 눈독을 들였소. 그래서 말 머리를 치면서 크게 소리를 질렀소.

'어이, 말을 이리 주고 꺼져.'

그 사람이 아래위로 훑어보더니 말에서 내리고는 '예, 예.' 하면서 고삐를 주었소. 나는 옷도 내놓으라고 했소. 그 사람이 짐승 털로 만든 옷을 벗어 주면서 허리를 굽히고는 말하더이다.

'장사 어른, 날이 이렇게 추운데 속옷은 제발 빼앗지 말아주시오. 이 옷만 해도 100냥이나 되니 이것만 가지고 목숨만은 살려주시오.'

나는 안 된다고 하면서 삽을 휘두르며 위협했소. 그러다가 갑자기 그 사람의 발길질에 열 걸음 밖으로 나가떨어졌소. 정신을 잃었다가 깨어나니 그 사람이 호통을 치더이다.

'이놈, 옷과 말로도 부족해서 욕심을 부리느냐? 사람을 죽이면서 속옷까지 빼앗으려 하다니, 어찌 그럴 수 있단 말이냐? 이미 네 놈의 삽에 죽은 사람이 얼마나 많겠느냐? 내 너를 죽여야겠지만, 네 놈 눈을 뽑아서 행인들에게 보여야겠다. 내가 이렇게 하지 않으면 네 놈은 어디서 죽을지 모른다.'

그 사람이 나를 일으키고는 내 뒤통수를 치자 내 두 눈알이 땅에 떨어졌소. 나는 외마디 비명을 지르고 정신을 잃고 말았다오.

다음 날 아침에 이웃 사람이 나를 보고는 집에 업어다 놓았소. 겨우 죽음을 면했지만 두 눈을 잃고 말았소. 그러고 20여 년 동안 여기저기 시장을 떠돌면서 짚신을 삼아 입에 풀칠을 하고 있다오. 이 재앙은 스스로 부른 것이니 누굴 원망하겠소.

내가 비록 늙었지만 힘은 젊은이들보다 열 배는 더할 것이오. 하지만 그때 그 나그네는 나보다 열 배도 훨씬 넘게 힘이 셀 것이오. 그러니 세상 사람들의 힘을 어찌 헤아릴 수 있겠소."

그 이야기를 듣던 사람들이 모두 고개를 끄덕였다. 그 사람에게 이름을 물었지만 웃으면서 대답하지 않았다.

해설

우리나라 속담 가운데 '뛰는 놈 위에 나는 놈 있다.'라는 말이 있다. 아무리 재주가 뛰어나다 하더라도 그보다 더 뛰어난 사람이 있다는 뜻이다.

객점에 들른 사람들이 어느 장님에게서 힘이 세어 장님이 된 사연을 듣는다. 젊은 시절 그는 힘이 세고 성실했다. 어느 날 번쩍이는 삽날을 든 그를 본 행인이 도둑으로 오해해 봇짐을 버리고 달아난다. 그래서 그는 뜻하지 않게 백 냥을 얻는다. 그때부터 그는 스스로 이 세상에 힘으로 자기를 당할 자가 없다고 여기고, 번쩍이는 삽으로 사람들을 위협해 손쉽게 재물을 얻는다. 그렇게 지내던 어느 날, 그는 곱상하게 생긴 부유한 장사꾼을 만나 재물을 빼앗으려 한다. 그는 장사꾼의 외양을 보고 대수롭지 않게 여기고는 옷과 말은 물론 속옷까지 빼앗으려 한다. 그러다가 그 장사꾼의 발길질에 나가떨어지고 두 눈을 잃게 된다.

그가 이처럼 장님이 된 것은 스스로 부른 재앙이다. 한 번의 요행을 뜻밖의 행운으로 여기고 편안하게 살아가려는 욕심이 그를 장님으로 만든 것이다.

《한비자》에 다음과 같은 이야기가 있다. 송나라 사람이 밭갈이를 하다가 토끼가 밭 가운데 있는 나무 밑동에 걸려 죽는 것을 보았다. 그는 쟁기를 버리고 나무 밑동을 지키며 다시 토끼를 얻기만 바랐다. 그러나 토끼는 다시 얻을 수 없었고, 그는 나라 사람들의 웃음거리가 되었다. 이른바 '수주대토'라는 고사인데, 요행을 바라는 어리석음을 경계하는 내용이다.

백(白)과 흑(黑)의 대화

—홍우원•

백이 흑에게 물었다.

"너는 어찌하여 그렇게 검은가? 그러면서도 씻지 않는 까닭은 무엇인가? 나는 희고 깨끗하니 나에게 가까이 오지 마라. 내가 더럽혀질까 겁난다."

그러자 흑이 껄껄 웃으며 말했다.

"내가 너를 더럽힐까 겁나는가? 너는 스스로 희고 깨끗하다고 말하지만, 내가 보기에 너는 썩은 흙보다 훨씬 더 더럽다."

백이 화를 내며 말했다.

"너는 어찌하여 나를 썩은 흙처럼 더럽게 여기느냐? 나는 물로 씻은 것보다 깨끗하고 또 가을볕을 쬔 것보다 희다. 검은 물감도 나를 물들일 수 없고, 더러운 먼지도 나를 흐리게 할 수 없다. 세상에 나만큼 맑고 깨끗한 것이 없는데, 너는 어찌하여 나를 썩은 흙처럼 더럽게 여기느냐?"

흑이 말했다.

• 홍우원(1605~1687): 조선 후기 문신. 호는 '남파'. 1680년 역모 사건에 휘말려 함경북도 명천으로 유배되었다. 학문이 뛰어나고 성품이 곧았다. 저서로는《남파집》이 있다.

"그렇게 말하지 말고 내 말을 들어보아라. 지금 너는 스스로 깨끗하다고 하면서 나를 더럽다 하는구나. 그렇지만 내가 볼 때 나는 깨끗하고 너는 더럽다. 그렇다면 과연 너는 깨끗하고 나는 더러운 것인가, 아니면 내가 깨끗하고 네가 더러운 것인가? 이것은 알 수 없는 것이다. 내가 이렇게 주장하면 너는 저렇게 주장할 것이고, 내가 저렇게 주장하면 너는 이렇게 주장할 것이다. 그러니 너와 내가 다툰다고 해결할 수 있는 것이 아니다.

내가 세상 사람들이 어떻게 말하는지 들려주마. 지금 세상에 너를 좋아하는 사람이 있느냐? 아무도 없다. 그럼 나를 미워하는 사람이 있느냐? 아무도 없다. 왜 그런지 아느냐? 사람이 젊었을 적에 머리털이 검고 젊음과 아름다운 얼굴을 간직한 것도 모두 나 때문이다. 그러다가 세월이 흘러 모르는 사이에 예전의 검은 머리털이 희끗희끗해져 버리니, 어찌 사람들이 젊음과 아름다운 얼굴을 간직할 수 있겠느냐? 그래서 사람들이 모두 놀라며 거울을 보고는 족집게로 흰 머리털을 뽑아버린다.

사람들은 내가 머무르지 않은 것을 한스러워하고, 네가 찾아오는 것을 괴로워한다. 사람들은 희고 깨끗한 것을 좋아하지 않고 미워한다. 너는 사람들을 아름답게 하지 못하고 도리어 걸림돌이 된다. 그러니 세상에 너의 깨끗함이 무슨 소용이 있겠느냐?

또 사람들과 뒤섞여 어울리고 세상에 받아들여지려면 깨끗함과 밝음을 숨겨야 한다. 지나치게 깨끗하고 밝으면 미움을 받기 마련이다. 백이•는 깨끗해서 수양산에서 굶어 죽었고, 굴원•도

깨끗하여 멱라수에 몸을 던져 죽었다. 조맹•은 신분이 높고 계씨•는 재산이 많아 제가 하고 싶은 대로 인생을 즐겼다. 이들 가운데 누가 낫고 누가 고달팠는가? 또 누가 성공하고 누가 실패했는가?

슬프다! 굴원과 백이의 죽음은 오로지 네가 만든 재앙 때문이다. 그리고 계씨와 조맹의 빛나는 부귀공명은 내가 이루어준 것이다. 지금 너는 시대 흐름을 좇지 않고 굳게 지조를 지켜 자신을 고상하다 하고, 기운이 맑고 깨끗하다 하여 자신을 뛰어나다 하고 있다. 더러운 진흙탕에서 벗어나 깨끗한 자기의 몸으로 더러운 것을 받아들이지 않고 세상의 더러운 먼지를 뒤집어쓰지 않는다. 돈이나 값진 물건은 누구나 갖고 싶어 하는 것이지만, 너는 쓸모없고 하찮은 것으로 여긴다. 또 천 대의 수레와 만 섬의 곡식은 누구나 바라는 것이지만, 너는 뜬구름과 같이 덧없이 여긴다. 사람들을 배고픔과 추위에 떨게 하고 고생시키며 힘들게 해 그들로 하여금 가난하여 견딜 수 없게 만든다.

아아! 덧없는 우리 인생은 짧고, 더구나 세월은 눈 깜짝할 사이에 지나가 버린다. 그러니 미쳐서 정신을 잃고 마음이 어지러

• 백이: 중국 은나라 사람. 주나라 무왕이 은나라 주왕을 쳐 주나라가 천하를 통일하자 무왕을 섬길 수 없다며 수양산으로 들어가 굶어 죽었다.

• 굴원: 중국 전국시대 초나라 사람. 반대파의 모함을 입어 자신의 뜻을 펴지 못하고 마침내 물에 빠져 죽었다.

• 조맹: 춘추전국시대 진(晉)나라의 권력자.

• 계씨: 공자가 살았을 때, 노나라의 실권을 장악하고 있던 사람.

워 세상을 등진 사람이 아니라면 누가 너를 좇아 사서 고생하겠는가?

나는 도리에 어둡고 마음이 흐려 티끌과 함께하고, 세상일에 어두워 먼지를 머금는다. 밝게 빛나지도 않고 갈고닦지도 않는다. 재물과 보배가 있다면 높은 벼슬이나 부귀를 누린다. 만약 얻을 수 있다면 구하여 사양하지 않고, 가질 수 있다면 받아 거절하지 않는다. 사람들은 좋은 비단옷을 입으면 따뜻하다고 하고, 많은 음식을 차려놓으면 가득하다고 한다.

무릇 자기 몸과 집을 이롭게 하는 사람은 마음에 따라 뜻을 시원하게 하니 세상에 이로움이 어떠한가? 때문에 온 세상이 휩쓸리듯 떠들썩하게 나를 좇아 모여든다. 간과 쓸개를 쪼개 보이듯 나와 사이가 벌어지지 않고, 심장과 허파를 열어 보이듯 나와 하나가 된다. 의정부, 사간원, 사헌부에 속한 지위가 높은 사람들도 모두 나와 매우 친해 떨어지려고 하지 않는다. 대장 깃발을 둘러세우고 용맹한 군사들이 빙 둘러서 칼과 창을 들고 호위하는 관찰사의 일을 맡아 나라의 기둥이 된 사람들도 모두 나와 같은 당파를 이룬 사람들이다. 각 지방을 맡아 다스리는 수령들도 모두 나의 무리들이다.

이들이 일을 할 때는 사람들이 그 일의 잘잘못을 지적하지 못하고, 이들이 말을 할 때는 사람들이 그 말의 옳고 그름을 따지지 못한다. 이들은 죽을 때까지 즐겨 놀며 자손들에게까지도 그 즐거움이 끊어지지 않는다.

그러나 네가 좇아 함께 지내는 사람들을 돌아보아라. 쑥대로 얽은 지붕 아래서 살고 있으며, 산이나 들판 사이에서 힘들어한다. 네 벽은 거칠고 쓸쓸하며, 한 바가지의 물도 자주 거른다. 옷은 모자라 춥고, 손과 발은 얼어서 터진다. 얼굴은 누렇게 뜨고, 목은 비쩍 말라서 거의 죽을 지경이다.

너는 벼슬이 재상의 자리에 있으면서도 집을 지을 땅도 없다. 또한 지위는 높고 중요한 자리에 있으면서도 가난에서 벗어나지 못한다. 살아서는 몸과 마음을 즐겁게 하지 못하고, 죽어서는 자식에게 물려줄 재물이 없다. 이 얼마나 부끄러운 일인가? 그래서 세상 사람들은 너를 막고 돌아보지도 않고 떠나버리며 혹시라도 마주칠까 두려워한다.

이로 보면, 너는 세상 사람들이 버린 것이고, 나는 세상 사람들이 좇는 것이다. 세상 사람들이 버린 것은 하찮은 것이며, 세상 사람들이 좇는 것은 귀한 것이다. 나는 귀한 것이 깨끗한지 하찮은 것이 깨끗한지, 귀한 것이 더러운지 하찮은 것이 더러운지 알지 못한다. 세상 사람들이 모두 더럽다고 하는 것으로 더러운 흙만 한 것이 없다. 더러운 흙을 보면 사람들은 모두 침을 뱉는다.

지금 세상 사람들은 모두 너를 하찮게 여기고 있다. 지나가면서 더럽다고 침을 뱉는 것이 어찌 더러운 흙뿐이겠는가? 너는 앞으로 자기 스스로를 더럽다 하기에도 겨를이 없을 텐데, 어찌 나를 더럽다고 할 겨를이 있겠는가? 너는 가라. 그리고 나를 더럽다고 하지 마라."

이에 백이 멍하니 정신을 잃고는 오래도록 말이 없었다. 이윽고 백이 말했다.

"아아! 옛날 장의가 소진•에게 말하기를, '소진이 힘을 쓰는 세상에 내가 무얼 말하겠는가?' 했다. 지금은 진실로 너의 세상이니, 내가 감히 무슨 말을 하겠는가?"

그러고는 백이 더 이상 말을 하지 못했다.

• 장의: 중국 전국시대 위나라의 정치가. 진(秦)나라의 재상이 되어 이웃 나라들이 진나라에 복종하도록 하는 외교 정책을 실시했다.

• 소진: 중국 전국시대의 정치가. 강한 진(秦)나라에 대항해 연, 조, 한, 위, 제, 초의 여섯 나라가 동맹을 맺어 대항하자고 주장했다.

해설

이 글에서 백과 흑은 서로의 잘잘못을 다투고 있다. 먼저 백이 자신을 깨끗하다고 말하면서 흑을 더럽다고 나무란다. 이런 백의 태도에 대해 흑은 두 가지 관점에서 반박한다. 먼저 흑은 '지금 너는 스스로 깨끗하다고 하면서 나를 더럽다 하는구나. 그렇지만 내가 볼 때 나는 깨끗하고 너는 더럽다.'라는 말처럼, 상대주의적 관점에서 백을 꾸짖는다. 이어서 흑은 세상 사람들의 평판과 태도라는 현실주의적 관점을 바탕으로 백을 비판한다. 백은 깨끗함을 추구하다 사람들로부터 더럽고 하찮게 여겨진다고 흑은 주장한다. 결국 흑의 두 가지 논리 앞에 백이 굴복하고 만다는 것이 이 글의 표면적인 내용이다.

그러나 이러한 표면적인 내용에 들어 있는 비유적인 의미를 파악하기 위해서는 글쓴이의 삶을 알아보는 것이 필요하다. 1674년 제2차 예송논쟁에서 승리한 남인은 정권을 장악했지만, 1680년 경신환국으로 몰락하게 된다. 이때 남인이었던 홍우원은 함경북도 명천으로 유배를 가서 결국 죽는다. 이러한 사실을 두고 본다면, 백은 자신이 속한 남인을, 흑은 반대편인 서인을 비유하는 것으로 읽을 수도 있다. 그러나 홍우원은 남인에 속했지만 서인이었던 김육의 대동법을 지지하는 등 정치적으로 당색을 초월하는 태도를 보였다는 점을 참고한다면, 이러한 해석은 너무 일방으로 흐르게 된다. 오히려 참과 거짓이 뒤집어져 거짓이 활개 치는 세상의 모습을 흑과 백의 대화를 통해 보여주고 있다고 하겠다.

세 아들의 등산
—강희맹•

노나라 사람에게 세 아들이 있었다. 첫째 아들은 맡은 일에 최선을 다하는 성격이지만 다리를 절었다. 둘째 아들은 호기심이 많고 몸이 온전했다. 셋째 아들은 사람됨이 가볍고 진실하지 못했지만 재빠르고 용기가 있었다. 그래서 늘 일을 하는 데서 셋째가 가장 낫고, 둘째가 그다음이고, 첫째는 게으름 피우지 않고 부지런히 힘써서 겨우 제 몫을 해내는 정도였다.

하루는 둘째와 셋째가 높은 산봉우리에 오르는 내기를 하고 다투어 신발을 손질하고 있었다. 그러자 첫째도 등산 갈 채비를 하는 것이 아닌가. 둘째와 셋째가 바라보고 비웃으며 말했다.

"태산 봉우리는 구름 위로 솟아 천하를 굽어보고 있어 튼튼한 다리를 가진 건강한 사람이 아니면 오를 수가 없어요. 그런데 어찌 형님같이 불편한 다리로 태산을 오르려 하신단 말입니까?"

첫째가 웃으며 말했다.

• 강희맹(1424~1483): 조선 초기의 문신. 호는 '사숙재', '운송거사' 등. 시, 글씨, 그림에 뛰어났던 강희안의 동생으로 중국 고전에 통달한 문장가였다. 문집으로 《사숙재집》, 《금양잡록》, 《촌담해이》 등이 있다.

"그저 너희를 뒤따라가서 꼴찌로라도 꼭대기에 오를 수만 있으면 천만다행이 아니겠느냐?"

세 형제가 태산 아래에 이르렀다. 둘째와 셋째가 형에게 주의를 주었다.

"형님, 저희야 골짜기도 눈 깜짝할 사이에 건너뛰고 하니 형님이 먼저 출발하십시오."

"그래, 알았다."

셋째는 산 아래 있고 둘째가 산 중턱에 이르렀을 즈음, 날은 이미 저물었다. 첫째는 쉬지 않고 천천히 걸어서 꼭대기에 이르러 잠을 자고는 새벽에 해가 솟아오르는 것을 구경했다.

세 아들이 집에 돌아오자 아버지가 무엇을 얻고 돌아왔는지 물어보았다. 먼저 셋째가 대답했다.

"제가 산기슭에 이르러 보니, 날이 아직 이른 데다가 제가 날랜 것을 믿고 이곳저곳 다니지 않은 곳이 없었고, 아름다운 꽃이며 풀은 캐지 않은 것이 없을 정도로 돌아다녔습니다. 그러다 보니 날이 어두워져 바위 아래에서 자는데 구슬픈 바람 소리와 시끄러운 물소리가 마치 여우나 살쾡이 같은 짐승들이 울부짖는 것처럼 생각되었습니다. 힘을 다해 꼭대기까지 올라가려고 했지만 호랑이나 표범 같은 짐승이 무서워 그만두었습니다."

이번에는 둘째가 대답했다.

"제가 보니 봉우리들은 첩첩으로 끝없이 이어져 있고 벼랑은 깎은 듯했습니다. 저는 나는 듯이 달려 높은 봉우리에 오르고 이

봉우리 저 고개로 찾아가지 않은 곳이 없었습니다. 다닐수록 봉우리는 많고 높기만 하더군요. 다리는 힘이 빠지고 산 중턱쯤 이르니 이미 날이 저물었습니다. 저도 동생처럼 바위 아래에서 쉬었는데 구름과 안개 때문에 지척도 분간할 수 없었습니다. 옷은 차갑고 신발은 젖어 축축하고……. 꼭대기에 오르자니 아직 한참이나 남았고 내려가자 해도 너무 멀었습니다. 그래서 그곳에 머물다 보니 꼭대기에 올라가지 못했습니다."

마지막으로 첫째가 대답했다.

"저는 다리가 불편해서 곧바로 한 길로만 가더라도 날이 저물까 걱정인데 어느 겨를에 여기저기 돌아볼 틈이 있었겠습니까? 그냥 몸과 마음을 다해 안간힘을 쓰며 오를 수밖에 없었습니다. 그렇게 쉬지 않고 오르는데 따르는 사람이 꼭대기에 이르렀다고 하더군요. 고개를 들어 하늘을 보니 해가 바로 머리 위에 붙어 있고 내려다보니 숲이 울창해 끝을 알 수 없었습니다. 많은 봉우리들이 벌여 있고 골짜기들은 주름진 것처럼 보였습니다. 지는 해가 바다에 가라앉자 저 아래 세상은 캄캄해서 보이지 않았습니다. 옆으로도 별들이 떠올라 손금도 볼 수 있을 정도로 빛나는 것이 정말 아름다웠습니다. 자리에 누웠지만 잠들 사이도 없이 닭 울음소리와 함께 동쪽이 밝아왔습니다. 검붉은 빛이 바다에 퍼지고 황금빛 물결이 하늘로 솟아올랐습니다. 하늘과 바다 가운데서 봉황처럼 너울대더니 붉은 바퀴가 굴러 오르내리다가 눈 깜짝할 사이에 공중에 떠올랐는데 정말 대단했습니다."

이에 아버지가 말했다.

"그랬을 테지. 용맹한 자로와 재주 많은 염구도 스승인 공자의 경지에 이르지 못했는데, 늙고 둔한 증자가 그 경지에 이르렀다. 너희들은 이것을 기억해야 한다."

덕을 다듬는 순서와 이름을 날리는 길은 모두 낮은 데서 높은 곳으로, 모자라는 데서 갖추는 데로 나아가는 법이다. 힘만 믿고 일을 꾀하지 말고, 게을리하여 도중에 그만두지 마라. 그러면 최선을 다한 절름발이 아들과 같이 될 것이다. 내 말을 소홀하게 듣지 마라.

해설

이 글은 사람이 어떤 일을 이루는 것은 겉으로 드러나는 처지와 환경보다 얼마나 성실하게 일을 하느냐에 달려 있다고 가르친다. 세 형제가 태산을 오른다. 첫째는 다리를 절어 몸이 온전하지 못하고, 둘째와 셋째는 몸이 온전하고 재빠르며 용기가 있었다. 둘째와 셋째는 형을 비웃었지만 결국 첫째가 쉬지 않고 걸어 태산을 오른다. 글쓴이는 이런 모습을 통해 도중에 그만두지 말고 최선을 다하라고 충고한다.

이 글의 본래 제목은 '등산설'로, 자식을 훈계하는 다섯 가지 이야기 가운데 하나이다.

낚시하는 방법

—남구만•

경술년(1670)에 나는 결성으로 돌아갔다. 집 뒤에 너비가 수십 보, 깊이가 예닐곱 자쯤 되는 못이 하나 있었는데, 나는 긴 여름 동안 별로 할 일이 없어 자주 못에 가서 고기들을 구경했다.

하루는 이웃 사람이 대나무로 낚싯대를 만들고 쇠로 낚싯바늘을 만들어 내게 주면서 낚시를 해보라고 했다. 나는 오랫동안 서울에서 살아온 탓에 낚싯바늘의 길이나 너비, 굽은 정도가 어떠해야 하는지 몰랐다. 그래서 이웃 사람이 준 그대로가 적당한 줄로만 알았다.

그런데 하루 종일 낚싯대를 드리우고 있었지만 고기는 한 마리도 잡지 못했다. 다음 날, 어떤 사람이 와서 낚싯바늘을 보고 말했다.

"이걸로 고기를 잡지 못하는 건 당연하지요. 바늘 끝이 안으로 너무 굽어서 고기가 물기도 쉽지만 뱉기도 쉽게 되어 있군요. 바늘 끝을 밖으로 조금 펴야 됩니다."

• 남구만(1629~1711): 조선 후기 문신. 호는 '약천', '미재'. 문장에 뛰어나 많은 글을 남겼다. 널리 알려진 시조인 〈동창이 밝았느냐〉를 지었다. 문집으로《약천집》이 있다.

나는 그에게 자기가 말한 대로 낚싯바늘을 만들어달라고 했다. 그러고 나서 또 하루 종일 낚싯대를 드리우고 있었지만 역시 고기를 한 마리도 잡지 못했다.

그다음 날 또 한 사람이 와서 낚싯바늘을 보고 말했다.

"이걸로 고기를 잡지 못하는 게 당연하지요. 바늘 끝이 펴지기는 했는데 굽은 둘레가 너무 커서 고기 입에 들어갈 수가 없습니다."

나는 또 그 사람에게 그가 말한 것처럼 낚싯바늘 둘레를 작게 만들어달라고 했다. 그러고는 또 종일 낚싯대를 드리웠는데 겨우 한 마리를 잡을 수 있었다.

그다음 날 다른 두 사람이 왔기에 나는 그들에게 낚싯바늘을 보여주고 그간의 사정을 이야기했다. 그러자 한 사람이 이렇게 말했다.

"많이 못 잡은 게 당연하군요. 낚싯바늘은 굽은 끝이 짧아서 겨우 낟알을 쪼갠 것만 해야 하는데 이건 너무 길어서 물고기가 삼키기도 어렵고 또 삼켰댔자 뱉어내게 되어 있습니다."

나는 그 사람에게 끝을 짧게 만들어달라고 했다. 그런 다음 낚싯대를 한참 드리우고 있었는데, 입질은 잦았지만 낚싯줄을 당기거나 끌어올리는 중에 물고기들이 다 도망가 버렸다. 그러자 곁에 있던 다른 사람이 말했다.

"저 사람 말은 낚싯바늘에 대해서는 맞지만 당기는 방법에 대해서는 말하지 않았습니다. 낚싯줄에 달린 찌가 뜨고 가라앉는 것을 보면 고기가 무는지 뱉는지를 알 수 있습니다. 찌가 움직였으나 가라앉지 않았다면 물고기가 낚싯바늘을 완전히 삼킨 것이 아니라는 뜻입니다. 그때 낚싯줄을 빨리 들어 올리면 고기를 잡지 못하지요. 또 찌가 가라앉았다가 느슨해지면 고기가 낚싯바늘을 삼켰다가 뱉었다는 뜻입니다. 그때 낚싯줄을 천천히 들어 올리면 마찬가지로 고기를 놓치게 됩니다. 그러니까 찌가 가라앉을락 말락 할 때 낚싯줄을 당겨야 합니다. 그리고 낚싯대를 들어 올릴 때에도 낚싯대 든 손을 곧바로 위로 들어 올리면 고기의 입이 벌어져서 바늘에 걸리지 않게 됩니다. 고기가 바늘을 따라 입이 벌어지니 서리 맞은 나뭇잎이 가지에서 떨어지는 것과 같습니다. 그러므로 비를 쓸듯 손 모양을 비스듬히 해서 낚싯줄을 당기면 물고기 목구멍에 바늘이 걸려 이리저리 움직일수록 더 단단히 박혀 고기를 잡아 올릴 수 있습니다. 이렇게 하면 실수가 전혀 없을 겁니다."

내가 그 말대로 해보니 얼마 되지 않아 서너 마리를 잡을 수 있었다. 그 사람이 다시 말했다.

"고기 잡는 방법은 그렇게 하면 되지만 깊은 깨달음을 얻었다고 보기는 어렵습니다."

그러더니 내 낚싯대를 가지고 못에 드리웠다. 낚싯줄, 낚싯바늘, 미끼, 앉은 곳은 모두 그대로였고 바뀐 것이라곤 낚싯대를 잡은 손뿐이었다. 그런데도 물고기가 광주리에서 잡히듯 다투어 올라왔다.

"깊은 깨달음이라는 것이 이런 것이군요. 저에게 그걸 가르쳐 주십시오."

내가 이렇게 말하자 그 사람은 다음과 같이 말했다.

"고기 잡는 방법쯤이야 가르쳐줄 수 있지만 깊은 깨달음을 어떻게 가르치겠습니까? 가르칠 수 있는 것이라면 그것은 깨달음이라고 할 수가 없겠지요. 한 가지만 더 말씀을 드리지요. 당신이 내가 가르쳐준 방법대로 아침이고 저녁이고 간에 마음과 뜻을 모아 오랫동안 그렇게 해본다면 손은 저절로 가장 알맞은 방법을 찾을 것이고 마음도 그 답을 풀 수 있을 겁니다. 이렇게 해서 깊은 깨달음을 얻거나 얻지 못하거나 하는 것은 당신에게 달려 있지 저에게 달려 있는 것이 아닙니다. 제가 드릴 수 있는 것은 이것뿐입니다."

이 말을 듣고 나는 낚싯대를 거두고 감탄하며 말했다.

"당신의 대답은 아주 옳은 말입니다. 이러한 깨달음이 어찌 낚시하는 데에만 들어맞겠습니까? 옛사람이 '작은 것으로 큰 것을 깨우친다.'라고 했는데 바로 이런 것을 두고 말한 것입니다."

그 사람은 가버렸다. 나는 이 이야기를 적어서 내 스스로를 반성하고자 한다.

해설

사람들이 고기 잡는 방법을 일러주지만 그대로 따라 해도 고기는 제대로 잡히지 않는다. 여러 사람에게 물어 겨우 고기 잡는 방법을 배웠지만 많이 잡지는 못한다. 방법만 배웠을 뿐 스스로 이치를 터득하지 못했기 때문이다.

글쓴이는 고기 잡는 방법을 통해 깨달음을 터득하는 방법을 이야기한다. 그것은 마음과 뜻을 모아 오랫동안 한다면 손은 저절로 가장 알맞은 방법을 찾을 것이고 마음도 그 답을 풀 수 있을 것이란 말에 잘 나타나 있다. 또한 그것은 자신에게 달려 있는 것이지 남에게 달려 있는 것도 아니다.

이를 통해 글쓴이는 무엇이든 잘하기 위해서는 기술을 배우는 것을 넘어 이치를 깨닫는 단계로 나아가야 하며, 그 깨달음은 스스로 터득할 수밖에 없다는 사실을 우리에게 알려준다.

벙어리저금통
—안정복•

정사년(1737) 가을, 내가 과거를 보려고 서울에 갔을 때 있었던 일이다. 시장에서 어떤 물건을 보았는데, 위는 둥글고 아래는 평평하며 속은 비었고 꼭대기에 한 일 자 모양으로 가늘게 구멍이 뚫려 있었다. 지금까지 못 보던 물건이기에 내가 하인에게 물어보았다.

"이게 뭐 하는 물건이냐?"

"벙어리입니다."

내가 그 말뜻을 알아듣지 못하고 다시 물었다.

"이게 뭐 하는 물건이냐?"

"벙어리입니다."

나는 하인이 장난을 한다고 생각하고 화를 냈다.

"내가 이게 뭐냐고 묻는데 어째서 벙어리라고 하느냐?"

"제가 장난을 하는 것이 아닙니다. 이 물건 이름이 벙어리여서

• 안정복(1712~1791): 조선 후기의 실학자. 이익의 제자로 여러 학문을 두루 익혔다. 그가 쓴 역사서인《동사강목》은 삼한 정통론을 바탕으로 하고 있는데, 근대에 이르러 박은식, 장지연, 신채호 등의 민족주의 사학자들에게 많은 영향을 주었다.

그렇게 대답한 것입니다."

내가 이상하게 생각하고 그 까닭을 물어보자 하인이 대답했다.

"이건 주둥이가 있으면서도 말을 못 하니까 벙어리라고 한답니다. 여염집의 어린 계집아이들이 이것을 사서 돈이 생기면 그 안에 돈을 집어넣습니다. 그러다가 돈이 가득 차면 부수어서 꺼낸답니다. 아마 돈을 헤프게 쓰지 않으려고 그러는 모양입니다."

"허, 그것참, 주둥이가 있으면서 소리를 내지 못하는 것이 어디 이것뿐인가? 병이나 단지나 항아리는 주둥이가 없느냐? 하지만 병이나 단지나 항아리가 소리를 내지 않는다고 해서 벙어리라고 하는 것은 듣지 못했다. 이것을 보고 벙어리라고 하는 데는 반드시 까닭이 있을 것이다."

그러자 옆에 있던 여관 주인이 웃으면서 말했다.

"모르셨습니까? 이건 사람이 이름을 붙인 게 아니라 조물주의 장난입니다. 조물주는 사람에게 소리나 모습으로 자신을 직접 드러내지는 않지만 아이들이 부르는 노래나 여러 물건의 모양으로 자신의 뜻을 드러내서 깨닫게 하려고 하지요. 이게 세상에 나온 건 채 10년도 되지 않습니다. 이 물건에 담긴 뜻은 두 가지가 있는데, 하나는 사람이 벙어리 같다고 나무라는 것이고, 또 하나는 벙어리 같아야 한다고 타이르는 것입니다. 즉 사람이 말을 해야 하는 자리에서 말을 하지 않는 것은 벙어리와 다름없음을 나무라는 것이고, 말을 하지 않아야 되는 자리에서 말을 하면 재앙을 입게 되니 벙어리처럼 되어야 한다고 타이르는 것입니다.

성군이신 순임금에게 무슨 잘못이 있어 고요와 익이 직간하는 말을 그치지 않았겠습니까? 주나라 무왕에게 무슨 잘못이 있어 주공과 소공이 말을 그치지 않았겠습니까? 한나라 문제나 당나라 태종이 태평성대를 이루었지만, 가의는 한숨을 쉬고 통곡을 했으며, 위징은 두 번이나 글을 올려 직언을 서슴지 않았습니다. 신하는 자기가 모시는 임금을 성군이라고 여기기보다 잘못이 있을까 두려워하며 눈을 부릅뜨고 곧게 말하기를 머뭇거리지 말아야 합니다. 임금에게 허물이 있으면 잘못을 고치도록 바로 말씀을 올려야 하고, 다스림에 잘못이 있으면 끊임없이 논의해야 하는 것입니다. 그렇게 하면 임금은 밝게 되고 신하는 자신이 맡은 도리를 저버리지 않게 됩니다. 지금 임금께서는 요임금처럼 어질고 순임금처럼 조심스러우며 문왕처럼 공경스럽고 무왕처럼 의로워서 들출 만한 허물이 없습니다. 그러나 신하 된 도리로 말한다면 어찌 여기서 만족하겠습니까? 임금이 비록 어질고 삼간다 해도 끝이 없도록 해야 하며, 공경스러움과 의로움도 이와 다를 바가 없습니다. 이것이 바로 임금을 위하는 신하의 바람직한 모습일 것입니다. 그러나 조정에 있는 신하들은 하나같이 '우리 임금 밝으시고 우리나라 태평스럽네.'라고 하면서, 한 달이 지나도록 임금의 다스림에 대해 옳고 그름을 말하는 사람이 없고, 한 해가 지나도록 나라의 정치를 말하는 사람이 없습니다. 이러니 어찌 벙어리와 다르겠습니까? 나무란다는 것은 이런 걸 두고 말하는 겁니다.

말 때문에 좋은 일도 있지만 전쟁이 일어나기도 합니다. 자식 된 사람과 이야기를 나눌 때는 효도를 주로 해서 말을 하고, 신하 된 사람과 이야기를 나눌 때는 충성을 주로 해서 말을 해야 합니다. 사람들은 그럴 만한 자리에 있지도 않으면서 나랏일에 대해 이러니저러니 한다든지, 맡은 일이 아닌데도 조정의 잘잘못을 말하기도 합니다. 심한 경우에는 나랏일을 저버리고 자기 무리를 위해 죽기도 하며, 눈을 부릅뜨고 말을 어지럽게 하다가 임금을 저버리고 결국에는 화를 입기도 합니다. 벙어리 같아야 한다고 타이른다는 말은 바로 이런 일을 경계하는 것입니다.

이제 나무람의 의미를 알아 자신을 살피며 살아간다면 이름난 신하가 될 것이요, 타이르는 뜻을 알아 모범으로 삼고 살아간다면 처세에 통달한 사람이 될 것입니다. 이런 이치를 아시겠습니까?"

나는 참으로 훌륭한 이야기라고 생각해 주인에게 이름을 물어보았다. 그러나 주인은 손으로 입을 가리키고는 말을 하지 않았다. 나는 그 뜻을 알아채고 물러 나왔다. 이 이야기를 적어 나 자신을 깨우치고, 또 나라에 중요한 일을 맡은 사람에게 보여줄까 한다.

해설

이 글은 벙어리저금통에서 발견한 지혜를 이야기하고 있다. 글쓴이가 벙어리저금통을 보고 하고자 하는 말 가운데 하나는 사람이 벙어리 같다고 나무라는 것이고, 또 하나는 벙어리 같아야 한다고 타이르는 것이다. 이는 여관 주인의 말을 통해 드러난다. 즉 사람이 말을 해야 하는 자리에서 말을 하지 않는 것은 벙어리와 다름없음을 나무라는 것이고, 말을 하지 않아야 되는 자리에서 말을 하면 재앙을 입게 되니 벙어리처럼 되어야 한다는 것이다. 말은 해야 할 때와 하지 말아야 할 때가 있다. 말을 해야 할 때는 벙어리가 되지 말고 서슴없이 말해야 하며, 하지 말아야 할 때는 벙어리처럼 말을 하지 말아야 한다. 도를 넘어 함부로 말하는 것은 재앙이 될 수도 있지만, 임금에게 옳은 도리를 얘기할 수 있어야 나라가 바로 설 수 있다.

요술을 구경하고

—박지원

이날 조광련과 나란히 의자에 앉아 요술을 구경했다. 내가 조광련에게 말했다.

"눈이 있어도 옳고 그름을 구별하지 못하고 참과 거짓을 살피지 못한다면 눈이 없는 게 나을 것입니다. 사람들이 매번 요술쟁이에게 속는 것은 바로 자신의 눈이 똑똑하지 않아서가 아닙니다. 그보다는 오히려 잘 살펴보는 눈이 빌미가 되는 것이지요."

그러자 조광련이 말했다.

"비록 요술쟁이가 눈속임을 잘한다 하더라도 장님은 속일 수가 없지요. 그러니 눈이 사물을 제대로 본다고 할 수 있을까요?"

내가 말했다.

"우리나라에 화담 선생이란 분이 계셨습니다. 하루는 집을 나섰다가 길에서 울고 있는 사람을 만났더랍니다. 그래서 화담 선생이 왜 우느냐고 물었더니, 그 사람이 이렇게 대답했답니다.

'제가 세 살 때 눈이 멀어서 이제 40년이 되었습니다. 이제까지 길을 갈 때는 발에 의지하여 보았고, 물건을 잡을 때는 손에 의시하여 보았습니다. 소리를 듣고 누구인지 판단할 때는 귀에 의지하여 보았고, 또 냄새를 맡아 무엇인지 살필 때는 코에 의지하여 보았습니다. 다른 사람에게 두 눈이 있었다면, 저에게는 손과 발과 코와 귀가 눈이 되었던 것입니다. 어찌 손과 발과 코와 귀뿐이겠습니까? 해가 뜨고 지는 것을 낮에는 피곤함으로 보았고, 사물의 모양과 빛깔을 밤에는 꿈으로 보았습니다. 이렇게 해 막히는 것이 없어 의심스럽고 혼란스러운 것이 없었습니다.

지금 길을 가는 도중에 갑자기 두 눈이 밝아져 백태•가 걷혔습니다. 그러자 천지는 텅 비고 산천은 어지러워 온갖 사물이 눈에 장애를 일으켜 온갖 의심이 일어 가슴이 답답해졌습니다. 손과 발과 코와 귀는 뒤죽박죽이 되어 이전의 상태를 잃어버렸습니다. 아득하게 집을 잊어버리고 돌아갈 길을 찾지 못해 울고 있습니다.'

그러자 화담 선생이 이렇게 말했답니다.

'네 지팡이에게 물어보면 마땅히 알 것이다.'

장님이 말했습니다.

'제 눈이 이미 밝아졌습니다. 그런데 지팡이가 무슨 소용이 있겠습니까?'

화담 선생이 이렇게 말했답니다.

'네 눈을 도로 감아라. 그러면 네 집으로 갈 수 있을 것이다.'

이로써 보건대 눈의 밝음을 믿을 수가 없습니다. 오늘 요술을 보니 요술쟁이가 사람들을 속인 것이 아니라, 실제로는 요술을

• 백태: 몸의 열이나 그 밖의 원인으로 눈에 희끄무레한 막이 덮이는 병.

보는 사람들이 스스로 속은 것입니다."

조광련이 말했다.

"그렇습니다. 한나라 성제의 부인 조비연은 너무 말랐고, 당나라 현종의 비인 양귀비는 너무 뚱뚱했다고 합니다. 무릇 '너무'라고 한 것은 심하다는 말입니다. 사람들이 마르고 뚱뚱하다고 하면서 심하다고 한 것은, 이미 조비연과 양귀비가 절세가인이 아니라는 것입니다. 그럼에도 두 임금의 눈은 마르고 뚱뚱한 사이에서 속은 것입니다.

세상에 밝은 안목과 참된 식견이 사라진 지 오래되었습니다. 태백•이 문신을 하고 약초를 캔 것은 효도라는 것으로 세상을 속인 것입니다. 예양•이 몸에 옻칠을 하고 숯을 삼킨 것은 의로움으로 세상을 속인 것입니다. 기신•이 누런 수레에 깃발을 올린 것은 충성으로 세상을 속인 것입니다. 패공(유방)이 요술을 부린 것은 깃발이었고, 장량이 요술을 부린 것은 돌이었습니다. 전단은 소로•, 초평은 양으로, 조고•는 사슴으로, 황패는 참새로, 맹상군•은 닭으로, 치우는 구리쇠 머리로, 제갈량은 목우유마로 각각

• 태백: 주나라 태왕의 맏아들. 태왕이 태백의 동생 계력의 아들인 문왕에게 왕위를 물려주기 위해 계력에게 왕위를 전하려 하자, 왕위를 동생 계력에게 양보하고 숨어 살았다.

• 예양: 전국시대 진(晉)나라 사람. 자신이 받들던 지백을 죽인 조양자를 죽이려고 자신을 감추기 위해 몸에 옻칠을 하고 숯을 먹어 목소리를 바꾸고 조양자를 암살하려다 실패하고 죽었다.

• 기신: 한나라의 장군. 유방이 형양성에서 항우에게 포위되어 위기에 처하자 기신은 유방의 차림을 하고 거짓으로 항복해 유방이 도망갈 수 있는 길을 만들어주고 자신은 죽었다.

요술을 부렸습니다. 왕망이 금등으로 천명을 청한 것은 되다 만 요술이요, 조조가 동작대에서 궁녀들에게 향을 나누어준 것은 잘못된 요술입니다. 안녹산이 붉은 마음(충성심)을 가지고 있었다는 일이나 노기가 푸른빛 얼굴을 가지고 있던 것은 서툰 요술이었습니다.

옛날부터 여자들은 요술을 더욱 잘 부렸습니다. 포사•는 봉홧불로, 여희•는 벌로 요술을 부렸습니다.

성인께서 가르침을 펼 때도 역시 그러한 점이 있었습니다. 저는 요임금 때 섬돌에 난 풀이 아침끈을 가리키고, 순임금이 지은

• 전단은 소로: 전단은 소 1000여 마리에 오색으로 용무늬를 그린 붉은 비단옷을 만들어 입히고 갈대를 소꼬리에 매달아 기름을 부은 후 거기에 불을 붙였다. 야밤에 소 떼를 성 밖으로 내몰면서 군사 5000명을 뒤따르게 한 뒤 연나라 진영을 향해 돌진하게 해 승리했다.

• 조고: 진(秦)나라의 환관. 신하들을 시험하기 위해 사슴을 2세 황제에게 바치면서 말했다. "이것은 말입니다." 그러자 황제가 웃으며, "승상이 잘못 본 것이오. 사슴을 일러 어찌 말이라 하시오?" 했다. 황제가 말을 마치고 좌우의 신하들을 둘러보자 말이라고 하는 사람들이 많았다. 조고는 부정하는 사람들을 기억해 두었다가 나중에 죄를 씌워 죽이고 2세 황제까지 죽였다.

• 맹상군: 전국시대 제나라 사람. 진(秦)나라에 사신으로 갔다가 죽을 뻔했으나 식객 중에 닭의 울음소리를 잘 흉내 내는 사람이 있어 진나라의 추격을 따돌렸다.

• 포사: 주나라 유왕은 사랑하는 포사를 웃게 만들려고 거짓으로 봉화를 올려 전국의 제후들을 모이게 함으로써 포사를 웃도록 만들었다.

• 여희: 춘추시대 진나라 헌공의 애첩. 여희는 자기 아들을 태자로 세우기 위해 태자를 내쫓으려고 일을 꾸몄다. 여희는 헌공에게 태자가 자기를 사랑한다고 모함을 하고 그것을 증명하려 했다. 여희가 태자와 정원에 있는데, 여희는 머리에 꿀을 발라 벌들이 윙윙거리는 곳으로 갔다. 머리에 바른 꿀 때문에 벌들이 여희의 머리 위로 날아들자 태자는 벌을 쫓아내느라 바빴다. 이를 본 헌공은 태자가 여희를 안으려고 하는 것으로 생각했다. 이 일로 결국 태자는 자살했다.

음악을 연주하자 봉황이 뜰에서 춤추었다는 것을 감히 의심하지는 않습니다. 그러나 누런 용이 배를 등에 짊어졌다는 이야기•나 붉은 까마귀가 집에 날아들었다는 이야기•는 믿을 수가 없습니다.

옛날부터 성스러운 사람이나 평범한 사람이나 한 가지쯤 이해하지 못할 일이 있습니다. 부스럼을 좋아하는 사람도 있고, 나귀 울음소리를 좋아하는 사람도 있습니다. 이런 것을 요술이라 해도 될 것이고, 본성이라 해도 괜찮을 것입니다.

요술이란 것은 끝없이 변화하더라도 두려워할 것이 없습니다. 세상에서 두려워할 요술이란 성실함으로 꾸민 간악함이며, 다른 사람을 넓게 이해하고 받아들이는 마음으로 꾸민 공손함일 것입니다."

내가 말했다.

"후한의 호광 같은 재상은 중용•으로 요술을 부렸으며, 풍도 같은 재상은 사리에 밝은 총명함으로 요술을 부렸습니다. 웃음

- 누런 ~ 이야기: 우임금이 배를 타고 강을 건너는데 갑자기 황룡이 나타나 배를 짊어졌다. 그러자 배 안의 사람들이 모두 두려워했다. 하지만 우임금은 용을 보기를 마치 도마뱀같이 하여 얼굴빛을 변치 않으니 용이 머리를 숙이고 꼬리를 밑으로 내리고 갔다.
- 붉은 ~ 이야기: 주나라 무왕이 아버지 문왕의 위패를 싣고 은나라를 정벌하러 가다가 강을 건너자 강 상류 쪽에서 불길이 일어나더니 쏜살같이 내려와 무왕 앞에서 붉은 까마귀로 변했다. 당시 은나라의 상징은 흰색이고 주나라의 상징은 붉은색이었다. 이는 주나라가 천하를 잡으리라는 징조였다.
- 중용: 지나치거나 모자라지 아니하고 한쪽으로 치우치지도 아니한, 떳떳하며 변함이 없는 상태나 정도.

속에 칼을 품은 것은 입으로 칼을 삼키는 요술보다 더 무섭지 않을까요?”

서로 크게 웃고 일어났다.

해설

이 글은《열하일기》에 들어 있다. 요술을 보고 느낀 것을 적고 있다. 사람들이 요술쟁이에게 속는 것은 눈이 똑똑하지 않아서가 아니라 오히려 잘 살펴보는 눈 때문이다.

이는《열하일기》에 들어 있는 또 다른 글 〈하룻밤에 아홉 번 강을 건너〉에도 비슷하게 나와 있다. "소리와 빛깔은 바깥 세계의 사물이다. 이것은 늘 귀와 눈에 탈이 되어 사람이 바르게 보고 바르게 듣는 힘을 잃게 한다." 요술쟁이가 아무리 눈속임을 잘한다 하더라도 장님은 속일 수가 없는 노릇이다. 그러니 우리는 눈이 사물을 제대로 본다고 하는 것을 의심할 수밖에 없다.

그러면 우리는 사물을 어떻게 보아야 하는가? 40년을 장님으로 살아온 사람이 어느 순간 시력을 회복했다. 이제 정말 제대로 사물을 제대로 인식할 것 같은데, 사실은 전혀 그렇지가 못하다. 매일 걷던 길도 낯설고 아득해 집으로 돌아가는 길을 찾지 못한다. 오히려 밝은 눈이 바깥 사물에 어지러워져서 참다운 마음까지 잃어버린 것이다. 그러므로 눈으로 보는 것이나 귀로 듣는 것을 의심하는 것은 당연한 결론이다.

연암은 참다운 마음을 찾아야 사물을 제대로 인식할 수 있다고 말한다. 위에서 집으로 돌아가는 길을 잃은 사람이 다시 길을 찾는 방법은 눈을 도로 감는 것이다. 눈을 감음으로써 바깥 사물에 어지러워지지 않는 평정심을 얻고 참다운 눈을 가질 수 있는 것이다.

하룻밤에 아홉 번 강을 건너

—박지원

강물은 두 산 사이에서 흘러나와 바위에 부딪치며 사납게 흘러간다. 어지러운 파도와 성난 물결, 구슬피 원망하는 듯한 여울은 치솟고 뒤집히며 흐느끼듯 하다가 으르렁거리고 소리 지르니, 언제나 만리장성이라도 꺾어 부술 기세다. 만 대의 전차와 만 명의 말 탄 병사, 만 대의 대포와 만 개의 북으로도 그 무너지는 듯한 소리를 나타낼 수가 없다. 모래톱 위에는 바위가 저만치 떨어져 우뚝 서 있다. 강둑의 버드나무는 멀어서 흐릿한데 마치 물귀신이 다투어 튀어나와 사람들을 속이는 듯하고 양옆에서는 이무기가 잡아 붙들려고 하는 것 같다. 어떤 사람은 이곳이 옛날 전쟁터였기 때문에 물이 우는 것이라고도 하지만 이는 그래서가 아니다. 물소리는 사람이 어떻게 듣는가에 달려 있을 뿐이다.

내 집은 산속에 있는데 문 앞에 큰 시내가 있다. 매년 여름에 소낙비가 한차례 지나가면 시냇물이 불어 늘 전차나 말 탄 병사, 대포, 북 소리가 들리는 듯해서 귀에 방해가 되었다.

내가 일찍이 문을 닫고 누워 비슷한 것에 견주어 듣곤 했다. 깊은 소나무에서 나는 퉁소 소리는 깨끗한 마음으로 들은 것이요, 산이 갈라지고 벼랑이 무너지는 소리는 서두르는 마음으로 들었기 때문이다. 개구리 떼가 다투어 우는 소리는 속이는 마음으로 들은 것이고, 일만 개의 축이 번갈아 울리는 소리는 성난 마음으로 들었기 때문이다. 벼락과 우레 소리는 놀란 마음으로 들은 것이며, 차가 끓는 소리는 아담한 마음으로 들은 것이다. 거문고 타는 소리는 애처로운 마음으로 들었기 때문이고, 종이 창문이 바람에 우는 소리는 의심하는 마음으로 들었기 때문이다. 이렇게 모두 바르게 듣지 못한 것은 마음속으로 이미 어떤 생각을 가지고 소리를 들었기 때문이다.

이제 나는 밤중에 한 줄기 강물을 아홉 번이나 건넜다. 강물은 저 가장자리에서 나와 장성을 뚫고 유하, 조하, 황화, 진천 등 여러 물줄기를 모으고 밀운성 아래를 지나면 백하가 된다. 나는 어제 배를 타고 백하 하류를 건넜다.

내가 미처 요동 땅에 들어서기 전에 무더운 여름날 뙤약볕 속에서 갑자기 큰 강물을 만났다. 붉은 강물이 산처럼 솟구치는데 그 끝이 보이지 않았다. 천 리 밖에서 내린 폭우 때문이었다.

물을 건널 때 사람들은 모두 고개를 들고 하늘을 바라보았다. 나는 사람들이 고개를 들고 하늘에 기도를 하는 줄 알았다. 나중에야 알게 되었는데, 물을 건너는 사람이 소용돌이치며 세차게 흐르는 물을 보면 제 몸은 거꾸로 거슬러 올라가는 듯하고 눈은 물을 따라 내려가는 듯하여 어지러워서 물에 빠지게 된다는 것이다. 사람들이 머리를 들고 위를 보는 것은 하늘에 기도하는 것이 아니라 물을 보지 않으려는 것이었다. 어느 겨를에 경각에 달린 목숨을 위해 기도할 틈이 있으랴.

그 위태로움이 이와 같은데도 강물 소리를 듣지 못하고 모두들 이렇게 말한다.

"요동벌이 넓고 넓으니 물이 성나서 울지 않는 것이다."

그러나 이것은 강물을 모르고 하는 소리다. 강물이 어찌 울지 않았겠는가? 그것은 밤에 건너지 않았기 때문이다. 낮에는 물을 볼 수 있기 때문에 위태로움이 눈에만 쏠려 벌벌 떨면서 눈이 있는 것을 걱정해야 하는 마당에 어떻게 물소리를 들을 수 있겠는가? 이제 내가 밤중에 강물을 건너니 눈에 위태로운 것이 보이지 않고 위태로움이 오로지 귀에만 쏠렸다. 귀에 물소리가 들리자 벌벌 떨려서 걱정스러움을 견딜 수가 없었다.

내가 이제야 이치를 알았다. 마음이 고요한 사람은 귀와 눈이 탈이 되지 않고, 눈과 귀만 믿는 사람은 자세할수록 더욱 병집이 되는 것이다.

내 마부가 말에게 발이 밟혀 뒤따라오는 수레에 실렸다. 나는 고삐를 놓고 강물 위에 떠서 무릎을 오므려 안장 위에 발을 모았다. 거기서 한번 떨어지면 바로 강물이었다. 나는 강물을 땅으로 삼고 또 옷으로, 몸으로, 마음으로 삼았다. 그러자 내 귓속에서는 마침내 강물 소리가 들리지 않았다. 무릇 아홉 번이나 건너는데도 아무런 걱정이 없었다. 마치 물을 건너는 것이 평지에서 앉고 눕고 생활하는 것 같았다.

옛날 우임금이 강물을 건너는데 용이 배를 등에 지고 있어 매우 위태로웠다. 그러나 삶과 죽음의 분별이 마음에서 또렷해지자 용이든 매미든 크고 작음을 살필 필요가 없었다.

소리와 빛깔은 바깥 세계의 사물이다. 이것은 늘 귀와 눈에 탈이 되어 사람이 바르게 보고 바르게 듣는 힘을 잃게 하는 것이 앞의 이야기와 같다. 하물며 인생살이의 위태로움은 강물보다 더 심하니, 보고 듣는 것이 얼마나 탈이 되겠는가?

내 산속으로 들어가면 다시 앞 시냇물 소리를 들으며 이것을 시험해 보고 몸놀림이 약삭빨라 스스로 똑똑하다고 믿는 사람들을 깨우치리라.

해설

이 글의 본래 제목은 '일야구도하기'이다. 하룻밤에 아홉 번 강을 건넌 이야기라는 뜻이다.

글쓴이는 '물소리는 사람이 어떻게 듣는가에 달려 있을 뿐이다.'라고 말하고, 예전 산속에 있으면서 물소리를 들은 경험을 말한다. 이렇게 '바르게 듣지 못한 것은 마음속으로 이미 어떤 생각을 가지고 소리를 들었기 때문'이다.

글쓴이는 다시 백하를 건너면서 경험한 것을 이야기한다. 낮에 강물 소리를 듣지 못하는 것은 '낮에는 물을 볼 수 있기 때문에 위태로움이 눈에만 쏠'리기 때문이고, 밤에 강을 건널 때는 '눈에 위태로운 것이 보이지 않고 위태로움이 오로지 귀에만 쏠'리기 때문에 물소리가 들리는 것이다.

이를 통해 글쓴이는 '마음이 고요한 사람은 귀와 눈이 탈이 되지 않고, 눈과 귀만 믿는 사람은 자세할수록 더욱 병집이 되는 것'이라는 이치를 깨닫는다. 소리와 빛깔이라는 바깥 세계의 사물을 인식하는 눈과 귀가 오히려 탈이 되는 것이다. 그러므로 결국 눈에 보이는 것, 귀에 들리는 것을 넘어 본질을 볼 수 있어야 마음의 평정을 얻을 수 있는 것이다.

3장

현명한 판결

두더지 혼인
—유몽인•

예로부터 왕실과의 혼인으로 화를 입은 일은 이루 다 말할 수가 없다. 이는 두더지가 두더지와 혼인하는 것보다 나을 것이 없다. 무슨 말인가?

옛날 한 두더지가 새끼를 낳아 매우 사랑했다. 아비 두더지와 어미 두더지가 새끼 두더지를 혼인시키려고 의논했다.

"우리가 딸을 낳아 이토록 애지중지했으니 둘도 없는 족속을 택해 혼인을 시켜야겠소. 둘도 없는 족속으로 하늘만 한 것이 없으니, 내 마땅히 딸을 하늘과 혼인시켜야겠소."

그래서 하늘에게 말했다.

"제가 딸을 낳아 애지중지하여 둘도 없는 족속을 택해 혼인시키려고 합니다. 생각해 보니 둘도 없는 귀한 족속으로 당신만 한 이가 없으니 부디 제 딸과 혼인해 주십시오."

• 유몽인(1559~1623): 조선 중기의 문신, 학자. 호는 '어우당'. 성혼에게 배웠으나 깊이가 없고 가볍다는 이유로 쫓겨나기도 했다. 1623년 광해군의 복위 음모를 꾸민다는 모함에 빠져 사형되었다. 저서로 야담집 《어우야담》과 문집 《어우집》이 있다.

그러자 하늘이 말했다.

"나는 넓고 큰 땅을 덮어 가릴 수 있고 만물을 낳아 기르니 나보다 나은 것이 없소. 그런데 구름만이 나를 가릴 수 있으니 내가 구름보다 못하다오."

그래서 두더지가 구름에게 가서 말했다.

"제가 딸을 낳아 애지중지하여 둘도 없는 족속을 택해 혼인시키려고 합니다. 생각해 보니 둘도 없는 귀한 족속으로 당신만 한 이가 없으니 부디 제 딸과 혼인해 주십시오."

그러자 구름이 말했다.

"나는 하늘과 땅에 가득 차고 해와 달을 덮어 가리며 산천과 만물을 어둡게 할 수 있지요. 그런데 바람만이 나를 흩뜨리니 내가 바람보다 못하다오."

그래서 두더지는 바람에게 가서 말했다.

"제가 딸을 낳아 애지중지하여 둘도 없는 족속을 택해 혼인시키려고 합니다. 생각해 보니 둘도 없는 귀한 족속으로 당신만 한 이가 없으니 부디 제 딸과 혼인해 주십시오."

그러자 바람이 말했다.

"나는 큰 나무도 부러뜨리고 큰 집도 날려버리며, 산과 바다도 뒤흔들고 가는 곳마다 쓸어 없애버린다오. 그런데 오직 과천의 돌미륵만은 넘어뜨릴 수 없으니 내가 과천의 돌미륵만 못하다오."

그래서 두더지가 돌미륵에게 가서 말했다.

"제가 딸을 낳아 애지중지하여 둘도 없는 족속을 택해 혼인시키려고 합니다. 생각해 보니 둘도 없는 귀한 족속으로 당신만 한 이가 없으니 부디 제 딸과 혼인해 주십시오."

그러자 돌미륵이 말했다.

"내가 들판에 우뚝 서서 오랜 세월 동안 뽑히지 않고 있소. 그러나 두더지가 내 발밑의 흙을 파내면 나는 쓰러진다오. 그러니 내가 두더지만 못하지요."

이에 두더지가 놀라 스스로를 돌아보며 말했다.

"세상에 둘도 없는 족속으로 우리 두더지만 한 것이 없구나."

드디어 그 딸을 두더지와 혼인시켰다.

무릇 사람으로 자기 분수를 알지 못하고 감히 왕실과 혼인하여 사치스러움을 누리려 하다가 끝내 화를 입는 사람은 바로 이 두더지만도 못한 것이다.

해설

한 두더지 부부가 딸을 혼인시키기 위해 세상에서 가장 뛰어난 족속을 찾아 나선다. 하늘을 찾아가 딸과 혼인해 달라고 하는 두더지에게 하늘은 자기보다 더 나은 존재로 구름을 지목하고, 구름을 찾아간 두더지에게 구름은 바람을 지목하고, 바람을 찾아간 두더지에게 바람은 돌미륵을 지목한다. 돌미륵을 찾아가 딸과 혼인해 달라고 하는 두더지에게 돌미륵은 자기를 쓰러뜨릴 수 있는 두더지가 세상에서 가장 센 존재라고 말한다. 그래서 두더지는 이 세상에서 가장 뛰어난 족속이 바로 자신과 같은 부류임을 깨닫는다.

자신의 참된 가치를 일깨우는 이 이야기는, 우리나라의 설화 가운데 이야기의 귀착점이 다시 출발점으로 되돌아가는 회귀 형식을 가졌다는 점에서 독특한 형식을 보여준다.

유몽인은 이야기의 처음과 끝부분에 왕실과의 혼인으로 부귀를 누리려는 인간의 욕심을 깨우치기 위해 이 이야기를 썼다고 적었다. 결국 이 이야기는 두더지를 통해 분수를 알지 못하고 끝내는 화를 부르는 어리석은 인간의 헛된 욕심을 경계하고 있다. 조선 후기 홍만종(1643~1725)이 쓴 《순오지》에도 〈두더지의 혼인〉이라는 비슷한 이야기가 들어 있다.

늙은 쥐의 지혜
—고상안•

옛날 한 늙은 쥐가 있었는데 훔치는 재주가 뛰어났다. 그렇지만 늙어서 눈이 어둡고 힘이 줄어 스스로 훔칠 수가 없었다. 여러 쥐들이 늙은 쥐에게 가서 훔치는 재주를 배웠다. 쥐들은 훔친 것을 늙은 쥐에게 나누어주었다.

여러 해가 지나자 쥐들은 더 이상 늙은 쥐에게 배울 것이 없다고 생각해 훔친 것을 나누어주지 않았다. 늙은 쥐는 오랫동안 분함을 품고 있었다.

어느 날 저녁, 아낙이 솥에 밥을 지어서 뚜껑을 돌로 눌러두고는 갔다. 여러 쥐들이 그 밥을 훔치려고 했지만 방법이 없었다. 한 쥐가 말했다.

"늙은 쥐에게 가서 물어보는 것이 좋겠다."

모두 그렇겠다고 여기고 늙은 쥐에게 가서 방법을 물었다. 늙은 쥐가 화를 내며 말했다.

"너희가 나에게 재주를 얻어 늘 배부르게 먹다가 요즘은 나에

• 고상안(1553~1623): 고려 중기의 문인이자 학자. 호는 '태촌'. 농사에 밝고 문장에 능했다. 문집《태촌집》에는 〈효빈잡기〉를 비롯해 풍속이나 전설에 관한 내용이 실려 있다.

게 음식을 나누어주지 않으니 해줄 말이 없다."

여러 쥐들이 용서를 구하며 말했다.

"저희가 잘못했습니다. 지난 잘못에 대해서는 드릴 말씀이 없습니다. 앞으로는 은혜를 잊지 않겠습니다. 제발 좋은 방법을 가르쳐주십시오."

늙은 쥐가 말했다.

"솥에는 세 발이 있다. 그중 한쪽 솥발 밑을 힘을 다해 파보아라. 조금만 파면 솥이 넘어지고 뚜껑이 저절로 열릴 것이다."

여러 쥐들이 달려가 솥발 밑을 팠다. 그러자 과연 늙은 쥐의 말대로 솥뚜껑이 열렸다. 여러 쥐들이 배부르게 먹고 남은 것을 늙은 쥐에게 주었다.

아! 사물이란 본래 그러한 것이니, 하물며 사람의 일임에랴. 진나라의 젊은 장수 이신의 계략은 늙은 장수 왕전에게 미치지 못했고,* 한나라 젊은 장수 신무현의 꾀도 늙은 장수인 조충국에게 미치지 못했다. 늙은이와 젊은이가 다른 것은 군사를 쓰는 일에만 그러한 것이 아니다. 특히 나라를 다스리는 일에서는 늙은이를 능가할 사람이 없다. 진(秦)나라 목공이 "나이 든 사람에게 물으면 실수가 없다."라고 한 것은 바로 이를 두고 한 말이다.

* 젊은 ~ 못했고: 전국시대 말, 진나라가 초나라를 치려고 하자 젊은 장군 이신은 20만 군사면 초나라를 이길 수 있다고 했으나, 늙은 장군 왕전은 60만의 군사가 필요하다고 했다. 진나라는 이신에게 20만 명의 군사를 주고 초나라를 쳤지만 크게 패했다. 이에 왕전이 60만의 군사를 이끌고 초나라를 쳐서 이겼다.

그러나 지금 나라의 권세는 모두 젊은 사람이 잡고 늙은 사람은 그저 옆에서 보고만 있고 아무 말도 하지 못한다. 늙은 사람이 아무리 좋은 말을 해도 도리어 젊은 사람에게 비웃음만 받을 뿐이다. 사람도 저 늙은 쥐의 이야기와 같으니 안타까운 일이다.

해설

춘추시대 제나라의 재상인 관중이 군주인 환공을 따라 고죽국을 쳤는데, 봄에 가서 겨울에 돌아오다가 길을 잃고 헤매었다. 관중이 "늙은 말의 지혜가 쓸 만하다."라고 하며 늙은 말을 풀어놓고 뒤를 따라가 길을 찾았다. 《한비자》〈설림〉에 나오는 이야기다.

《삼국유사》에 있는 '수로 부인 이야기'에는 노인이 등장한다. 신라 성덕왕 때에 순정공이 강릉 태수로 부임하던 도중 바닷가에서 점심을 먹는데 갑자기 용이 나타나 수로 부인을 끌고 갔다. 사람들이 어찌할 바를 모르고 있을 때 한 노인이 나타나 말했다. "옛사람의 말에, 여러 사람의 입은 쇠도 녹인다 했습니다. …… 이곳 백성들을 불러서 노래를 부르며 몽둥이로 언덕을 두드리면 부인을 볼 수 있을 것입니다." 그대로 했더니 용이 부인을 데리고 나와 바쳤다.

이 두 이야기는 사람이든 사물이든 연륜이 깊으면 사물의 이치에 밝다는 것을 보여준다. 늙은 말과 노인은 지혜로운 존재로 그려져 있다. 그 지혜는 의심을 딛고 이룬 노년의 지식이기 때문에 훌륭한 것이다. 물론 늙음이 항상 그러한 것은 아니다. 세파에 시달리다 보면 속세의 먼지를 묻히게 되고, 산전수전 다 겪고 나면 권모술수에만 능숙하게 될 수도 있다.

늙은 쥐는 세상에 훌륭히 쓰일 수 있음에도 젊은 쥐들에게 홀대받는다. 오늘날 우리 정치에서도 화두는 세대교체인 모양이다. 젊은 피를 수혈한다는 말도 들린다. 막무가내로 늙음을 몰아내려고만 한다. 늙음은 추한 것이 아니라 자연스러운 것이다.

조신의 꿈

—일연•

옛날 서라벌이 서울이었을 때이다. 세달사라는 절의 장원•이 명주 날리군에 있었는데, 절에서 조신 스님을 보내 장원을 관리하게 했다.

조신이 장원에 이르러 태수 김흔의 딸을 좋아해 깊이 빠졌다. 자주 관세음보살 앞에 나아가 김흔의 딸을 얻게 해달라고 남몰래 빌었다. 몇 년 사이에 그 여자에게 배필이 생겼다. 이에 조신이 관세음보살 앞에 가서 자기 소원을 들어주지 않은 것을 원망했다. 조신이 슬피 울다가 날이 저물어 지쳐서 얼핏 잠이 들었는데, 홀연 꿈에 김씨 낭자가 반가운 얼굴로 문을 들어섰다. 김씨 낭자가 활짝 웃으며 조신에게 말했다.

"제가 일찍이 스님을 잠깐 뵙고는 마음속으로 사랑해 잠시도 잊을 수가 없었습니다. 부모님께서 다그치시는 바람에 억지로

• 일연(1206~1289): 고려 시대의 승려. 일연은 법명이다. 1219년 출가하여 1246년 '선사'가 되었다. 1277년(충렬왕 3)부터 1281년까지 청도 운문사에서 지낼 때《삼국유사》를 쓰기 시작한 것으로 추정된다. 뒤에 이미니를 모시기 위해 고향으로 돌아왔다. 저서로는《삼국유사》,《게송잡저》등이 있다.

• 장원: 별장처럼 쓰는 사유지.

다른 사람과 혼인했습니다. 이제 당신과 부부가 되기를 원해 이렇게 왔습니다."

조신이 기뻐하며 김씨 낭자와 함께 고향으로 돌아왔다. 40여 년 동안 살면서 다섯 아이를 두었다. 집은 다만 네 벽이 있을 뿐이고 변변찮은 음식도 댈 수 없었다. 조신은 넋을 잃고 아내와 아이들을 이끌고 이곳저곳으로 다니면서 겨우 끼니를 이었다. 이러기를 10년, 조신은 후미진 시골을 두루 다니다 보니 옷이 해어져서 너덜너덜해 몸도 가리지 못했다. 우연히 명주의 해현 고개를 지나다가 열다섯 된 큰아이가 굶주려 죽었다. 부부는 통곡을 하고 아이를 길에 묻었다. 나머지 네 아이를 이끌고 우곡현에 이르러 길가에 띠를 엮어 집을 지어 살았다.

부부는 늙고 병들고 굶주려 일어날 수도 없었다. 열 살 된 딸아이가 돌아다니며 밥을 얻다가 마을에서 개에게 물렸다. 아이가 울면서 앞에 와서 눕자 부부가 한숨을 쉬며 울었다. 조신의 아내가 눈물을 닦고는 이내 말했다.

"제가 처음 당신을 만났을 때는 얼굴도 아름답고 나이도 꽃다웠으며 옷도 풍족하고 깨끗했습니다. 맛있는 게 한 가지라도 생기면 당신과 나누었고, 두어 자 따뜻한 옷이 생겨도 당신과 나누어 입었습니다. 50년 동안 다니며 정은 두터웠고 사랑은 얽혔으니 가히 도타운 인연이라 하겠습니다. 해가 지나면서 힘은 줄고 병은 더욱 심해졌으며 추위와 굶주림마저 닥쳤습니다. 곁방살이에 보잘것없는 음식도 다른 사람에게 빌어먹지 못하게 되었습니다. 이 집 저 집으로 음식을 빌어먹는 부끄러움이 산처럼 무겁습니다. 우리가 아이들의 추위와 굶주림도 보살피지 못하는데, 어느 겨를에 부부 사이에 사랑하는 마음을 가지겠습니까? 아름다운 얼굴과 예쁜 웃음은 풀 위의 이슬처럼 사라졌고, 지초와 난초 같던 우리의 약속도 바람에 날리는 버들개지가 되었습니다. 당신에게는 제가 짐이 되고, 저는 당신으로 해서 근심이 많습니다. 가만히 기뻤던 지난날을 생각해 보면 그것이 바로 근심의 실마리였습니다. 당신과 제가 어쩌다가 이 지경에 이르렀단 말입니까? 여러 새가 함께 굶주리는 것보다는 짝 잃은 난새가 거울을 보며 짝을 그리워하는 것이 나을 것입니다. 춥다고 버리고 따뜻하다고 들러붙는 것은 인정상 차마 할 수가 없습니다. 그러나 가고 머무는 것은 사람에게 맡겨진 것이 아니고, 헤어지고 만나는 것도 운수입니다. 제 말대로 하는 것이 어떻겠습니까?"

조신이 기꺼이 그 말대로 해 부부가 서로 두 아이를 데리고 갔다. 아내가 말했다.

"저는 고향으로 갈 테니 당신은 남쪽으로 가십시오."

막 잡은 손을 놓고 가는데 조신이 꿈에서 깼다. 남은 등잔불이 가물거리고 날이 밝아오고 있었다. 아침이 되어 수염과 머리카락이 모두 하얗게 세었다. 조신은 멍해져 인간 세상에 뜻이 없어졌다. 괴로운 삶도 싫어지고 백 년의 괴로움을 다 겪은 것 같았다. 속세의 욕심이 얼음이 녹듯 사라졌다. 이에 조신은 관세음보살의 모습을 보고는 부끄러워하며 잘못을 뉘우쳤다.

조신이 해현 고개에 가서 아이 묻었던 곳을 파보니 돌미륵이 있었다. 깨끗하게 씻어 가까운 절에 모시고는 서라벌로 돌아왔다. 장원을 맡았던 일을 그만두고 재산을 털어 정토사라는 절을 세우고는 부지런히 불도를 닦았다. 그 후에 조신이 어떻게 되었는지는 알 수 없다.

이 이야기를 읽고서 책을 덮고 생각해 보니 어찌 조신 스님의 꿈만 그러하겠는가? 지금 사람들은 모두 인간 세상의 즐거운 일만 알아 기뻐하기도 하며 몸과 마음을 아끼지 아니하고 일에만 힘을 쓰는데, 이는 깨우치지 못했기 때문이다.

이에 노래를 지어 경계하고자 한다.

즐거움은 잠깐, 뜻은 이내 가로막혀
늙은 얼굴에 슬며시 근심이 따른다.
다시 좁쌀밥 익기를 기다릴 것 없이
괴로운 삶이 한바탕 꿈인 것을 깨달았네.

몸을 다스림엔 먼저 뜻이 성실해야지.
홀아비는 미인을 꿈꾸고 도적은 곳집을 꿈꾸네.
어찌하면 가을밤 맑은 꿈에서
때때로 눈을 감고 맑은 경지에 이를까?

해설

당나라 현종 때 도사 여옹은 한단으로 가는 도중 주막에서 쉬다가 노생이라는 젊은이를 만난다. 노생은 여옹이 준 베개를 베고 잠이 든다. 노생이 꿈속에서 최씨 명문가의 딸과 결혼하고 과거에 급제한 뒤 벼슬길에 나아가 승진해 재상이 된다. 그러다가 역적으로 몰리지만 다행히 사형은 면하고 변방으로 유배되었다가 몇 년 후 모함이었음이 밝혀지고 다시 재상의 자리에 오른다. 그 후 노생은 높은 벼슬에 오른 아들 다섯과 열 명의 손자를 거느리고 행복하게 살다가 80세의 나이로 세상을 마친다. 그런데 노생이 기지개를 켜며 깨어보니 꿈이었다.《침중기》에 나오는 이야기로, 한바탕 꿈으로 온갖 영욕과 부귀와 죽음까지도 다 겪게 해서 인간의 욕망이 부질없음을 보여준다.

〈조신의 꿈〉 이야기도 이와 비슷하다. 스님인 조신도 사랑이라는 욕망을 꿈을 통해 이룬다. 그러나 시간이 흐르면서 그 사랑은 도리어 괴로움의 실마리가 된다. 조신에게는 김씨 낭자가 짐이 되고, 김씨 낭자는 조신으로 해서 근심이 많다. 생각해 보면 기뻤던 지난날이 바로 근심의 실마리였던 것이다. 아내와 헤어지면서 문득 꿈에서 깬 조신은 비로소 잘못을 뉘우치고 속세의 욕심에서 놓여난다. 그런데도 예나 지금이나 사람들은 모두 인간 세상의 즐거운 일만 알아 기뻐하기도 하며 몸과 마음을 아끼지 아니하고 욕망에 집착한다. 그 욕망의 끝은 괴로움이라는 것을, 그래서 욕망은 부질없는 것임을 〈조신의 꿈〉은 보여준다.

꽃임금님

—김부식•

설총의 자•는 '총지'로 할아버지는 나마 벼슬을 한 담날이고 아버지는 원효이다. 아버지 원효는 처음 승려로 불가서(佛家書)에 두루 통달했는데, 나중에 환속•해 스스로 '소성거사'라고 이름했다.

설총은 본바탕이 똑똑해 태어나면서부터 이치를 훤히 알았다. 우리말로 유교의 아홉 가지 경전을 읽어 후학을 가르쳐 지금까지 학자들이 그를 마루로 존중한다. 글을 잘 지었지만 지금 세상에 전하는 것은 없다. 다만 남쪽 지방에 그가 비석에 쓴 글이 전하는데, 글자가 빠지고 떨어져 나가 읽을 수가 없어 끝내 그의 글이 어떠했는지 알 수 없다.

신문왕이 한여름(5월)에 높고 밝은 곳에서 설총을 돌아보고 말했다.

• 김부식(1075~1151): 고려 전기의 문신이자 학자. 묘청의 난 때 원수로 임명되어 난을 진압했다. 관직에서 물러난 후, 인종이 젊은 관료들과 함께 《삼국사기》를 편찬할 것을 명했는데, 인종이 죽기 직전인 1145년에 《삼국사기》 편찬을 마쳤다. 인종 초기에 《예종실록》, 《인종실록》 편찬도 담당했다.

• 자(字): 본이름 외에 부르는 이름. 예전에, 이름을 소중히 여겨 함부로 부르지 않았던 관습이 있어서 흔히 성인이 된 뒤에 본이름 대신으로 불렀다.

• 환속: 승려가 나시 속세 사람이 됨.

"오늘 오랫동안 내리던 비가 비로소 그치고 남풍이 서늘하구려. 그러니 맛 좋은 음식과 음악보다는 고상한 말과 좋은 웃음거리로 답답하고 쓸쓸한 마음을 풀었으면 하오. 그대는 틀림없이 그러한 이야기를 들었을 테니, 나에게 들려주시오."

이에 설총이 다음과 같은 이야기를 신문왕에게 들려주었다.

옛날에 꽃임금님(모란꽃)께서 처음 오시자 향기로운 뜰에 심고 푸른 장막으로 둘러 보호했습니다. 봄이 되어 아름다움을 드러내니 다른 온갖 꽃들을 넘어서서 홀로 빼어났습니다. 그래서 멀고 가까운 곳에서 아름다운 꽃들이 남보다 뒤질세라 달려와 꽃임금님을 뵈었습니다. 그때 붉은 얼굴에 하얀 이를 가진 한 예쁜 여자가 화려하게 꾸미고 하늘거리며 꽃임금님께 와서 말했습니다.

"저는 눈처럼 흰 모래를 밟고 거울처럼 깨끗한 바다를 대하면서, 봄비로 때를 씻고 맑은 바람을 쐬며 얽매임에서 벗어나 즐기는 장미라고 하옵니다. 임금님께서 아름다운 덕을 가지셨다는 말을 듣고 향기로운 장막 안에서 잠자리를 모시고 싶사온데, 임금님께서 저를 받아들이시겠습니까?"

그때 베옷에 가죽 띠를 한 늙은 남자가 지팡이를 짚고 구부정한 모습으로 비틀거리며 꽃임금님 앞에 와서 말했습니다.

"저는 서울 밖 큰길가에 살고 있습니다. 아래로는 아득한 들판을 마주하고 위로는 높은 산에 기대어 사는데, 이름을 백두옹(할미꽃)이라고 합니다. 생각하옵건대 임금님께서는 곁에서 드리는 것이 넉넉해 맛있는 음식으로 배를 채우시고 차와 술로 정신을 맑게 하시며 피륙을 넘치게 쌓아두셨다 하더라도, 모름지기 좋은 약으로 기운을 돕고 아픈 돌침으로 독을 없애야 합니다. 그러므로 《시경》에서, '실을 만드는 삼이 있어도 왕골과 기령풀을 버리면 안 된다. 그렇듯 모든 군자는 없어짐을 대비할 수 있어야 한다.'•라고 했습니다. 모르겠습니다만 임금님께서도 그러한 뜻이 있으신지요?"

꽃임금님 곁에 있던 신하가 임금님께 여쭈었습니다.

"두 사람 가운데 누구를 잡고 누구를 보내시겠습니까?"

꽃임금님께서 말씀했습니다.

"늙은이의 말에도 일리가 있으나 예쁜 여자도 얻기가 어려우니 어찌하면 좋을까?"

늙은이가 꽃임금님께 말했습니다.

"저는 임금님께서 총명하시어 올바른 도리를 아신다고 생각해 여기 왔습니다. 그런데 이제 보니 그렇지가 않습니다. 무릇 임금 가운데 아첨하는 사람을 멀리하고 올곧은 사람을 가까이하는 사람이 드뭅니다. 그래서 맹자는 자신을 알아주는 임금을 만나지 못하고 일생을 마쳤고, 한나라 때 풍당은 낮은 벼슬인 낭중으로

• 실을 ~ 한다: 《시경》에 "비록 실을 만드는 삼이 있더라도 왕골과 기령풀을 버리지 말고, 비록 나라에 미녀가 있다고 하더라도 못생긴 여자를 버려서는 안 된다. 평범한 벼슬아치라도 인물이 없을 때에는 대용할 수가 있는 법이다."라는 말이 나온다.

늙어버렸습니다. 예로부터 이러했으니 제가 어찌하겠습니까?"

그러자 꽃임금님께서 말했습니다.

"내가 잘못 생각했소."

이에 신문왕이 얼굴을 바르게 하고 말했다.

"그대의 이야기는 진실로 깊은 뜻이 있구려. 이 이야기를 써서 앞으로 임금 되는 사람에게 경계가 되도록 하시오."

그러고는 설총에게 높은 벼슬을 주었다.

해설

이 이야기는《삼국사기》〈열전〉에 실려 있다. 열전이면서도 특이하게 설총에 대한 이야기보다 설총이 신문왕에게 들려준 이야기가 열전의 핵심을 이루고 있다.

이 이야기를 듣는 사람은 신문왕(재위 681~692)이다. 신문왕은 삼국 통일 직후 즉위하여 강력한 왕권을 확립하고 제도를 정비했다. 682년에는 유교적 정치 이념에 따라 인재를 양성하고 교육하기 위해 '국학'을 설립했다. 설총은 바로 이 신문왕에게 임금이 어떠해야 하는지를 꽃임금 이야기를 통해 암시하고 있다.

봄이 되자 꽃임금에게 장미꽃과 할미꽃이 찾아와 각기 자신을 써 달라고 청한다. 장미는 아름다움으로 꽃임금의 시중을 들겠다고 청하고, 할미꽃은 군자의 도리에 따라 살아온 것을 자부하며 모시기를 청한다. 이에 꽃임금이 갈등하게 되자, 할미꽃이 옛날부터 임금 가운데 아첨하는 사람을 멀리하고 올곧은 사람을 가까이하는 사람이 드물었다는 것을 맹자와 풍당을 들어 말하게 된다. 그러자 꽃임금이 잘못을 깨닫게 된다는 내용이다.

설총의 이야기를 들은 신문왕은 이 이야기에 깊은 뜻이 있음을 알고 앞으로 임금 되는 사람에게 경계로 삼도록 한다. 이 이야기는 설총이 왕에게 임금의 도리를 직접 말하기보다는 사물에 빗대어 암시함으로써 문학성을 얻었다고 볼 수 있다. 또한 이런 형식은 고려 시대에 나타난 가전 작품의 형성에도 영향을 준 것으로 보인다.

깨어진 거울을 던지니

—김부식

설씨 여자는 율리에 사는 가난한 집안의 사람인데, 얼굴빛이 단정하고 행동이 발랐다. 보는 사람마다 아름답게 여겼으나 감히 다가가지 못했다.

진평왕 때였다. 설씨 여자의 아버지가 늙었는데, 정곡이란 곳에 수자리•를 살러 가게 되었다. 설씨 여자는 늙고 병든 아버지를 차마 멀리 보낼 수가 없었다. 하지만 여자의 몸이라 아버지를 대신할 수도 없어 몹시 괴로워했다.

사량부•에 가실이라는 사내가 있었다. 그는 집이 가난했지만 뜻이 올곧은 사람이었다. 일찍이 설씨 여자를 좋아했지만 감히 말하지 못하고 있었다. 그는 설씨 여자가 늙은 아버지의 수자리 때문에 근심하는 것을 알고 설씨 여자에게 가서 말했다.

"제가 비록 못났지만 의로운 마음이 있다고 생각합니다. 못난 이 몸으로 아버지의 수자리를 대신하고 싶습니다."

설씨 여자가 매우 기뻐하며 아버지에게 알렸다. 아버지가 가

• 수자리: 국경을 지키던 일. 또는 그런 병사.
• 사량부: 신라 때 육부(씨족을 중심으로 나눈 경주의 여섯 행정 구역) 가운데 하나.

실을 방으로 들어오게 하고는 말했다.

"그대가 내 수자리를 대신해 주겠다고 하니 기쁘면서도 걱정스럽네. 은혜를 갚고 싶은데, 그대가 내 딸을 받아준다면 아내로 삼게 하고 싶네."

가실이 두 번 절하고는 말했다.

"감히 바라지 못했지만 진실로 제 소원이었습니다."

그가 물러나 설씨 여자에게 혼인날을 잡기를 청하니, 설씨 여자가 말했다.

"혼인은 중요한 일이니 갑작스럽게 정할 수가 없습니다. 제가 이미 마음으로 허락했으니, 죽더라도 변함이 없을 것입니다. 당신이 수자리를 살고 돌아온 다음에 날을 잡아 혼인해도 늦지 않을 것입니다."

그러고는 거울을 반으로 나누어 서로 하나씩 가지고는 다음에 합치기로 약속했다.

가실에게 말이 한 마리 있었다.

"이는 좋은 말이니 언젠가 쓸 데가 있을 것입니다. 이제 내가 수자리를 살러 가니 이 말을 기를 사람이 없습니다. 여기 두고 갈 테니 뒷날 쓸 수 있도록 해주십시오."

가실은 설씨에게 이렇게 말하고는 수자리를 살러 갔다.

그런데 그 뒤로 나라에 큰일이 생겨 다른 사람으로 교대하지 못한 지가 6년이 넘었다. 가실이 돌아오지 못하니, 설씨의 아버지가 딸에게 말했다.

"처음에 3년을 약속했는데, 이제 그 기한이 지나버렸다. 그러니 너는 다른 사람에게 시집가는 것이 좋겠다."

설씨 여자가 말했다.

"지난번 가실이 아버지를 편하게 해드려 저는 그 사람과 굳게 약속했습니다. 가실은 이를 믿고 여러 해 동안이나 수자리를 살며 배고픔과 추위 등 온갖 고생을 다 하고 있습니다. 더구나 적 가까이 있어 손에서 무기를 내려놓지도 못하고 마치 호랑이 아가리에 물릴까 걱정하고 있을 것입니다. 제가 믿음을 버리고 기다리지 않는다면 그것이 어찌 사람의 도리라 하겠습니까? 아버지의 명을 따를 수 없으니 다시는 그런 말씀 마십시오."

아버지는 더 늦기 전에 딸을 출가시키려고 몰래 마을 사람과 혼인을 약속했다. 혼인날이 되어 그 사람을 데리고 오니, 설씨 여자가 거절하며 도망하려고 했으나 뜻을 이룰 수 없었다. 설씨 여자가 마구간으로 가 가실이 두고 간 말을 보며 한숨을 쉬고 눈물을 흘렸다.

이때 가실이 교대해 돌아왔다. 그러나 몸이 바짝 야위고 옷이 다 낡아 해져, 사람들이 알아보지 못하고 딴사람이라고 여겼다. 가실이 앞으로 나와 깨어진 거울을 던지니 설씨 여자가 거울을 주워 보고는 흐느껴 울었다. 아버지와 사람들이 모두 기뻐하며 어쩔 줄 몰랐다. 마침내 다른 날을 잡아 서로 혼인하기로 하고, 나중에 부부가 되어 잘 살았다.

해설

《삼국사기》〈열전〉에 오른 사람은 모두 52명이다. 그중에서 여자는 단 세 사람인데, '효녀 지은, 설씨 여자, 도미의 아내'이다(도미의 아내는 〈열전〉에 '도미'가 제목으로 실려 있지만, 실제 중심인물은 도미의 아내로 볼 수 있다.). 김부식이 이 세 인물을 다룬 것은 그들이 각각 효행, 신의, 절행의 모범이 되었기 때문이다.

설씨 여자의 이야기는 가실이라는 청년과 얽히면서 사랑에서 신의가 얼마나 중요한 것인지 보여준다. 가실은 여자의 아버지를 대신해 변방으로 수자리를 살러 간다. 설씨와 가실은 헤어지면서 거울을 반으로 나누어 사랑의 증표로 삼는다. 또한 가실은 자신이 기르던 말을 설씨에게 맡기고 떠난다.

3년을 기약하고 떠난 가실은 나라에 일이 생겨 6년이 지나도록 돌아오지 못한다. 딸의 혼기가 늦어질까 염려하는 아버지는 딸을 시집보내려고 하면서 갈등이 최고조에 이른다. 딸은 신의를 내세우며 아버지의 말을 거역하지만 결국 일은 아버지의 의도대로 진행된다. 혼인날이 되어 여자가 가실이 두고 간 말을 보고 눈물을 흘리고 있는데 가실이 돌아온다. 사람들이 가실을 몰라보지만, 가실은 깨어진 거울을 가지고 자신을 확인시킨다.

결국 이 이야기는 신라 시대 평민 여자의 모습을 통해 사랑에서 신의가 얼마나 중요한가를 잘 보여준다. 또한 삼국 통일 직전 군역에 시달리는 신라 시대 평민들의 삶이 사실적으로 잘 나타나 있다.

김현이 호랑이에게 감동하다
—일연

신라 풍속에 해마다 음력 2월이면 초여드렛날부터 보름날까지 서라벌의 남녀가 홍륜사 전각과 탑을 돌며 복을 빌었다.

원성왕 때 김현이라는 사람이 있었는데, 밤이 깊도록 홀로 탑을 돌고 있었다. 한 처녀가 불경을 외며 그를 따라 탑을 돌다가 서로 마음이 움직여 눈길을 주고받았다. 탑돌이를 마치고 둘은 으슥한 곳으로 가서 정을 통했다. 여자가 돌아가는데 그가 여자를 따라갔다. 여자가 따라오지 말라고 했지만 그는 굳이 처녀를 따라갔다. 두 사람이 서쪽 산기슭에 이르러 한 초가집으로 들어가니, 한 할미가 처녀를 맞으며 물었다.

"따라온 사람이 누구냐?"

처녀가 사정을 이야기하자 할미가 말했다.

"좋은 일이기는 하지만 아니 한 것만 못하구나. 그러나 이미 일이 이렇게 되었으니 어찌할 수가 없다. 저 사람을 은밀한 곳에 숨겨주어라. 네 형제들이 해칠까 두렵구나."

처녀가 그를 데려다 깊숙한 곳에 숨겨주었다. 조금 후에 호랑이 세 마리가 으르렁거리며 오더니 말했다.

"집 안에 사람 냄새가 나는구나. 마침 배가 고팠는데 다행이다."

할미와 처녀가 세 호랑이를 꾸짖었다.

"너희 코가 잘못되었구나. 어찌 그런 미친 소리를 하느냐?"

이때 하늘에서 소리가 들렸다.

"너희가 많은 목숨을 해쳤으니 한 놈을 죽여 잘못을 뉘우치도록 만들겠다."

세 호랑이가 이 소리를 듣고 두려워했다. 처녀가 세 호랑이에게 말했다.

"오빠들이 멀리 피해 잘못을 뉘우친다면 그 벌을 제가 대신 받겠습니다."

세 호랑이가 기뻐하며 머리를 숙이고 꼬리를 치며 달아났다. 처녀가 들어와 그에게 말했다.

"처음에 저는 당신이 이곳에 오는 것이 부끄러워 말렸던 것입니다. 이제는 숨길 것이 없으니, 제 속마음을 말씀드리겠습니다. 저와 당신은 같은 무리가 아니지만, 하룻밤 즐거움을 쌓았으니 부부가 되었다고 할 수 있습니다. 하늘이 세 오빠의 죄를 미워해 우리 집에 재앙을 내리니, 그것을 제가 떠맡고자 합니다. 제가 이왕에 죽을 몸이라면 낯모르는 사람의 손에 죽기보다는 차라리 당신의 칼에 죽어 은혜를 갚고 싶습니다. 내일 제가 저잣거리에 나타나 사람들을 마구 해치면 아무도 저를 어찌하지 못할 것입니다. 그러면 왕이 높은 벼슬을 주어 저를 잡으려 할 것입니다. 당신은 무서워 마시고 저를 따라 성 북쪽 숲속으로 오시면 제가 기다리고 있겠습니다."

그가 말했다.

"사람이 사람과 만나는 것은 떳떳한 도리지만, 서로 다른 무리가 만나는 것은 떳떳한 도리가 아닙니다. 그러나 이미 서로 따르고 받아들였으니 진실로 다행한 일인데, 어찌 아내의 죽음을 팔아 뜻밖에 한때의 벼슬을 바라겠습니까?"

처녀가 말했다.

"그런 말씀 마십시오. 지금 제가 죽는 것은 하늘의 명령이고 또 제 바람이기도 합니다. 당신에게는 좋은 일이고, 제 가족에게는 복이며, 나라 사람들에게는 기쁜 일입니다. 한 번 죽어 다섯 가지 이익이 있으니 어찌 어기겠습니까? 다만 저를 위해 절을 세워 불경을 외워 좋은 일을 많이 해주시면 당신의 은혜가 더 클 수가 없을 것입니다."

드디어 서로 울고는 헤어졌다.

다음 날 과연 사나운 호랑이가 성안에 나타났는데, 너무 사나워 당할 수가 없었다. 원성왕이 이 소식을 듣고는, 호랑이를 죽이는 사람에게 높은 벼슬을 내리겠다고 했다. 김현이 왕에게 나아가 아뢰었다.

"제가 호랑이를 죽이겠습니다."

왕이 그에게 먼저 벼슬을 내려주어 격려했다. 그가 칼을 들고 숲속으로 들어가니, 호랑이가 변해 처녀가 되어 있었다. 처녀가 밝게 웃으며 말했다.

"어젯밤 두터운 정을 가벼이 여기지 마십시오. 오늘 제 발톱에

다친 사람들은 흥륜사의 장을 바르고 그 절의 나팔 소리를 들으면 모두 나을 것입니다."

그러고는 처녀가 그의 칼을 빼앗아 목을 찔러 쓰러졌는데 곧 호랑이였다. 그가 숲에서 나와 말했다.

"호랑이를 잡았다."

그는 사연을 숨기고 아무에게도 말하지 않았다. 다만 그 처녀의 말대로 해 다친 사람들을 치료했더니 상처가 모두 나았다. 지금도 민간에서 그 방법을 쓰고 있다. 그는 벼슬을 하고 서천 가에 절을 세우고 '호원사(虎願寺, 호랑이를 기원하는 절)'라 했다. 늘 《범망경》을 외워 호랑이의 명복을 빌고, 또 자신을 희생해 베푼 은혜에 보답했다.

그가 죽을 즈음, 전날의 이상한 일에 깊이 느끼는 바가 있어 붓을 잡고 글을 써서 사람들이 비로소 알게 되었다. 그래서 사람들이 그 글을 '논호림(論虎林, 호랑이 숲에 대한 이야기)'이라 불렀는데, 지금까지도 그렇게 일컫는다.

해설

이 이야기는《삼국유사》〈감통〉 편에 실려 있다. 일반적으로 제목 '김현감호'를 '김현이 호랑이를 감동시키다'로 풀이하지만, 내용으로 볼 때 오히려 호랑이가 김현을 감동시키고, 그래서 김현이 호랑이의 은혜를 갚는다는 것이 중심을 이룬다는 점에서 '김현이 호랑이에게 감동하다'로 보는 것이 더 적절하다.

이 이야기는 제목 그대로 김현이라는 인물이 호랑이에게 감동해 절을 지어 은혜를 갚는다는 내용이다. 김현이 탑돌이를 하다 한 여자를 만나 사랑하지만, 그 여자는 인간이 아닌 호랑이로 밝혀진다. 그 호랑이가 죽으면서 김현에게 은혜를 베풀고, 김현은 그 호랑이의 은혜를 갚기 위해 절을 세우고 복을 빌어준다.

이 책에는 빠졌지만 '김현감호'라는 제목에는 김현의 이야기에 이어 '신도징이 호랑이와 결혼한 이야기'가 이어진다. 중국《태평광기》에 실려 있는 이야기를 옮겨 실었는데, 신도징이 호랑이 처녀와 결혼한다는 점에서 내용이 비슷하다. 하지만 신도징과 결혼한 호랑이는 뒤에 신도징과 아이를 버리고 다시 호랑이로 돌아가 도망간다.

두 이야기 끝에 일연 스님은 이렇게 평을 달았다.

"짐승이면서도 이처럼 어진 일을 했는데, 오늘날 사람이면서도 짐승보다 못한 자가 있는 것은 어찌 된 일일까?

겉모습과 마음

—유몽인

옛날 중국 사신이 우리나라에 오면서, 우리나라가 예의가 있는 나라이므로 필시 비범한 사람이 있을 것이라 여겼다. 행차가 평양에 이르러 중국 사신이 길가에 있는 한 남자를 보니 키가 팔구 척에 수염이 허리까지 드리워 자못 기이하게 여겼다. 사신이 말을 나누고자 했으나 말이 통하지가 않았다. 사신이 손을 들어 손가락을 둥글게 해 보이니, 그 사내가 또한 손을 들어 손가락을 네모지게 해 보였다. 또 사신이 세 손가락을 구부려 보이니, 그 사내가 다섯 손가락을 구부려 보였다. 또 사신이 옷자락을 들어 보이니, 그 사내가 자기 입을 가리켜 보였다.

중국 사신이 서울에 다다라 관반사•에게 말했다.

"내가 중국에 있을 때 당신네 나라가 예의 있는 나라라고 들었는데 참으로 거짓이 아니었소."

관반사가 물었다.

"어찌 그러십니까?"

중국 사신이 말했다.

• 관반사: 외국 사신을 접대하던 임시직 벼슬아치.

"내가 평양에 이르러 길가에 있는 한 사내를 보니 생김새가 아주 훌륭해 필시 마음이 남다르리라 생각했습니다. 내가 손가락을 둥글게 해 보였는데, 이는 하늘이 둥글다는 뜻이었습니다. 그 사내는 손가락을 네모지게 해 보였는데, 이는 땅이 네모지다는 것이었습니다. 내가 세 손가락을 구부려 보였는데, 이는 삼강(三綱)을 말함이었습니다. 그 사내는 다섯 손가락을 구부려 보였는데, 이는 오륜(五倫)을 말한 것이었습니다. 내가 옷자락을 들어 보여 옛날에는 옷만 드리우고 있어도 천하가 다스려짐을 말했습니다. 그 사내는 자기 입을 가리켜 보였는데, 이는 도덕이 쇠퇴한 세상에서는 말로 세상을 다스린다는 뜻이었습니다. 길가의 보통 사람도 이러하거늘 하물며 사대부들이야 말해 무엇하겠습니까?"

관반사가 이상히 여겨 평양에 공문을 보내 그 사람을 서울로 급히 불러올려 재물을 넉넉히 주고는 물었다.

"중국 사신이 손가락을 둥글게 해 보였을 때, 너는 어찌하여 손가락을 네모지게 해 보였느냐?"

"그분이 둥근 절편을 드시고 싶어 손가락을 둥글게 하기에, 저는 네모진 인절미가 먹고 싶어 손가락을 네모지게 했습니다."

"중국 사신이 세 손가락을 구부려 보였을 때, 너는 어찌하여 다섯 손가락을 구부렸느냐?"

"그분은 하루에 세 끼를 먹고 싶어 세 손가락을 구부리기에, 저는 하루에 다섯 끼를 먹고 싶어 다섯 손가락을 구부렸습니다."

"중국 사신이 옷자락을 들어 보였을 때, 너는 어찌 입을 가리켜 보였느냐?"

"그분은 근심하는 바가 옷 입는 데 있다는 줄 알고, 저는 걱정하는 바가 먹는 데 있었기에 입을 가리킨 것이었습니다."

조정 사람들이 이를 듣고 웃었다. 그러나 중국 사신은 이러한 사실을 모르고, 그 사내를 슬기가 남달리 뛰어난 사람으로 여기고 공경하고 예를 갖추었다.

아! 중국 사신이 수염 긴 사람을 공경한 것이 어찌 한갓 겉모습만 보고 실수한 것이겠는가? 중국 사신은 우리나라가 예의 있는 나라라는 사실이 두려웠던 것이리라. 이것이 어찌 만세의 웃음거리가 아니겠는가?

근래 재상 유전이 중국의 수도 연경에 갔을 때 관상가에게 자신의 관상을 보이려고 했다. 따라온 하인 중에 생김새가 아주 훌륭한 사람에게 재상의 옷차림을 하게 해 관상가에게 보였다. 관상가가 자세히 보더니 웃으며 말했다.

"이 사람은 평생 숯이나 팔 사람이오. 당신들은 어째서 나를 속이시오?"

이에 재상 유전이 나타나 모습을 보이니 관상가가 보고는 공경하여 말했다.

"이분이 진짜 재상입니다."

아! 관상가가 사람을 알아보는 눈이 중국 사신과는 다르구나.

해설

이 이야기는 겉모습이 기이한 한 인물을 통해, 겉모습으로 그 사람됨을 알 수 없다는 것을 말하고 있다. 우리나라에 온 중국 사신이 겉모습이 빼어난 사내를 보고 수화를 나눈다. 중국 사신이 손가락을 둥글게 해 보이자 사내는 손가락을 네모지게 해 보인다. 다시 중국 사신이 세 손가락을 구부려 보이자 사내는 다섯 손가락을 구부려 보인다. 마지막으로 중국 사신이 옷자락을 들어 보이자 사내는 입을 가리켜 보인다.

이 이야기의 재미는 이 수화 내용을 해석하는 두 인물의 오해에서 생겨난다. 중국 사신이 하늘이 둥글다고 말하는 것을 사내는 사신이 둥근 절편을 먹고 싶어 하는 것으로 오해하고 대답한다. 마찬가지로 사내가 네모진 인절미가 먹고 싶다고 말하는 것을 중국 사신은 땅이 네모지다고 말하는 것으로 받아들인다. 사내는 중국 사신이 삼강을 말하는 것을 세 끼 밥으로 오해하고, 옷만 드리우고 있어도 천하가 다스려짐을 말하는 것을 옷을 입는 데 근심하는 것으로 오해한다. 사내의 오해는 뜻밖으로 사신을 놀라게 한다. 길가의 보통 사람도 이렇듯 뛰어나니 사대부들이야 더 말할 필요가 있겠느냐는 것이다.

조선의 사대부들은 지레 중국을 높이고 자신을 낮추었지만, 일반 평민은 중국이 별것 아니라는 인식을 가지고 있었다는 사실을 이 이야기는 간접적으로 보여준다. 또한 이러한 이야기에는 중국에 대한 우리 민족의 우월감이 드러나 있다.

현명한 판결

—이제현

지중추원사• 손변렴이 경상도 안찰사(오늘날 도지사)가 되었을 때 남매간에 서로 소송하는 사람이 있었다.

그 아우가 말했다.

"저와 누님은 한 부모에게서 태어났는데, 어찌하여 누님만이 부모님의 유산을 차지하고, 아들인 저에게는 나누어주지 않는단 말입니까?"

그러자 누나가 말했다.

"아버지께서 돌아가실 때 전 재산을 나에게 주셨다. 너에게는 검은 옷과 갓, 미투리• 한 켤레와 종이 한 묶음뿐이었다. 아버지의 증서가 갖추어져 있으니 어찌 어기겠느냐?"

이렇게 하여 소송이 여러 해가 지나도 해결되지 않았다.

손변렴이 두 사람을 불러놓고 물었다.

"아버지가 죽을 때, 어머니는 어디 있었느냐?"

"어머니는 먼저 돌아가셨습니다."

• 지중추원사: 고려 시대 중추원에 속한 종이품 벼슬.
• 미투리: 실, 종이 따위를 가늘게 비비거나 꼬아 만든 줄로 짚신처럼 만든 신.

"그때 너희는 몇 살이었느냐?"

"누님은 시집을 갔고, 저는 더벅머리였습니다."

이에 손변렴이 두 사람을 타일렀다.

"부모의 마음이란 아들에게나 딸에게나 똑같은 것이다. 그러니 어찌 나이가 차 시집간 딸에게는 두텁고 어미 없는 어린 아들에게는 얕겠느냐? 살펴보니 아들이 믿을 것은 누나뿐이라, 아들과 누나에게 재산을 똑같이 나누어주면 누나의 사랑이 동생에게 이르지 못할까, 또 동생을 보살피는 것이 온전하지 못할까 아버지는 걱정스러웠을 것이다. 어린 동생이 자라면 이 종이로 소송을 제기하는 서류를 만들어 검은 옷에 갓을 쓰고 또 미투리를 신고 관가에 가서 알리면, 이를 능히 가려줄 사람이 있을 것이라 여겨 이 네 가지를 남겨주었을 것이다."

남매가 손변렴의 말을 듣고는 느껴지는 바가 있어 서로 마주보며 울었다. 이에 손변렴이 재산을 반씩 나누어주었다.

해설

솔로몬의 지혜는 흔히 알려진 그의 현명한 판결을 통해서 잘 드러난다. 두 여자가 한 아이를 두고 서로 자기 자식이라고 우기다가 결국 솔로몬 왕에게 판결을 요청했다. 심사숙고한 솔로몬 왕은 이렇게 판결한다. "이 칼로 아이를 둘로 잘라서 반씩 가지도록 하라." 그러자 한 여자가 "왕이시여! 제발 저 아이를 살려주십시오. 저 아이는 저 여자의 것입니다."라고 말한다. 이에 솔로몬 왕은 그 여자가 진짜 어머니라는 것을 알아냈다.

이 이야기에서도 손변렴은 남매간의 소송을 현명하게 판결한다. 남매의 아버지가 죽으면서 아들에게 남겨준 것들의 뜻을 손변렴은 죽은 아버지의 입장으로 돌아가 해석해 낸다. 종이는 소송을 제기하는 서류로, 검은 옷과 갓과 미투리는 관가에 가는 차림으로 읽어낸다. 죽은 아버지는 이 네 가지 물건의 뜻을 제대로 해석하고 판결해 줄 사람이 있을 것이라 믿었다. 안찰사 손변렴은 그런 역할을 훌륭하게 해낸다.

안찰사란 사전적으로 '고려 시대에, 각 도의 행정을 맡아보던 으뜸 벼슬'이라는 의미지만, '안(按)'은 '어루만지다, 생각하다, 살피다, 조사하여 증거를 세우다'라는 뜻을, '찰(察)'은 '살피다, 드러나다, 자세하다, 알다'라는 뜻을 가지고 있다. 그러므로 '안찰사'란 '백성의 일을 자세히 살펴 어루만지는 관리'란 뜻이 된다. 오늘날 우리에게도 이러한 현명한 판관이 절실하게 필요하다.

요로원의 두 사람
—박두세•

〔앞부분 줄거리〕

조선 숙종 무오년(1678), 충청도의 한 선비가 저녁에 요로원에 이른다. 주막에는 나그네들이 찼을 것이므로 사대부가 든 객사를 찾아 들어가는데, 먼저 든 서울 양반이 초라한 행색의 선비를 꾸짖고 조롱한다. 선비는 객이 자신을 시골 사람이라 업신여기고 있어, 객의 어리석음과 교만함을 꺾어야겠다고 생각한다. 객이 선비에게 풍월로 화답하자고 청한다.

선비가 마치 문자를 알지 못하는 것처럼 하며 객이 풍월을 읊는 것을 보고 물었다.

"당신은 또 풍월을 읽습니까? 그 뜻은 또 무엇입니까?"

객이 웃으며 대꾸했다.

"맑은 바람과 밝은 달을 읊으며 흥취를 자아내고 뜻을 드러내

• 박두세(1650~1733): 조선 후기의 문신이자 학자. 남인에 속해 벼슬길이 순탄하지 못했다. 문장에 능했으며 운학(한자의 음운을 연구하는 학문)에 매우 밝았다. 지은 작품으로 〈요로원야화기〉가 있는데, 당시 사회의 실정을 폭로하고 정치 제도에 대한 불만을 토로하면서 세태를 풍자하는 글이다.

는 것이 풍월인데, 그 형식에는 다섯 글자로 이루어진 것도 있고 일곱 글자로 이루어진 것도 있다네. 자네 나와 풍월로 화답할 수 있겠는가?"

선비가 "하하!" 하고 웃으며 말했다.

"한자도 모르는 제가 어찌 풍월을 읊을 수 있겠습니까?"

"풍월이란 한 가지가 아니라네. 글을 아는 사람은 한문으로 풍월을 하고, 글을 모르는 사람은 육담•으로 풍월을 하면 된다네."

"말이나 이야기는 잘할 수 있지만, 다섯 글자나 일곱 글자로 짓는 것은 할 수 없습니다."

"자네는 말솜씨가 있어서 육담 풍월을 잘할 것 같으니, 한번 시험 삼아 지어보게."

선비가 고개를 가로저으며 말했다.

"성성이(오랑우탄)가 말을 할 줄 안다고 해서 시를 짓게 할 수 있으며, 공공이 짐을 잘 진다고 해서 돌절구를 지게 할 수 있겠습니까?"

"어려운 게 아니네. 내가 짓는 모양을 보고 따라 해보게."

객은 손가락을 몇 번 튕기더니 두 구를 지었다.

我見鄉之賭(아견향지도) 내가 시골내기를 보니
怪底形體條(괴저형체조) 몸가짐이 괴이하구나.

• 육담: 저속하고 품격이 낮은 말이나 이야기.

不知諺文辛(부지언문신) 언문도 쓸 줄 모르니

宜其眞書沼(의기진서소) 진서를 못하는 것이 마땅하도다.

선비가 무슨 뜻인지 묻자 색이 글자를 풀이해 주었다.

"'아(我)'는 '나'를 말하고, '견(見)'은 '보다'를 말하네. '향(鄕)'은 '시골'을 말하고, '지(之)'는 '가다'는 뜻인데 어조사라네. '도(賭)'는 '내기'며, '괴저(怪底)'는 '괴이한 몰골'이고, '체(體)'는 '몸'을 말한다네. '조(條)'는 '가지'인데 '가짐'을 뜻하네."

"사람의 몸에도 가지가 있습니까?"

"이해력이 떨어지는군. 그러니 언문도 모르는 게 당연하지. 대충 말하자면 '시골 사람의 몸가짐이 괴상하다'는 말일세."

선비가 화난 투로 말했다.

"당신이 저를 놀리는 것입니까?"

"시골 사람이 어찌 자네뿐이던가? 내가 시골에서 오다가 그런 사람을 많이 보아서 그렇지, 자네를 두고 한 말이 아닐세. 자네 같은 사람은 시골에서 재주가 뛰어난 사람으로, 쉽게 얻을 수 있는 사람이 아니지 않은가?"

그러자 선비가 화를 풀고 조금 기뻐하는 척했다.

객이 또 글을 풀어주었다.

"'신(辛)'은 풀면 '쓰다〔寫〕'에 가깝고, '소(沼)'는 '못하다〔不〕'에 가깝네. 그러니 '언문도 쓸 줄 모르고, 진서는 전혀 알지 못한다'는 뜻일세."

그러고는 선비에게 화답할 것을 권했지만 선비가 거듭 사양을 했다.

"내가 그대를 위해 풍월을 지었는데도 자네가 화답하지 않으니 이는 나를 업신여기는 것일세. 내가 자네를 쫓아낼 수 없을 것 같은가?"

"쫓아내려면 진작 쫓아낼 것이지 어찌 이렇게 으른단 말입니까? 시골내기가 설령 글은 모른다 하더라도 전혀 두렵지 않습니다."

그러자 객이 웃으며 말했다.

"자네 배짱이 두둑하구먼. 내가 농담으로 그랬을 뿐이네. 그렇지만 빨리 화답해 보게."

선비가 머리를 긁적이고 말했다.

"큰일 났군. 화답하려니 머릿속에 글이 없고, 화답하지 못하면 몸이 욕을 보겠군."

"어찌 욕을 보겠는가?"

"밤에 쫓겨나면 욕이 아닙니까?"

"화답하면 쫓겨나지 않을 걸세."

선비가 객을 빤히 보고는 말했다.

"이곳이 당신이 대물림한 곳입니까? 내가 든 객사인데 누가 감히 쫓아내겠습니까?"

그러자 객이 불쾌한 듯 말했다.

"먼저 들어온 사람이 주인인데, 주인이 손님을 쫓아낼 수 없단 말인가?”

이에 곧 하인을 불러 말했다.

“이 양반을 쫓아내라.”

선비가 사죄하며 말했다.

“시골내기의 그릇된 말이었으니 화를 풀고 용서하십시오.”

객의 두 하인이 뜰아래서 선비를 끌어내려고 서 있었다.

“시골의 어리석은 서생이니 그만두어라.”

그러고는 선비에게 청했다.

“쫓겨나고 싶지 않으면 빨리 화답하게나.”

선비가 두려워 어찌할 바를 모르는 듯이 한참을 있다가 말을 이었다.

“어렵사리 겨우 글자를 모았습니다.”

“말해보게.”

“갑자기 그대의 흉내를 내다 보니 말이 되지가 않습니다.”

그러고는 두 구절을 읊었다.

我見京之表(아견경지표) 내가 서울 것들을 보니

果然擧動戎(과연거동융) 과연 거동이 되구나.

大抵人物貸(대저인물대) 대저 인물꾼이

不過衣冠夢(불과의관몽) 옷차림을 꾸민 것에 불과하도다.

“무슨 뜻인가?”

선비가 객처럼 풀어서 말하는데, '표(表)' 자에 이르러 풀지 못하는 것처럼 하며 말했다.

"위에는 '주(主)' 자 같고 아래는 '의(衣)' 자 같습니다."

"표(表) 자라네. 자네 서울에 갔을 때 《동인표책》이란 것도 못 보았는가?"

"진서(한문)를 모르는데 어찌 표책을 알겠습니까? 시골 사람들이 누에 실로 명주를 짜서 시장에 내다 파는데, 좋은 명주를 가리켜 '표주'라고 합니다. 저는 이로 표(表) 자를 풀면 '것(物)'이 된다고 알았습니다. 처음에는 믿지 못하다 뒤에 가서 믿게 되면 '과연'이라 하고, 위엄 있고 엄숙한 차림새가 잘 들어맞으면 '되(戎)'라고 합니다. 다른 뜻이 있는데, 중이 사람들에게 천자문을 가르칠 때, '융(戎)'을 풀어서 '되(升)'라고 합니다. 이는 서울에 있는 사대부들이 교만하고 자만심이 강한 것을 가리키는 말입니다. 남에게 물건을 빌리는 것을 '꾸다(貸)'라고 하고, 사람이 방귀를 뀌는 것도 '꾸다(貸)'라고 합니다. '몽(夢)' 자는 '꾸미다'라고 풉니다."

객이 벌떡 일어나 선비의 손을 잡고 눈을 빤히 쳐다보면서 말했다.

"존장께서는 어찌 이처럼 저를 속였단 말입니까? 치우(蚩尤)의 안개에 빠지고 예(羿)의 화살에 맞은 꼴입니다. 이마까지 물에 빠져 빠져나올 수가 없게 되었습니다."

그러고는 스스로 탄식하며 말했다.

"아닌 게 아니라 객기를 부리느라 오가는 중에 이런 행동을 여러 번 했지만 한 번도 실패한 적이 없었습니다. 이제야 곤란을 당하니 이른바 '이기기를 좋아하는 사람은 반드시 적을 만난다.'라는 말이 맞습니다. 그러나 존장께서는 저를 너무 크게 욕보이셨습니다."

선비가 말했다.

"서울의 사대부가 어찌 당신뿐이겠습니까? 제가 서울에서 오면서 이런 사람을 많이 보았기로 이르는 말이지, 당신을 가리켜 하는 말이 아닙니다. 존장 같으신 분은 서울 사람 중에서 덕이 도탑고 그릇이 커서 쉽게 얻을 수 있는 사람이 아닙니다."

객이 말했다.

"제가 지은 말에 존장께서는 어떻게 그리 쉽게 대응하셨습니까?"

"원숭이는 뽐내다가 화살에 맞고, 꿩은 잘난 체하다가 올가미에 걸리지요. 뽐내거나 잘난 체하다가 곤란을 당하지 않는 사람을 당신은 보았습니까?"

해설

이 글은 조선 숙종 때 박두세가 지었다고 전하는 수필(학자에 따라서는 소설로 보기도 한다.)이다.

조선 숙종 무오년, 충청도의 한 선비가 과거에 떨어지고 고향으로 돌아가다가 저녁에 요로원에 이른다. 주막에는 나그네들이 찼을 것이므로 선비는 사대부가 든 객사를 찾아 들어갔다가, 먼저 든 서울 양반을 만나 이야기를 나눈다.

이 책에 실은 부분은 서울 양반이 초라한 행색의 선비를 시골 사람이라고 업신여기자 선비가 객의 교만함을 꺾어야겠다고 생각하고 거짓으로 어리석은 체하며 나누는 이야기다. 처음에 서울 양반은 선비를 '자네'라고 부르며 무시하고 얕잡아 본다. 서울 양반이 먼저 육담 풍월로 선비를 조롱하자 선비가 그에 대해 육담 풍월로 화답하며 서울 양반의 허세를 꼬집는다. 이에 태도가 바뀌어 서울 양반은 선비를 '존장'이라고 높여 부른다. 서울 양반은 자기가 속은 줄 알고 객기를 부렸던 일을 후회하고 부끄러워한다.

이후 두 사람은 대등한 관계로 다음 날 아침이 되도록 시를 지어 주고받으면서 이야기를 나누고는 사는 곳과 이름도 묻지 않고 헤어진다. 객사에서 단 하룻밤을 보내면서 이야기한 내용이 전부인데, 두 사람의 이야기는 과거 제도와 사색당파에 대한 비판으로 이어지면서 당시의 세태를 풍자하고 있다.

고양이 이야기
—유본학•

오원•은 자(字)가 '오직(午直)'•으로 노나라 사람이다. 그 선조 가운데 오공이라는 사람이 있었다. 오공은 위나라 사람인 서려의 문하에서 노닐었는데 쥐를 잘 잡았다. 서려가 오공을 좋아해 하루에 100전씩 주고 '백전군(百錢君)'이라는 벼슬을 주었다.

오원의 어머니는 큰 별이 자신을 덮는 꿈을 꾸고 석 달 만에 오원을 낳았다. 오원은 어릴 때 몹시 허약해서 자기 몸도 못 가눌 정도였다. 그러나 자라면서 점점 날쌔고 사납게 변했다. 눈은 반짝반짝 빛났는데 한낮이 되면 눈동자가 실처럼 가늘어졌다.

그는 도둑을 잘 잡는다고 해서 임금에게 천거되었다. 임금은 그를 아주 좋아해 늘 가까이 두고 담요에 앉게 했다. 고기를 주면 엎드려서 받아먹었고 배가 부르면 구부리고 잠을 잤다. 어떤 때는 하루 종일 잠만 자기도 했지만 임금은 그를 벌하지 않았다. 임금은 그만큼 오원을 좋아했던 것이다.

- 유본학(?~?): 조선 후기의 문인. 호는'문암'. 유득공의 맏아들로 금석학과 서화에 능통했다. 저서로는《문암문고》가 있다.
- 오원: 고양이의 다른 이름.
- 오직: 낮잠을 잔다는 뜻.

오원은 사람됨이 굳세고 사나워서 힘으로 여러 사람을 눌렀다. 그가 아침마다 검은 윗도리에 하얀 아랫도리를 입고 거침없이 소리치며 들어가면 다른 사람들이 모두 놀라면서 그를 피했다.

하루는 임금이 대궐에서 그와 노닐다가 우연히 차디찬 그의 코를 만지고는 놀라면서 말했다.

"네 코가 왜 그렇게 차가우냐?"

그가 황송해하며 대답했다.

"저는 코에 병이 있습니다. 그래서 사시사철 차가운데, 여름철이 되면 조금 따스해집니다."

임금이 웃으면서 의원에게 약을 내리도록 했지만 결국 낫지 않았다.

한번은 그가 궁궐에서 숙직을 서고 있었다. 밤중에 검은 옷을 입은 도둑이 곳간 쪽에서 궁궐로 들어왔다. 도둑은 복도를 따라 위로 기어오르려고 하다가 그를 보고는 벽 틈으로 기어들어 갔다. 오원이 그것을 알고는 숨을 죽이며 문밖에 납작하게 엎드리고 있으니, 도둑이 다시 들어와 그릇을 깨뜨리고 상 위에 있는 음식을 훔쳐 먹는 것이었다. 그가 단번에 튀어 올라 도둑의 목을 눌러 죽여버렸다. 임금이 그 공을 칭찬하고는 '오정후'라는 벼슬을 주고 조서산(鳥鼠山, 새와 쥐가 있는 산)을 식읍(보상으로 주는 땅)으로 내렸다. 그러자 그가 사양하며 말했다.

"그놈은 쥐나 개와 같은 좀도둑에 불과한데 제가 어떻게 벼슬을 받을 수 있겠습니까?"

그러나 임금은 뜻을 거두지 않았다. 이때부터 그는 더욱 잘난 체하며 다른 사람들을 못살게 굴었다.

사냥꾼 가운데 노령(盧令, 사냥개를 뜻함)이라는 사람이 있었는데 오원과 틈이 벌어져 서로 다투었다. 노령이 주먹으로 오원을 치자 그가 당해내지 못했다. 노령이 뺨을 때리자 오원은 화가 나서 임금에게 하소연했다. 임금이 달갑지 않게 여기면서 말했다.

"오정후가 사냥꾼 따위에게 얻어맞다니 어디다 쓸 것인가?"

이때부터 그에 대한 임금의 관심이 적어졌다.

그가 나이가 들고 모습도 볼품없게 되었다. 게다가 잠자기를 좋아해 다른 무리를 억누르지 못하니 임금이 그를 미워하게 되었다.

하루는 그가 임금을 모시고 있다가 임금이 뒷간에 간 사이에 몰래 상 위에 있는 음식을 다 먹어치웠다. 그러다가 임금이 들어오는 것을 보고는 상 아래로 도망을 쳤다. 그러자 임금이 화가 나서 말했다.

"쥐와 같은 좀도둑도 잡아 없애지 못하면서 도리어 도둑의 흉내를 내다니……."

임금은 오원이 불경스럽다며 죄를 물어 오정후 벼슬을 빼앗고 그를 술 자루에 담아 길에다 갖다 버렸다.

그는 겨우 자루에서 빠져나와 집집마다 다니며 얻어먹었다. 그러나 음식을 잘 훔쳐 먹어서 사람들이 그를 몹시 미워했다. 그 뒤에 병들어 죽었는데 자손들이 많아 나라에 두루 퍼졌다.

태사공•은 말한다.

"오원이 칭찬을 받은 것은 굳세고 사나워 다른 무리를 억누를 수 있었기 때문이다. 그러다가 늙어서 사냥꾼과 다투고 또 임금의 음식을 도둑질해 먹었다. 이것은 늙어서 법도를 잃어버렸기 때문일 것이다.

사람이 처음부터 끝까지 잘하기가 쉽지 않다. 오원은 처음에 도둑을 잘 잡았으나 나중에 자그마한 잘못으로 내쫓겼다. 큰 공으로 작은 허물을 덮지 못했으니 어찌 억울하지 않겠는가."

• 태사공: 《사기》를 지은 사마천을 말하지만, 여기서는 글쓴이 자신을 일컫는다.

해설

사물을 의인화해 전기 형식으로 서술하는 문학 양식을 '가전체'라고 하는데, 이 작품에서는 고양이를 의인화하고 있다.

고려 중·후기부터 나타난 가전체 작품들은 중국의 여러 고사를 많이 활용하기 때문에 자칫 현학적(학식이 있음을 자랑하는 것)인 분위기로 흐르기 쉽다. 그러나 이 작품은 고사를 거의 인용하지 않고, 고양이가 사랑을 받다가 오만해지면서 버림받고 죽는 과정을 쉽게 서술해 세태를 풍자하고 있다.

이 글의 본래 제목은 '오원전(烏圓傳)'으로 《문암문고》에 실려 있다.

혹 떼려다 혹 붙인 사람
—강항•

여송은 동해 가운데 있는 조그만 나라인데 땅이 한쪽에 치우쳐 있고 물살이 몹시 빨랐다.

그 나라에는 혹이 있는 사람이 많았다. 어떤 사람은 이마에 혹이 달렸는데 크기가 항아리만 해 머리를 들고 일어설 수가 없을 정도였다. 그의 아내는 이를 부끄럽게 여겨 그 사람을 집에서 내쫓아 버렸다.

그는 산속에 들어가 며칠을 보냈다. 그러던 어느 날 밤, 갑자기 도깨비들이 북을 치고 시끄럽게 떠들면서 오는 것이 보였다. 그는 속으로 몹시 두려웠지만 아무렇지도 않다는 듯이 춤을 추었다. 그러자 도깨비들이 혀를 내두르며 서로 말했다.

"이상하군. 아무도 없는 산속에서 이처럼 좋은 친구를 만나다니."

그러면서 도깨비들은 북을 치며 놀았는데 그도 따라서 춤을 추

• 강항(1567~1618): 조선 중기의 문신. 호는 '수은'. 정유재란 때 포로가 되어 일본으로 잡혀갔다. 그곳에서 일본의 학자들과 교유하고 그들에게 영향을 주었다. 포로 생활에서 풀려나 귀국했으나 벼슬을 단념하고 학문과 교육에 전념했다. 저서로는《수은집》,《간양록》,《운제록》등이 있다.

며 놀았다. 이윽고 날이 밝으려 하자 도깨비들이 그에게 말했다.

"우리는 사람이 아니라 도깨비요. 그래서 해가 뜨면 이곳에 머물 수가 없소. 내일 밤 또 올 테니 당신도 와주겠소?"

"그러지요."

이렇게 도깨비들이 세 번이나 물었는데 그는 그때마다 그러겠다고 대답했다. 그래도 도깨비들은 그를 믿지 못하고 이렇게 말하는 것이었다.

"사람의 마음이란 알기가 어렵소. 그러니 당신 혹을 떼어서 약속의 표시로 삼읍시다."

그러고는 도깨비들이 그의 혹을 떼어 가버렸다. 그는 기뻐서 집으로 달려왔다. 아내가 보니 혹이 싹 낳은 것이 아닌가!

이 소문이 이웃 마을에까지 퍼졌다. 이웃 마을 사람 중에 혹이 달린 사람이 있었는데 그도 이 소문을 듣게 되었다. 그는 망설이다가 혹 뗀 사내를 찾아가서 묻고는 곧 그 사연을 알게 되었다. 그는 기뻐하면서 앞사람이 갔던 산속으로 가서 도깨비들을 기다렸다.

밤이 되자 과연 도깨비들이 시끄럽게 떠들면서 나타났다. 그는 앞사람이 했던 것처럼 일어나서 춤을 추었다. 도깨비들이 다가와 그를 보더니 말했다.

"약속을 잘 지키는군."

함께 놀다가 헤어질 때가 되자 도깨비들이 말했다.

"당신이 약속을 지키지 않을까 봐 혹을 떼어 갔었는데 당신이 다시 돌아왔으니 혹을 돌려주겠소."

그러고는 앞사람의 혹을 그의 이마에 붙여주고는 가버렸다. 이마에 혹이 두 개나 붙자 마치 집 두 채가 마주 보고 있는 것 같았다. 그는 통곡하면서, "하나도 견디기 힘든데 둘이나 되다니!" 하고는 골짜기에서 목매 죽었다.

이것은 순수좌라는 일본 스님이 나에게 들려준 이야기이다.

나는 포로로 일본에 잡혀갔다가 돌아와 세상에서 버림을 받았다. 나도 또한 세상에 나서고 싶은 뜻이 없어 일찍이 벼슬했던 일조차 잊고 지냈다. 가까웠던 사람들이 어쩌다가 이렇게 말해 주었다.

"자네가 벼슬길에 마음을 두지 않는 것은 환관이 여자에 대해 마음을 끊은 것과 비슷하겠군. 다시 벼슬해 세상으로부터 버림받은 치욕을 씻는 게 어떻겠는가?"

나는 이렇게 대답했다.

"설사 벼슬을 구한다고 해도 누가 나에게 벼슬을 주겠는가? 전날 일본에 포로로 잡혀간 치욕도 씻지 못했는데 나섰다가 도리어 다시 치욕을 얻을까 걱정이라네. 이건 혹 떼려다 다시 혹 하나 더 붙인 것과 무엇이 다르겠는가."

나에게 벼슬을 권하던 사람이 한숨을 쉬고는 가버렸다.

해설

글쓴이는 순수좌라는 일본 스님에게 들은 이야기라고 하면서 우리에게 잘 알려진 '혹부리 영감' 이야기를 들려준다.

이 이야기에서 우리가 유의할 것은 글쓴이의 의도이다. 그것은 글쓴이의 삶을 통해 유추해 볼 수 있다. 글쓴이는 정유재란 때 왜적의 포로가 되어 일본으로 끌려가 억류되었다가 귀국했다. 그 후 여러 벼슬이 내려졌지만 그는 사양하고 벼슬길에 나아가지 않았다. 결국 글쓴이는 이 이야기를 통해 벼슬길에 다시 나아간다는 것은 바로 혹 하나를 더 붙인 사람과 같이 될 뿐이라는 뜻을 드러내는 것이다. 이 이야기의 구조는 〈도깨비방망이〉와 거의 일치한다.

4장

서라벌 밝은 달밤에

거북아 거북아 머리를 내어라
—일연

세상이 처음으로 생긴 후, 이곳에는 아직 나라 이름이나 왕과 신하를 부르는 말이 없었다. 이때 아도간, 여도간, 피도간, 오도간, 유수간, 유천간, 신천간, 오천간, 신귀간 등 아홉 명의 우두머리• 가 있었다. 이들이 백성을 이끌었는데 대략 100호• 7만 5천 명이었다. 이 사람들은 스스로 산과 들에 모여 살면서 우물을 파서 물을 마시고 밭을 갈아서 농사지었다.

후한의 세조 광무제 건무 18년 임인년(42) 3월 계욕일에 그들이 사는 곳 북쪽 구지봉(이것은 산봉우리의 이름인데 거북이 엎드린 형상과 같아서 구지봉이라 했다.)에서 이상한 소리가 났다. 마을 사람들 이삼백 명이 거기에 모였는데, 사람 소리 같기는 한데 그 모습은 보이지 않고 소리만 났다.

"여기 사람이 있느냐?"

아홉 우두머리가 대답했다.

• 아홉 명의 우두머리〔구간(九干)〕: 간(干)은 고대 부족사회에서 족장이나 국왕을 이르던 말이다. '칸(khan)'은 예전에 페르시아, 아프가니스탄 따위에서 높은 관리를 이르던 말이었다. 또 중세에 몽고, 터키, 타타르, 위구르에서 군주를 이르던 말이기도 했다.

• 100호: 10,000호의 잘못인 듯하다.

"저희가 있습니다."

"내가 있는 곳이 어디냐?"

"구지봉입니다."

그러자 또 말했다.

"하늘이 나에게 명해 이곳에 나라를 새로 세워 임금이 되라고 하셔서 내려왔다. 너희는 이 산 꼭대기에 흙을 파면서, '거북아 거북아, 머리를 내놓아라. 내놓지 않으면, 구워 먹겠다.' 하고 뛰면서 춤을 추어라. 그러면 곧 하늘에서 임금을 맞이해 기뻐서 춤추게 될 것이다."

우두머리들은 그 말을 따라 사람들과 함께 모두 기뻐하면서 노래하고 춤추었다. 얼마 후 우러러 하늘을 바라보니, 자주색 줄이 하늘에서 드리워져 땅에 닿았다. 줄 끝을 찾아가 보니 붉은 보자기에 금합이 싸여 있었다. 열어 보니 해처럼 둥근 황금색 알 여섯 개가 있었다. 사람들이 모두 놀라고 기뻐하며 함께 수없이 절했다. 조금 있다가 다시 보자기에 싸서 안고 아도간의 집으로 돌아와서 자리 위에 두고 사람들은 모두 흩어져 갔다.

열두 시간이 지나고 그 이튿날 아침에 사람들이 다시 모여서 금합을 열어 보니 여섯 개 알이 모두 변해 어린아이가 되어 있었는데 생김새가 아주 빼어났다. 이들을 자리에 앉히고 사람들이 모두 절하고 축하하면서 예의를 갖추어 공경했다.

이들이 자라 10여 일이 지나자 키가 9척으로 은나라 탕왕과 같았고, 얼굴은 용의 모습으로 한나라 고조와 같았다. 팔 자(八

字)로 고운 빛깔을 띤 눈썹은 당나라 고조와 같았고, 눈동자가 둘인 것은 우나라 순임금과 같았다. 그달 보름에 임금의 자리에 올랐다.

세상에 처음 나타났다고 해서 이름을 '수로(首露)'라 했는데 간혹 '수릉(首陵, 수릉은 죽은 뒤의 시호이다.)'이라고도 했다. 나라 이름을 '대가락(大駕洛)'이라 했는데 '가야(伽倻)'라고도 했으니 곧 여섯 가야•의 하나이다. 나머지 다섯 사람도 다섯 가야의 임금이 되었다.

• 여섯 가야: 금관가야(김해), 아라가야(함안), 대가야(고령), 소가야(고성), 고령가야(함창), 성산가야(성주)를 일컫는다.

해설

‘구지가(龜旨歌)’라고 불리는 노래의 배경이 되는 이야기다.

〈구지가〉는 ‘부름 + 명령 + 가정 + 위협’의 구조를 가지고 있다. 노래를 부르는 사람들은 바라는 것을 이루기 위해 초자연적인 신성한 존재(거북)를 복종시켜 명령하며 위협하고 있다. 이런 점에서 이 노래는 주술적 성격이 강하게 드러난다고 할 수 있다. 또한 노래를 부른 사람들은 구간을 비롯한 여러 사람이라는 점에서 집단적 노래의 성격을 찾아볼 수 있으며, ‘흙을 파면서’ 불렀다는 데서는 노동요의 성격을 찾아볼 수도 있다.

노래의 내용은 간단하게 말하면, 거북에게 머리를 내놓으라는 것이다. 앞에서 거북이를 초자연적인 신성한 존재라고 했는데, 창자들이 요청하는 ‘머리〔수(首)〕’는 그들을 다스릴 임금이라고 할 수 있다. ‘머리〔수(首)〕’를 ‘내놓아라〔로(露)〕’라는 명령은 바로 그들에게 임금(수로왕)을 맞이하게 해달라는 요청이다. 이런 점에서, 이 노래는 왕을 맞이하는 제의에서 불렀다고도 볼 수 있다.

이와 같은 노래 방식은 신라 시대 수로 부인의 이야기에 나오는 〈해가(海歌)〉에도 그대로 나타나 있다.

거북아 거북아 수로 부인을 내어라
남의 아내를 앗은 죄 얼마나 크냐
네 만약 어기어 내놓지 않으면
그물을 넣어 잡아 구워 먹으리라

외롭구나 이내 몸은
—김부식

유리가 왕위에 오른 지 3년이 되었다.

7월 가을에 골천에 별궁을 지었다.

10월 겨울에 왕비 송씨가 죽어 유리왕은 다시 두 여자를 아내로 삼았다. 한 여자는 화희(禾姬)로 골천 사람의 딸이고, 다른 한 여자는 치희(雉姬)로 한나라 사람의 딸이었다. 두 여자가 서로 유리왕의 사랑을 얻으려 하여 화목하지 않았다. 그래서 왕은 양곡이란 곳에 동서로 두 궁궐을 짓고 두 여자를 살게 했다. 뒷날 유리왕이 기산에 사냥을 나가서 7일 동안이나 돌아오지 않았다. 그 틈에 두 여자가 서로 싸웠는데, 화희가 치희를 꾸짖었다.

"너는 한나라의 천한 여자로 어찌 이리도 무례한가?"

그 말을 듣고 치희는 부끄러워하면서 원한을 품고 집으로 돌아가 버렸다. 왕이 돌아와 이 말을 듣고 말을 달려 쫓아갔으나 치희는 성내며 돌아오지 않았다.

유리왕이 일찍이 나무 밑에서 쉬다가 꾀꼬리들이 모여드는 것을 보고 느끼는 것이 있어 이렇게 노래했다.

펄펄 나는 꾀꼬리는 翩翩黃鳥(편편황조)

암수가 서로 정다운데　　雌雄相依(자웅상의)

외롭구나 이내 몸은　　　念我之獨(염아지독)

누구와 함께 돌아갈까　　誰其與歸(수기여귀)

해설

이 글에 나오는 노래의 작자는 유리왕일까? 이 글에서는 '유리왕이 일찍이 나무 밑에서 쉬다가 꾀꼬리들이 모여드는 것을 보고 느끼는 것이 있어 이렇게 노래했다.'라고 적고 있다. 유리왕은 노래를 지은 것이 아니라 부른 것이다. 이를 통해 볼 때, 유리왕은 단지 구전되던 노래를 불렀을 가능성이 크다고 할 수 있다.

이 노래는 우선 사랑하는 사람을 잃은 외로움을 노래한 것으로 볼 수 있다. 그것은 이 노래가 불린 배경을 참고할 때 쉽게 이해할 수 있다. 화자는 정다운 꾀꼬리의 모습과 대비되며, 임을 잃은 외로움을 형상화한다. 다음으로 이 노래는 고구려 건국 초기에, 유리왕이 다른 부족을 통합하는 과정에서 정치적인 어려움을 보여주는 것으로 해석할 수 있다. 이야기에 등장하는 화희(禾姬), 치희(雉姬)는 고유명사라기보다는 각각 농경 부족의 여자와 수렵 부족의 여자를 나타내는 보통명사라고 볼 수도 있다('禾'는 벼, '雉'는 꿩이란 뜻이다. '姬'는 여자를 가르키는 말이다.). 이렇게 본다면, 유리왕이 고구려 초기 이웃 부족들을 흡수·통합하는 과정에서 수렵 부족과는 힘든 정치적 관계를 가지고, 농경 부족과 정치적 연대를 맺었다는 것을 보여준다고 읽을 수 있다.

선화 공주님
—일연

백제 제30대 무왕의 이름은 장(璋)이다. 그의 어머니가 과부가 되어 서울 남쪽 못가에 집을 짓고 살았는데, 못의 용과 관계를 맺고 장을 낳았다. 어릴 때 이름은 서동(薯童)으로 재주가 뛰어나고 마음이 넓어 헤아리기 어려웠다. 항상 마〔서여(薯蕷)〕를 캐다가 팔아 살아서 사람들이 그를 서동이라고 불렀다.

서동은 신라 진평왕의 셋째 공주 선화(善花 혹은 善化)가 뛰어나게 아름답다는 말을 들었다. 서동은 머리를 깎고 신라 서울로 가서 아이들에게 마를 주어 아이들과 친하게 되었다. 이에 서동이 동요를 지어 아이들을 꾀어서 부르게 했는데 노래가 이러하다.

善花公主主隱	선화 공주님은
他密只嫁良置古	남몰래 정을 통하고
薯童房乙	맛둥 방을
夜矣卯乙抱遣去如	밤에 몰래 안고 간다

동요가 서울에 가득 퍼져서 대궐 안에까지 들리자 신하들이 임금에게 강하게 말해 공주를 먼 곳으로 귀양 보냈다. 공주가 떠

날 때, 왕후는 순금 한 말을 주어 노자로 쓰게 했다. 공주가 귀양지에 도착하려는데 도중에 서동이 나와 공주에게 절하면서 모시고 가겠다고 했다. 공주는 그가 어디서 왔는지 몰랐지만 그저 우연히 믿고 좋아했다. 서동은 공주를 따라가면서 몰래 정을 통했다. 그런 뒤에 서동의 이름을 알았고 동요가 맞은 것도 알았다. 함께 백제로 와서 선화 공주는 왕후가 준 금을 꺼내놓고 살아갈 방도를 의논했다. 금을 보더니 서동이 크게 웃으면서 말했다.

"이게 무엇이오?"

공주가 말했다.

"이것은 황금입니다. 이것을 가지면 백 년 동안 부유하게 보낼 수 있습니다."

"내가 어릴 때부터 마를 캐던 곳에 이런 것을 흙더미처럼 쌓아두었소."

공주는 이 말을 듣고 크게 놀라면서 말했다.

"그것은 세상에서 가장 큰 보물입니다. 지금 그 금이 있는 곳을 아시면 우리 부모님이 계신 대궐로 보내는 것이 어떻겠습니까?"

"그럽시다."

이에 금을 모아 산더미처럼 쌓아두었다. 그들이 용화산 사자사에 있는 지명 법사에게 가서 그 금을 신라에 보낼 방법을 물었다. 법사가 말했다.

"내가 신통한 힘으로 보낼 테니 금을 가져오시오."

이리하여 공주가 부모에게 보내는 편지와 함께 금을 사자사로 가져갔다. 법사는 신통력으로 하룻밤 사이에 그 금을 신라 궁중으로 보냈다. 그러자 진평왕은 그 신비스러운 변화를 이상히 여겨 더욱 서동을 믿게 되었고, 항상 편지를 보내어 안부를 물었다. 서동은 이로부터 인심을 얻어서 임금이 되었다.

어느 날 무왕이 부인(선화 공주)과 함께 사자사에 가다가 용화산 밑 연못가에 이르렀다. 그때 미륵 삼존이 못에서 나타났다. 무왕은 수레를 멈추고 절을 했다. 부인이 왕에게 말했다.

"부디 여기에 큰 절을 지어주십시오. 그것이 제 소원입니다."

왕이 허락하고 곧 지명 법사에게 가서 못을 메울 일을 물었다. 그러자 지명 법사는 신비스러운 힘으로 하룻밤 사이에 산을 헐어 못을 메워 평지로 만들었다. 여기에 미륵 삼존불을 만들고 건물과 탑을 세 곳에 세우고 이름을 미륵사(《국사》에는 왕흥사라고 했다.)라 했다. 진평왕이 기술자들을 보내서 일을 도왔다. 그 절은 지금도 있다(《삼국사》에는 무왕을 법왕의 아들이라고 했는데, 여기에서는 과부의 아들이라고 했으니 자세히 알 수 없다.).

해설

이 글에서 서동이 부른 노래는 '향가'이다. 향가는 뜻글자인 한자의 뜻과 소리를 빌려 표기한 향찰로 기록되어 있다.《삼국유사》에는 이러한 향찰로 기록된 향가가 열네 수 실려 있다. 먼저 향찰의 표기 방식을 살펴보자.

'吾隱去內如'라는 한문 표기가 어떻게 '나는 간다'라는 뜻을 나타내 주는지 확인해 보자. 아래에서 보듯, 한자는 뜻글자임에도 불구하고 소리를 빌리기도 한다. '隱'과 '內'는 뜻과 관계없이 소릿값만 빌려 썼다.

중국식 한문	吾去
향찰식 표기	吾隱去內如
15세기 훈민정음	나ᄂᆞᆫ 가ᄂᆞ다
오늘날 표기	나는 간다

향찰식 표기	吾	隱	去	內	如
한자의 뜻	나	숨다	가다	안	같다
한자의 소리	오	은	거	내	여
15세기 훈민정음	나	ᄂᆞᆫ	가	ᄂᆞ	다

노래를 살펴보면, 서동은 선화 공주를 모함하는 노래를 퍼뜨려 자신의 목적을 실현하게 된다. 이러한 점에서 이 노래는 시대적 상황이나 정치적 징후를 암시하는 참요적 성격을 보여준다. 최치원이 신라의 멸망과 고려의 통일을 암시했다는 '곡령청송 계림황엽'이라는 글이나, 이성계가 위화도 회군 당시 퍼뜨린 '목자득국'의 노래, 조광조를 제거하기 위해 조작했다는 '주초위왕'의 이야기에서도 이러한 참요의 특성을 볼 수 있다.

나를 아니 부끄러워하신다면
—일연

신라 성덕왕 때 순정공이 강릉 태수로 부임하는 도중에 바닷가에서 점심을 먹었다. 곁에는 높이가 천 길이나 되는 바위 봉우리가 병풍같이 바다를 두르고 있는데, 그 위에 철쭉꽃이 만발해 있었다. 공의 부인 수로가 그것을 보더니 사람들에게 말했다.

"내게 꽃을 꺾어다 줄 사람이 없는가?"

그러자 사람들이,

"저곳은 사람이 갈 수가 없습니다."

하고 아무도 나서지 못했다.

이때 암소를 끌고 길을 지나가던 늙은이 하나가 있었는데, 부인의 말을 듣고는 그 꽃을 꺾어 노래까지 지어서 바쳤다. 그러나 그 늙은이가 어떤 사람인지 알 수가 없었다.

그 뒤 이틀을 가다가 바닷가 정자에서 점심을 먹었다. 그때 갑자기 바다에서 용이 나타나더니 부인을 끌고 바닷속으로 들어갔다. 공이 땅에 넘어지면서 발을 굴렀으나 어찌할 수가 없었다. 이때 또 한 노인이 나타나더니 말했다.

"옛사람의 말에, 여러 사람의 말은 쇠도 녹인다 했습니다. 지금 바닷속의 용인들 어찌 여러 사람의 입을 두려워하지 않겠습니까? 마땅히 인근의 백성들을 모아 노래를 지어 부르면서 지팡이로 언덕을 치면 부인을 볼 수 있을 것입니다."

공이 그대로 했더니 용이 부인을 모시고 나와 도로 바쳤다. 공이 바닷속에 들어갔던 일을 부인에게 물으니 부인이 말했다.

"온갖 보물로 만든 궁전에, 향기 또한 아름다웠습니다. 깨끗하고 맛있는 음식은 인간 세상의 것이 아니었습니다."

부인 옷에서 이상한 향기가 풍기는데 이 세상 것이 아니었다.

수로 부인은 모습이 너무나 아름다워 깊은 산이나 큰 연못을 지날 때마다 여러 차례 신물(神物)에게 잡혀갔다.

이때 여러 사람이 부르던 〈해가(海歌)〉는 이러하다.

거북아 거북아 수로 부인을 내어라
남의 아내를 앗은 죄 얼마나 크냐
네 만약 어기어 내놓지 않으면
그물을 넣어 잡아 구워 먹으리라

노인이 부른 〈헌화가(獻花歌)〉는 이러하다.

자줏빛 바위 가에
잡은 암소 놓게 하시고
나를 아니 부끄러워하신다면
꽃을 꺾어 바치오리다

해설

오늘날 전하는 신라 이야기에서 가장 아름다운 여인을 꼽는다면 단연 수로 부인일 것이다. 이야기에 보이는 것처럼 수로 부인은 '너무나' 아름다워 가는 곳마다 사람들을 매료시켰다.

길을 가던 수로 부인이 천 길이나 높은 곳에 피어 있는 철쭉꽃을 가지고 싶어 한다. 수로 부인을 가까이에서 모시던 사람들은 수로 부인에게 꽃을 꺾어다 줄 수 없다고 대답한다. 그곳은 사람이 이를 수 없는 곳이기 때문이다. 그때 길을 가던 노인이 수로 부인에게 그 꽃을 꺾어 주고 노래를 지어 바친다.

이 이야기에서 수로 부인에게 사랑을 바치는 사람은 젊은이가 아닌 노인이다. 그것은 길을 가던 이름 없는 노인이 사랑을 표현할 만큼 수로 부인이 아름다웠다는 것을 말해준다. 노인은 암소까지 버려두고 수로 부인에게 꽃을 꺾어 바친다. 암소를 놓는다는 것은 모든 사회적 제약을 부정하겠다는 것이며, 그렇게 해서 꺾어 바친 '꽃'은 아름다운 수로 부인이면서 동시에 수로 부인에 대한 노인의 지고지순한 사랑을 의미한다.

또한 수로 부인이 바다 용에게 잡혀간 이야기도 수로 부인의 아름다움을 짐작하게 해준다. 바다 용까지도 수로 부인의 아름다움에 감동했던 것이다. 이때 불린 노래 〈해가〉는 가락 건국 이야기에 들어 있는 〈구지가〉와 매우 비슷한 내용으로 짜여 있다. 이는 집단적이고 주술적인 성격을 가진 〈구지가〉가 700여 년의 차이를 두고 전승되었음을 보여준다.

임금답게 신하답게 백성답게
—일연

삼월 삼짇날, 경덕왕이 귀정문 누각 위에 올라 좌우 신하들에게 말했다.

"누가 가서 위엄이 있는 스님 한 분을 데려올 수 있겠느냐?"

이때 마침 스님 하나가 위엄이 있는 차림새를 하고 길에서 이리저리 돌아다니고 있었다. 신하들이 그 스님을 보고 데리고 오자 왕이 말했다.

"내가 말하는 스님이 아니다."

경덕왕이 그 스님을 돌려보냈다.

그때 한 스님이 가사를 입고 삼태기를 지고 남쪽에서 오고 있었다. 왕이 보고 기뻐하며 누각 위로 그 스님을 맞이했다. 삼태기 안을 보니 차를 달여 마시는 데 쓰는 것들이 들어 있었다. 경덕왕이 물었다.

"스님은 누구시오?"

"충담이라고 합니다."

"어디서 오는 길이오?"

"저는 3월 3일과 9월 9일이면 차를 달여서 남산 삼화령의 미륵부처님께 드립니다. 오늘도 부처님께 차를 드리고 돌아오는 길입니다."

"나에게도 그 차를 한 잔 나누어주겠소?"

충담 스님이 이에 차를 달여 왕에게 드렸다. 경덕왕이 차를 마시니 맛이 이상하고 찻잔 속에서 이상한 향기가 풍겼다. 왕이 다시 물었다.

"내가 듣기로, 일찍이 스님이 기파랑을 예찬한 노래를 지었는데 그 뜻이 무척 고상하다고 하더군요. 그것이 사실이오?"

"그렇습니다."

"그렇다면 나를 위해 백성들이 편안하게 살도록 다스리는 노래〔안민가(安民歌)〕를 지어주시오."

충담은 경덕왕의 명을 받아 노래를 지어 바쳤다. 경덕왕은 충담을 칭찬하며 왕사로 삼으려 했지만 충담은 두 번 절하고 굳이 사양하고는 받지 않았다. 그 노래는 이러하다.

임금은 아버지고
신하는 자애로운 어머니며
백성은 어리석은 아이라고 하신다면
백성들이 사랑을 알리라
구물거리며 살아가는 중생
이들을 먹여 다스려
이 땅을 버리고 어디 갈까 한다면
나라가 지니기를 알리라

임금답고 신하답고 백성답다면
나라가 태평하리라

기파랑을 찬미한 노래〔찬기파랑가(讚耆婆郎歌)〕는 이러하다.

열치니
나타난 달이
흰 구름 좇아 떠가는 것 아닌가
새파란 냇가에
기파랑의 모습이 있어라
이로부터 냇가 조약돌에
낭이 지니시던
마음의 끝을 좇고 싶어라
아아, 잣나무 가지 높아
서리 모르실 화랑이여

해설

이 이야기에는 두 편의 향가가 들어 있다. 첫 번째 노래는 경덕왕의 요청대로 '백성들이 편안하게 살도록 다스릴 수 있는 노래', 즉 〈안민가〉이다. 경덕왕이 나라가 바르게 다스려질 수 있는 방법을 묻자 충담사는 먼저 임금과 신하와 백성의 관계를 한 가족의 관계, 곧 아버지와 어머니와 자식의 관계에 빗대어 그 역할을 제시한다.

이 작품은 다른 향가 작품과 달리 유교적인 성격을 보여준다. '이들을 먹여 다스려'라는 말은 맹자가 '일정한 생산을 가져야만 일정한 마음을 가질 수 있다.'라고 한 말과 같고, '임금답고 신하답고 백성답다면 나라가 태평하리라.'라는 말은, 제나라 경공이 공자에게 정치를 물었을 때 공자가 대답한 '임금은 임금답고, 신하는 신하답고, 아버지는 아버지답고, 자식은 자식다워야 한다.'라는 말을 가져온 것이다.

두 번째 작품은 제목 그대로 기파랑이라는 화랑을 찬미하는 내용이다. 창문을 열자 나타난 달은 고매한 인품을 가진 기파랑의 모습이다. 그 기파랑의 인품은 '서리'를 이겨내는 '(높은) 잣나무 가지'로도 형상화되어 있다. 화자는 그 기파랑의 인품을 찬미하고 있는 것이다.

고도의 비유와 상징을 사용한 〈찬기파랑가〉는 월명사가 지은 〈제망매가〉와 함께 향가 가운데 문학성이 뛰어난 작품으로 평가받고 있다.

서라벌 밝은 달밤에
—일연

신라 제49대 헌강왕 때에는 서울에서 지방에까지 집과 담이 이어지고 초가는 하나도 없었다. 음악과 노래가 길에 끊이지 않았고, 바람과 비는 사철 순조로웠다.

어느 날 왕이 개운포(지금의 울주군)에서 놀다가 돌아가려고 낮에 물가에서 쉬고 있었다. 그런데 갑자기 구름과 안개가 자욱해서 길을 잃었다. 왕이 이상히 여겨 신하들에게 물으니, 천문을 관찰하는 관리가 아뢰었다.

"이것은 동해 용의 조화입니다. 마땅히 좋은 일을 해서 풀어야 할 것입니다."

이에 왕은 관리에게 명해 용을 위한 절을 근처에 짓게 했다. 그러자 구름과 안개가 걷혔으므로 그곳을 개운포라 했다.

동해 용은 기뻐하며 아들 일곱 명을 데리고 왕 앞에 나타나 덕을 찬양했다. 그중 한 아들이 왕을 따라 서울로 들어가서 정치를 도왔는데, 이름을 처용이라 했다. 왕은 아름다운 여자로 처용의 아내를 삼아 머물러 있도록 하고 벼슬도 주었다.

처용의 아내는 무척 아름다웠다. 그래서 역신(疫神)이 흠모해서 사람으로 변해 밤에 그 집에 가서 몰래 동침했다. 처용이 밖에서 놀다가 집에 돌아와 두 사람이 누워 있는 것을 보았다. 처용은 노래를 부르고 춤을 추면서 물러 나왔다. 그 노래는 이러하다.

서라벌 밝은 달밤에
밤늦도록 노닐다가
들어와 자리 보니
다리가 넷이로구나
둘은 내 것인데
둘은 누구 것인가
본디 내 것이지만
앗거늘 어찌하리오

이에 역신이 본래 모습으로 처용 앞에 꿇어앉아 말했다.

"제가 공의 아내를 사모해 잘못을 저질렀습니다. 그러나 공은 노여워하지 않으니, 공의 성품에 감동하고 감사할 따름입니다. 맹세코 이제부터는 공의 모습을 그린 것만 보아도 그곳에 들어가지 않겠습니다."

이 일로 해서 나라 사람들은 처용의 모습을 문에 그려 붙여서 나쁜 귀신을 물리치고 경사스러운 일을 맞아들이게 되었다.

왕이 서울로 돌아와서 이내 영취산 동쪽 기슭의 경치 좋은 곳을 가려서 절을 세우고 이름을 망해사라 했다. 이름을 신방사라고도 했는데, 바로 용을 위해서 세운 것이다.

해설

이 이야기에 나오는 노래는 역신(전염병)을 물리치는 주술적인 성격을 보여준다.

서라벌의 아름다운 밤을 구경하고 돌아온 처용은 아름다운 아내에게 역신이 침범한 것을 보았다. 이때 처용은 나쁜 귀신을 물리치는 방법으로 위협이라는 형식을 취하지 않고, '앗거늘 어찌하리오?' 하면서 춤을 추면서 물러난다. 즉 처용은 체념적이고 관용적인 태도를 보임으로써 역신을 굴복시킨다.

이 노래는 고려가요 〈처용가〉로도 불려 향찰을 해석하는 단서를 제공했다. 특히 이 노래에서 처용이 누구인지에 대해 많은 논란이 있어왔다. 가장 일반적인 해석은 민속학적 관점에서 처용을 동해 용왕을 모시는 무당이라고 보는 것이다. 이는 먼저 '처용'이라는 이름이 '제웅'과 닮았다는 점에서 확인할 수 있다. 제웅은 정월대보름 전날에 액막이를 하기 위해 짚으로 만든 허수아비를 말한다. 또한 '처용'은 무당을 뜻하는 '자충(차차웅)'이라는 말과도 비슷하다. 특히 이 노래가 고려와 조선 시대에 섣달 그믐날 밤에 궁중이나 민가에서 악귀를 쫓던 의식에서 불렸다는 것도 이러한 해석을 뒷받침한다. 이렇게 본다면 이 노래는 동해의 용왕에게 지내는 제사에서 불리던 무가로 볼 수 있다.

이 밖에도 정치적인 관점에서 처용을 울주 지방 호족의 아들로 보고 중앙에 질자(인질)로 보내진 사람이라는 해석도 있으며, 당시 신라와 교역을 하던 아라비아 상인이라는 주장도 있다.

5장

죽고 사는 것이
이미 정해졌으니

단군왕검
—일연

《위서》에 다음과 같이 적혀 있다.

"지금으로부터 2000년 전에 단군왕검이 있었다. 그는 아사달• 에 도읍을 정하고 새로 나라를 세워 나라 이름을 조선이라고 했는데, 이것은 중국 요임금과 같은 때이다."

또 옛 책에는 다음과 같이 적혀 있다.

"옛날에 환인의 아들 환웅이 자주 천하에 뜻을 두어 사람이 사는 세상을 얻고자 했다. 환인이 아들의 뜻을 알아차리고 삼위 태백산을 내려다보니 인간 세상을 널리 이롭게 할 만했다. 이에 환인은 천부인• 세 개를 환웅에게 주어 인간 세계를 다스리게 했다. 이에 환웅은 무리 3000명을 거느리고 태백산 꼭대기(태백산은 지금의 묘향산)에 있는 신단수 밑에 내려왔다. 이곳을 신시(神市)라 하고, 이분을 환웅천왕이라 했다. 그는 풍백, 우사, 운사를 거

• 아사달: '아사'는 아침, '달'은 땅이라는 뜻이다.
• 천부인: 신의 위엄과 영험의 상징물. 무당이 굿을 할 때 사용하는 거울, 칼, 방울이라고도 한다.

느리고• 곡식, 수명, 질병, 형벌, 선악 등 세상의 360여 가지 일을 맡아 책임지고 세상을 다스리며 교화했다.

이때 범 한 마리와 곰 한 마리가 같은 굴속에서 살고 있었는데, 그들은 항상 환웅에게 빌어 사람이 되기를 원했다. 이때 환웅이 신령스러운 쑥 한 줌과 마늘 스무 개를 주면서, '너희가 이것을 먹고 백 일 동안 햇빛을 보지 않으면 곧 사람이 될 것이다.'라고 했다.

이에 곰과 범이 이것을 먹고 삼칠일• 동안 조심했더니 곰은 여자의 몸으로 변했으나 범은 지키지 못해서 사람의 몸으로 변하지 못했다. 웅녀는 혼인해서 같이 살 사람이 없으므로 날마다 신단수 밑에서 아이를 배게 해달라고 빌었다. 이에 환웅이 잠시 사람으로 변해 웅녀와 혼인했다. 웅녀가 아들을 낳았는데 이름을 단군왕검이라 했다.

단군왕검은 중국 요임금이 즉위한 지 50년인 경인년에 평양성을 도읍으로 정하고 비로소 조선이라고 불렀다. 또 도읍을 백악산 아사달로 옮겼는데, 궁홀산이라고도 하고 금미달이라고도 한

• 그는 ~ 거느리고: 바람, 비, 구름을 다스리는 신하를 거느렸다는 것은 당시 농경 생활이 이루어졌음을 알려준다.

• 삼칠일: 세이레에는 새벽에 삼신에게 흰밥과 미역국을 올리고 금줄을 내리며 수수로 경단을 만들어 먹는다. 또 일가친척과 손님을 청해 대접한다. 앞에서 '백 일 동안'이라고 했는데, 21일 만에 사람이 되었다는 것은 모순처럼 보인다. 그것은 '백 일'이라는 말을 '오랫동안'이라는 의미로 읽으면 문제가 사라진다. 백(百)의 옛말이 '온'이다. '온'은 '전부' 또는 '많다'는 뜻이다.

다. 단군은 1500년 동안 나라를 다스렸다. 주나라 무왕이 즉위한 기묘년에 기자를 조선의 왕으로 삼았다. 이에 단군은 장당경으로 옮겼다가 뒤에 돌아와서 아사달에 숨어서 산신이 되니, 나이는 1908세였다."

당나라 〈배구의 전기〉에는 이렇게 적혀 있다.

"고려는 원래 고죽국이었다. 주나라에서 기자를 조선 왕으로 삼았다. 한나라에서는 이곳을 나누어 세 군을 설치했는데 곧 현도, 낙랑, 대방이다."

《통전》에도 역시 이 말과 같다. 《한서》에는 진번, 임둔, 낙랑, 현도의 네 군으로 되어 있다. 그런데 여기에는 세 군으로 되어 있고, 그 이름도 같지 않으니 어찌 된 것일까?

해설

《삼국유사》에 있는 이 글은 우리나라의 시조인 단군왕검에 대한 현전하는 가장 오래된 기록이다. 몽고가 우리나라를 지배하고 있던 13세기 말, 일연 스님은 이 글을 서술함으로써 우리 민족의 연원이 중국과 대등하다는 자부심을 보여준다.

환인은 '환하다', '밝다'와 관련이 있는 것으로 추정할 수 있다. 《규원사화》에서는 환인과 환웅의 '환(桓)'을 광명, 곧 환하게 빛나는 형체를 말하는 것이며, '인(因)'은 본원이니 곧 근본으로, 만물이 이로 말미암아 나는 것을 뜻한다고 설명하고 있다. 이를 통해 볼 때, 환인은 태양의 의인화요, 그의 아들 환웅은 태양 빛을 의인화한 것으로 짐작해 볼 수 있다. 또한 단군왕검에서 단군은 제사장, 왕검은 정치적 지배자로, 단군왕검은 당시 고조선이 제정일치 사회임을 알려준다. 단군왕검이란 이름 또한 한 개인의 이름이라기보다는 고조선 군장을 가리키는 일반 명사에 해당한다고 보는 것이 합리적이다. 단군에 대한 표기는 두 가지가 있다.《삼국유사》에는 '壇君'으로,《제왕운기》와《세종실록지리지》에는 '檀君'이라 되어 있다. 최남선은 이 단군이란 이름이 무당을 뜻하는 몽고어 '텡그리(tengri)'와 관련이 있다고 보았다.

곰과 호랑이는 토템 신앙의 흔적이라고 해석할 수 있다. 특히 곰은 유라시아 북부 지역이나 아메리카 북방 지역에서 널리 신성시된다. 중국에서도 신성시된 흔적이 곳곳에 보이는데, 황제가 유웅족 출신이라든지, 하나라 우임금과 그의 아버지 곤이 곰으로 변했다든지 하는 것을 볼 때 이러한 사실을 확인할 수 있다.

성인이 이룩한 나라

—이규보•

동명왕의 신비로운 일들을 많은 사람이 이야기한다. 비록 어리석은 사람일지라도 남녀를 막론하고 자못 동명왕의 일들을 자세하게 말한다.

일찍이 내가 그 말을 듣고는 웃으며 말했다.

"사리에 밝으신 공자께서도 이상야릇한 일이나 힘에 관한 일, 그리고 어지러운 일이나 귀신에 관한 일은 입에 올리지 않으셨다. 이 동명왕의 일도 참되지 아니하여 터무니없고 이상야릇한 것이라 나와 같은 사람들이 이야기할 바가 아니다."

그러다가 중국에서 편찬한《위서》와《통전》을 읽어보니 동명왕의 일이 실려 있었다. 그러나 그 내용이 짤막하고 자세하지가 않았다. 이는 자기 나라의 일은 자세하게 기록하고 다른 나라의 일은 짤막하고 간단하게 기록하려는 뜻이 있었기 때문이다.

지난 계축년(1193) 4월, 나는《구삼국사》를 보았다. 〈동명왕 본

• 이규보(1168~1241): 고려 시대 문신이자 학자. 호는 '백운거사', '삼혹호선생'. 1189년(명종 19) 사마시에 수석으로 합격하고, 이듬해 예부시에서 급제했다. 그러나 관직을 받지 못하고, 스물다섯 살 때 개성 천마산에 들어가 글을 짓고 보냈다. 백운거사라는 호는 이때 지은 것이다. 문집으로《동국이상국집》이 있다.

기〉 편을 보니 신비로운 일이 세상에 전해지는 것보다 더 많았다. 그러나 처음에는 허무맹랑하다 여겨 역시 믿을 수가 없었다. 세 번이나 거듭 읽어 그 근원을 살펴보니 터무니없는 이야기가 아니라 성스러운 이야기였으며, 괴상한 이야기가 아니라 신비로운 이야기였다. 국사란 사실을 그대로 적은 글인데 어찌 거짓을 전하겠는가?

김부식이 엮은 《삼국사기》를 보니 동명왕과 관련한 일을 짤막하게 기록했다. 아마 김부식은 국사란 세상을 바로잡는 것이라 여겨, 아주 이상한 일을 기록해 뒷날 사람들로 하여금 보게 하는 것이 옳지 않다고 여겨 그러한 것이리라.

당나라 〈현종 본기〉와 〈양귀비전〉에는 모두 신선의 술법을 닦는 사람이 하늘과 땅을 오르내린 이야기가 없는데, 당나라 시인 백낙천이 그 사실이 없어질까 두려워 노래로 만들어 그것을 기록해 두었다. 이는 터무니없고 거짓된 일이지만 백낙천은 그것을 노래로 지어 뒷사람들에게 보여주었다.

하물며 동명왕의 일은 신비로운 이야기일 뿐 사람들의 정신을 흐리는 것이 아니다. 이는 진실로 나라를 처음 세울 때의 신비로운 자취이다.

지금 이 일을 기록해 두지 않는다면 뒷사람들이 어찌 이 사실을 알 것인가? 이에 시로 동명왕의 일을 기록하니, 우리나라가 본디 성인이 이룩한 나라라는 것을 세상에 알리려는 것이다.

한나라 신작 3년(기원전 59년)
4월 북두성이 동남쪽을 가리킬 때
우리나라 해모수는
하느님의 아들.
처음 하늘에서 내려오는데
해모수는 다섯 용이 끄는 수레를 타고
따르는 사람 백여 명은
고니를 타고 깃털 옷을 입고
맑은 음악 소리 울리며
고운 빛깔 구름이 피어올랐다.
예로부터 천명을 받은 임금
어찌 하늘이 내린 것이 아니랴.
대낮에 푸른 하늘에서 내려온 것은
일찍이 보지 못한 일,
아침엔 인간 세상에 살고
저녁엔 하늘 궁궐로 돌아갔다.
내가 옛사람에게 들으니
하늘에서 땅까지 거리가
이억 만 팔천칠백팔십 리라네.
사다리로 오르기도 어렵고
날개로 날아오르기도 힘들다.
아침저녁 마음대로 오르내리니

이것이 무슨 조화인가.

성 북쪽에 압록강이 있어
물의 신 하백의 세 딸이 아름다웠다.
(그 이름은 버들꽃, 원추리꽃, 갈대꽃이다.)
세 여자가 물결을 헤치고 나와
웅심연 못가에서 노는데,
쟁그랑 옥이 울리고
아리따운 모습 꽃 같았다.
처음엔 한수의 여신인가 의심하고
다시 낙수의 여신인가 생각했다.
왕이 나가서 사냥하다 보고는
첫눈에 마음을 두었다.
아름다움을 좋아한 것이 아니라
왕자를 얻고 싶어서였다.
세 여자는 왕이 오는 것을 보고
연못으로 들어가 숨어버렸다.
신하들이 말하기를, "궁궐을 지어
함께 와서 놀도록 하고 기다리소서."
왕이 채찍으로 땅을 그으니
문득 구리 궁궐이 세워졌다.
비단 자리 눈부시고

금 술잔엔 향기로운 술.
과연 세 여자가 들어와
술을 마시곤 이내 취했다.
왕이 이들을 가로막자
세 여자가 놀라 넘어지는데
맏딸 버들꽃이
왕에게 잡혔다.
하백이 크게 노해
사람을 급히 보내 말하기를,
"너는 어떤 사람이기에
감히 이렇듯 거리낌이 없느냐?"
왕이 말하기를, "나는 하느님의 아들이오.
그대와 인연을 맺고 싶소."
하늘을 가리키자 용 수레가 내려와
물속 깊은 궁궐에 이르렀다.
하백이 말하기를,
"혼인은 큰일로
중매와 예물이 있어야 하거늘
어찌 이렇듯 거리낌이 없느냐?
그대가 하느님의 아들이라니
신비로운 변화를 시험해 보자."
잔잔한 푸른 물결 속에서

하백이 잉어로 변하자
왕이 곧 수달로 바뀌어
곧 잉어를 사로잡았다.
또 하백이 날개가 돋쳐
꿩이 되어 날아가자
왕이 신비로운 매가 되니
어찌 그리 용맹스러운가?
이번엔 하백이 사슴으로 변해 달아나니
왕이 승냥이가 되어 쫓았다.
하백은 왕의 신비로움을 알고
잔치를 벌이며 기뻐했다.
하백은 왕이 취한 틈을 타서 가죽 수레에 태우고
버들꽃도 함께 수레에 태웠는데
그것은 자신의 딸도
하늘에 올라가게 하려는 뜻이었다.
수레가 물 밖에 나오기도 전에
왕은 술이 깨어 놀라 일어나
버들꽃의 황금 비녀로
가죽 구멍을 뚫고 나와
홀로 하늘 위로 올라가
다시 돌아오지 않았다.
하백이 버들꽃을 꾸짖어

입술을 당겨 세 자나 늘여놓고
우발수로 내쫓으며
종 두 명을 딸려 보냈다.
어부가 물속을 보니
이상한 짐승이 다녀
금와왕에게 아뢰니
쇠 그물을 물속에 던져
끌어당겨 돌에 앉히니
모습이 이상했다.
입술이 길어 말을 못 하더니
세 번 자르니 입을 열었다.
금와왕이 그 여자가 해모수의 아내인 줄 알고
데려다 궁궐에 두었다.

해를 품고는 주몽을 낳으니
계해년(기원전 58년)이었다.
얼굴 생김새가 참으로 기이하고
울음소리가 컸다.
처음 되만 한 알을 낳으니
보는 사람마다 놀라고 이상히 여겼다.
금와왕이 상서롭지 않다 하여
이것이 어찌 사람이랴 하고는

알을 마구간에 두니
뭇 말들이 밟지를 않고,
깊은 산속에 버리니
온갖 짐승이 보호했다.
버들꽃이 거두어 기르니
한 달이 지나 말을 했다.
"어머니, 파리가 눈에 앉아
편안히 잠을 잘 수 없어요."
버들꽃이 활과 화살을 만들어 주어
주몽이 쏘니 빗나가는 적이 없었다.
주몽이 점점 자라
재주가 날로 늘었다.
금와왕의 태자가
(이름은 대소이다.)
주몽을 시기해
말하기를, "주몽은
보통 사람이 아닙니다.
빨리 대책을 세우지 않으면
걱정거리가 될 것입니다."

(금와왕의 일곱 아들이 주몽과 사냥을 갔는데, 주몽이 사냥한 것이 훨씬 많았다. 왕자들이 주몽을 시샘해 주몽이 사냥한 것을 모두 빼앗고는 나무에 묶어두었다. 주몽이 나무를 뽑아 돌아오자 대소가 주몽을 두려워했다.)

금와왕이 주몽에게 말을 돌보게 해
주몽의 뜻을 시험하고자 했다.
주몽이 생각하기를, '하느님의 손자가
천하게 말을 기르니 부끄럽구나.'
가슴을 어루만지며 탄식하기를
"사는 것이 죽느니만 못하구나.
장차 남쪽으로 가
나라를 세우리라.
그러나 어머니가 계시니
떠나기도 쉽지 않구나."
버들꽃이 이 말을 듣고는
흐르는 눈물을 닦고 말했다.
"내 걱정은 하지 마라.
나 또한 가슴이 찢어지는구나.
사내가 먼 길을 가려면
좋은 말이 있어야 한단다."
주몽과 버들꽃이 함께 마구간으로 가
긴 채찍으로 말들을 때리니
뭇 말들이 달아나는데
붉은 빛깔의 말 한 마리가
두 길 울타리를 뛰어넘어서
좋은 말인 것을 알았다.

몰래 말 혓바닥에 바늘을 꽂아두니
말이 아파 먹을 수가 없어
며칠 만에 여위어
도리어 나쁜 말이 되었다.
금와왕이 와서 보고는
여윈 말을 주몽에게 주었다.
주몽이 여윈 말의 바늘을 뽑고
밤낮으로 잘 먹여 길렀다.
남몰래 어진 세 사람과 사귀는데
(이름은 오이, 마리, 협보이다.)
모두들 슬기로웠다.

주몽이 남쪽으로 가다 엄체수에 이르러
강을 건너려니 배가 없었다.
채찍을 잡고 하늘을 가리키며
분하여 길게 탄식했다.
"저는 하느님의 손자요, 하백의 외손으로
어려움을 피해 여기 이르렀습니다.
불쌍하구나, 내 마음.
천지신명은 저를 버리시렵니까?"
활을 잡고 물을 치니
물고기와 자라가 이어져

높이 다리를 이루니
비로소 건널 수 있었다.
또 한 쌍의 비둘기가 보리 씨앗을 물고 날아오니
이는 버들꽃이 보낸 것이었다.

(주몽이 나라를 떠나면서 어머니가 준 오곡 씨앗을 잊어버리고 챙기지 못했다. 그래서 어머니가 비둘기를 보내 보리 씨앗을 전해 주었다. 주몽이 활로 쏘아 떨어뜨려 비둘기 목구멍에서 보리 씨앗을 꺼내고는 물을 뿜자 비둘기가 되살아나 날아갔다.)

형세 좋은 땅에 나라를 세우니
산세가 우뚝했다.
주몽이 띠 자리에 앉아
군신의 자리를 정했다.

아! 비류왕은
어찌 스스로 헤아리지 못하고
선인의 후손임을 자부하며
하느님의 손자 높음을 알지 못했나?
헛되게도 동명왕을 지배하려 하여
말하는 데 주저함이 없었다.
비류왕은 사슴의 배꼽도 맞히지 못했는데
동명왕은 옥가락지를 맞히었다.
동명왕이 북과 나팔을 오래된 것처럼 꾸미니

비류왕이 자기 물건이라 말하지 못했다.
동명왕의 궁궐 기둥이 오래된 것을 보고는
비류왕은 부끄러워하며 돌아갔다.

(동명왕이 나라를 세웠으나 북과 나팔이 없었다. 신하 부분노가 비류국의 북과 나팔을 가져왔는데, 빛깔이 변해 오래된 것으로 보여서 비류왕이 자기 것이라고 말하지 못했다.)

동명왕이 서쪽으로 가 나라를 살피다가
뜻밖에 흰 고라니를 잡았다.
해원에 거꾸로 매달고는
소원을 빌었다.
"하늘이 비류국에 비를 내려
온 나라가 잠기지 않는다면
너를 놓아주지 않겠다.
네가 나의 바람을 도와다오."
고라니의 울음소리가 하도 구슬퍼
하느님의 귀에까지 들렸다.
장맛비가 이레나 계속되어
억수같이 쏟아졌다.
비류왕이 매우 두려워서
물줄기를 따라 부질없이 밧줄을 늘여놓으니
백성들이 앞다투어 매달리며
서로 쳐다보며 허덕였다.

동명왕이 곧 채찍으로
물을 가르니 흐름이 멈추었다.
비류왕이 항복하고는
동명왕을 헐뜯지 못했다.

검은 구름이 골령을 덮어
산줄기는 보이지 않고
수천 명이
나무 베는 소리만 어렴풋이 들렸다.
동명왕이 말하기를, "하늘이 나를 위해
그곳에 성을 쌓는 것이다."
어느새 구름이 흩어지니
궁궐이 우뚝했다.
왕위에 오른 지 십구 년에
하늘에 올라가 내려오지 않았다.

해설

이 글은 고구려 건국 시조인 동명왕에 대한 기록이다. 이미 이전의《삼국사기》에도 기록된 일을 새삼스레 다시 기록하는 뜻을 이규보는 이렇게 밝히고 있다.

첫째, 중국의 기록은 자기 역사는 자세하게 기록하고 이웃 나라의 일은 짤막하게 기록해 동명왕의 일이 자세하지 않다. 둘째, 동명왕 이야기는 터무니없고 괴상한 이야기가 아니라 성스럽고 신비로운 이야기다. 셋째, 김부식이 편찬한《삼국사기》의 기록이 너무 짤막하다. 넷째, 동명왕의 일을 기록해 우리나라가 본디 성인이 이룩한 나라라는 것을 세상에 알리려는 것이다.

이러한 관점에서 이규보는 동명왕과 관련된 이야기를 시로 서술했다. 실제 이규보의 〈동명왕편〉은《삼국사기》〈본기-동명성왕〉보다 글자 수만 하더라도 2.5배가 넘는 분량이다. 이후에 기록된《삼국유사》의 기록은《삼국사기》의 기록보다 더 간단하다. 이렇게 비교해 보면, 이규보의 〈동명왕편〉은 그 자료적 가치가 더욱 높다고 할 수 있다.

내 차라리 계림의 개나 돼지가 될지언정

—김부식

박제상은 신라 시조 혁거세의 후손이요, 파사 이사금의 5세손이다. 할아버지는 갈문왕으로 봉해진 아도이며, 아버지는 파진찬 물품이다. 박제상은 벼슬하여 삽량주의 간(우두머리)이 되었다.

일찍이 실성왕 원년 임인년(402)에 신라가 왜국과 화친을 맺는데, 왜왕이 내물왕의 아들 미사흔을 볼모로 요구했다. 실성왕이 이전에 내물왕이 자신을 고구려에 볼모로 보낸 것을 원망스럽게 생각하고 그 아들로 원한을 풀고자 하여, 왜왕의 요구를 거절하지 않고 미사흔을 왜국에 보냈다. 또 실성왕 11년 임자년(412), 고구려가 미사흔의 형 복호를 볼모로 요구하자 실성왕이 복호를 고구려에 보냈다.

눌지왕이 왕위에 오르자 말 잘하는 사람을 보내어 두 아우 복호와 미사흔을 데려오려고 했다. 눌지왕이 수주촌장 벌보말, 일리촌장 구리내, 이이촌장 파로 세 사람이 어질고 지혜가 있다는 것을 듣고 불러 말했다.

"내 아우 두 사람이 왜국과 고구려에 볼모가 되어 오랫동안 돌아오지 못하고 있소. 내 그들과 형제인지라 그리운 마음을 이길 수가 없구려. 두 아우가 살아 돌아오기를 바라는데, 어찌해야 하겠소?"

세 사람이 대답했다.

"저희는 삽량주의 간 박제상이 굳세고 슬기롭다고 들었습니다. 박제상이라면 대왕의 근심을 풀어드릴 수 있을 것입니다."

이에 눌지왕이 박제상을 불러 세 사람의 말을 들려주고 가기를 청하니, 박제상이 대답했다.

"신이 비록 못나고 어리석지만 어찌 대왕의 명을 받들지 않겠습니까?"

마침내 박제상이 사신으로 고구려에 가서 왕에게 말했다.

"신은 이웃 나라와 사귀는 방법에는 참됨과 믿음이 있을 뿐이라고 들었습니다. 볼모를 서로 보내는 것은 중국의 오패•에도 미치지 못하며 진실로 쇠퇴한 세상의 일일 따름입니다. 지금 우리 임금께서 사랑하시는 아우가 고구려에 계신 지 거의 10년이나 되셨습니다. 우리 임금께서 아우의 어려움을 생각하시고 늘 그리워하고 계십니다. 만약 대왕께서 은혜를 베푸시어 아우를 돌려보내시면, 아홉 마리 소에서 터럭 하나를 떨어뜨린 것처럼 아무런 손해가 없으시며, 우리 임금께서 대왕의 은혜를 고마워하시는 것은 끝이 없을 것입니다. 대왕께서 헤아려 보소서."

고구려 왕이 좋다고 허락해 박제상은 복호와 함께 돌아왔다.

• 오패: 중국 춘추시대의 제후 가운데서 패업을 이룬 다섯 사람. 제나라 환공, 진(晉)나라 문공, 진(秦)나라 목공, 송나라 양공, 초나라 장왕을 이른다.

박제상과 복호가 신라에 이르자 눌지왕이 기뻐하면서도 한편으로는 슬퍼하며 말했다.

"내가 두 아우를 생각할 때면 두 팔과 같이 여기었소. 이제 한 팔을 얻었으니 어찌하리오?"

박제상이 아뢰었다.

"신이 비록 어리석으나 이미 몸을 나라에 바쳤으니 대왕의 명을 욕되게 하지 않겠습니다. 고구려는 큰 나라요 또한 어진 임금이 있어 신이 한마디 말로 깨닫게 할 수 있었습니다. 그러나 왜는 말로는 깨우칠 수가 없으니 계략을 꾸며야만 아우님을 돌아오시게 할 수 있습니다. 신이 왜국에 가서 저들에게 나라를 배반했다고 하겠습니다."

박제상은 죽음으로써 맹세하고는 아내와 자식도 만나지 않고 율포에서 배를 타고 왜국으로 향했다. 박제상의 아내가 그 소식을 듣고는 달려가 율포에 이르러 배를 보고 울며 "잘 다녀오시오." 하니, 박제상이 돌아보며 "내가 명을 받아 적국에 가니, 당신은 나를 다시 볼 생각은 마시오."라고 했다.

박제상이 왜국에 들어가 짐짓 신라를 배반한 것처럼 했지만 왜왕이 그것을 의심했다. 이에 앞서 백제 사람이 왜국에 와 있었는데, 그가 신라와 고구려가 왜국을 칠 것이라고 말했다. 왜왕이 군사를 보내 신라 국경을 살피게 했는데, 마침 고구려 군사를 만나 왜의 군사들이 모두 죽었다. 이에 왜왕이 백제 사람의 말을 사실로 믿었다. 또 신라 왕이 미사흔과 박제상 가족들을 가두어

두었다는 말을 들었다. 이에 왜왕은 박제상이 진짜 신라를 배반했다고 여겼다.

이때 왜왕이 군사를 내어 신라를 치고자 했는데, 미사흔과 박제상을 보내 장수로 삼아 길을 안내하게 했다. 박제상과 미사흔 일행이 산도(대마도)라는 섬에 이르렀다. 왜의 여러 장수들이 의논하기를, "신라를 쳐서 박제상과 미사흔의 가족을 데리고 돌아오자." 했다. 박제상이 이 사실을 알고 미사흔과 배를 타고 놀면서 물고기와 오리를 잡는 것처럼 했다. 왜인이 이를 보고는 박제상에게 딴마음이 없다고 여기고는 기뻐했다. 이에 박제상이 미사흔에게 신라로 몰래 돌아가기를 청하자 미사흔이 말했다.

"내가 장군을 아버지같이 여기는데 어찌 혼자 신라로 돌아가겠습니까?"

"두 사람이 함께 떠나면 일을 이루기가 어렵습니다."

미사흔이 박제상의 목을 안고 울다가 신라로 돌아갔다.

박제상이 혼자 방에서 자고는 이튿날 늦게야 일어났는데, 미사흔을 멀리까지 가게 하려 함이었다. 왜인들이 물었다.

"장군께서는 왜 이리 늦게 일어나십니까?"

"어제 배를 탔더니 너무 피곤해서 일찍 일어날 수 없었소."

박제상이 방에서 나오니, 왜인들이 미사흔이 도망한 것을 알고 박제상을 묶었다. 왜인들이 배를 타고 미사흔을 쫓았으나, 마침 안개가 자욱해 잡지 못했다. 왜인들이 박제상을 묶어 왜왕에게 보내니, 왜왕이 박제상을 목도라는 섬으로 귀양 보냈다가 박제상을 불태워 죽이고 베었다.*

눌지왕이 이 소식을 듣고는 슬퍼하고 가슴 아파하며 박제상에게 대아찬이라는 벼슬을 내렸다. 그리고 집에는 재물을 많이 내려주었다. 또 아우 미사흔을 박제상의 둘째 딸과 혼인시켜 이를 보답했다.

처음 미사흔이 왜에서 돌아오자 6부에 명해 멀리까지 나아가 맞이하게 했다. 눌지왕이 미사흔을 보고는 손을 잡고 울었다. 형제가 모여 술을 마시고 즐기면서 눌지왕이 노래를 짓고 춤을 추어 그 마음을 나타냈다. 지금 우리나라 음악 중 '우식곡(憂息曲)'이 그것이다.

* 박제상이 ~ 베었다: 《동사강목》 눌지왕 2년 기사에 이 부분이 다음과 같이 자세히 실려 있다.
  왜왕은 박제상이 배신했다고 화를 내며 박제상을 신문하니, 박제상이 말했다.
  "나는 계림(신라)의 신하로서 우리 임금의 뜻을 이루어드리려 했을 뿐이다."
  왜왕이 화를 내며 말했다.
  "네가 이미 나의 신하가 되겠다고 했는데 이제 계림의 신하라 하는구나. 다섯 가지 형벌을 내릴 것이나, 네가 만약 왜국의 신하라 한다면 큰 상을 내릴 것이다."
  박제상이 말했다.
  "내 차라리 계림의 개나 돼지가 될지언정 왜국의 신하가 되지 않겠다. 내 차라리 계림의 매를 맞을지언정 왜국의 벼슬과 재물은 받지 않겠다."
  왜왕이 더욱 화가 나 박제상의 다리 살갗을 벗기고 또 갈대를 베어놓고 그 위를 걷게 하며 말했다.
  "너는 어느 나라의 신하냐?"
  박제상이 말했다.
  "나는 계림의 신하다."
  이에 왜왕은 박제상의 뜻을 꺾을 수 없음을 알고는 박제상을 목도라는 섬에서 불태워 죽였다.

해설

박제상의 이야기는 신하의 직분이 무엇인지를 뚜렷하게 보여준다. 고구려에 가서 복호를 데려온 박제상은 아내와 자식도 만나지 않고 미사흔을 구하기 위해 왜국으로 향한다. 울며 보내는 아내에게 죽음으로써 맹세하고 다시 볼 생각을 말라고 하는 박제상의 말에는 비장함이 담겨 있다. 또한 미사흔을 보내고 홀로 남아 있다가 왜왕에게 형벌을 받는 장면은 오늘날에도 널리 알려져 전한다.

박제상은《삼국유사》에도 기록되어 있는데, 몇 가지 점이 다르다. 먼저《삼국유사》에는 박제상을 김제상이라고 쓰고 있다. 또 미사흔이 일본에 볼모로 간 것이 내물왕 때이고, 복호가 고구려에 볼모로 간 것이 눌지왕 때라고 하고 있다. 그리고 고구려에서 복호를 데리고 오는 것도 장수왕이 보내주는 것이 아니라 탈출하는 것으로 되어 있다. 또한 미사흔을 탈출시키고 박제상이 왜왕에게 문초를 받는 부분도《삼국유사》가 더 자세하다. 마지막으로 박제상의 부인이 국대부인으로 봉해지고 죽어서 신모(神母)가 되었다는 부분도《삼국사기》에는 없는 내용이다.

현재 울산 두동면 일대에는 박제상과 관련된 유적이 산재한다. 박제상의 부인이 올라가 박제상이 돌아오기를 기다리다가 돌이 되었다는 전설이 깃든 치술령에는 망부석이 남아 있고, 부인이 죽어 새가 되어 날아간 곳에는 은을암이라는 바위가 또한 남아 전한다. 치술령 아래에는 박제상과 그의 부인, 딸을 모시는 치산서원이 세워져 있다.

죽고 사는 것이 이미 정해졌으니
—김부식

온달은 고구려 평강왕(재위 559~590) 때 사람이다. 얼굴이 못생겨 남에게 웃음거리가 되었지만 마음씨는 맑았다. 집이 아주 가난해 늘 밥을 빌어다가 어머니를 받들었다. 해진 적삼을 입고 낡은 신을 신고 저잣거리를 다녀서 사람들이 그를 '바보 온달'이라고 했다.

평강왕의 어린 딸이 잘 울어 왕이 놀리기를, "네가 늘 울어 내 귀가 시끄럽구나. 자라면 높은 집안 사람과 결혼시키지 않고 바보 온달에게나 시집보내야겠다."라고 했다.

공주가 열여섯 살이 되어 평강왕이 공주를 상부의 고씨에게 시집보내려고 했다. 그러자 공주가 말했다.

"대왕께서 늘 '너는 바보 온달의 부인이 될 것이다.'라고 하셨는데, 이제 어찌 전에 하신 말씀을 바꾸십니까? 보잘것없는 사람도 거짓말을 하지 않는 법인데, 하물며 임금이 그래서야 되겠습니까? 임금 된 사람은 웃음거리로 하는 실없는 말을 하지 않는다고 했습니다. 지금 대왕의 명령은 잘못된 것이니, 제가 받들지 못하겠습니다."

평강왕이 화를 내며 말했다.

"네가 내 명을 따르지 않으니, 너는 내 딸이 아니다. 어찌 함께 있을 수 있겠느냐? 네 마음대로 해라."

이에 공주가 값진 팔찌 수십 개를 가지고 궁궐을 나섰다. 혼자 가다가 길에서 어떤 사람을 보고 온달의 집을 물었다. 공주가 온달의 집에 가서 눈먼 어미를 보고 절하고는 온달이 있는 곳을 물었다. 온달의 어미가 말했다.

"우리 아들은 가난하고 신분이 낮아 귀인이 가까이할 만한 사람이 아닙니다. 지금 당신의 몸내를 맡으니 매우 향기롭고, 당신의 손을 잡으니 솜처럼 부드럽습니다. 당신은 분명 천하의 귀인일 터인데 누구의 꼬임에 빠져 여기에 이르신 것입니까? 우리 아들이 굶주림을 참지 못하고 느릅나무 껍질을 벗기러 산에 가서 오래도록 돌아오지 않았습니다."

공주가 나가 산 아래에 이르러 온달이 느릅나무 껍질을 지고 오는 것을 보았다. 공주가 온달에게 마음속에 품은 생각을 말하자 온달이 화를 냈다.

"이는 어린 여자가 할 수 있는 일이 아니다. 너는 분명 사람이 아니고 여우나 귀신일 것이다. 나에게 다가오지 마라."

그러고는 돌아보지도 않고 가버렸다. 공주가 홀로 온달의 집으로 돌아와 사립문 밖에서 잤다. 이튿날 아침, 공주가 다시 온달의 집으로 들어가 온달과 그 어미에게 예를 갖추어 말하니, 온달이 머뭇거리고 어찌할 줄 몰랐다. 온달의 어미가 말했다.

"우리 아들은 신분이 낮아 귀인의 짝이 될 수 없습니다. 또 우리 집이 가난하니 진실로 귀인이 살 만한 곳이 아닙니다."

공주가 말했다.

"옛사람이 한 말 곡식도 방아 찧을 수 있고, 한 자 베도 꿰맬 수 있다고 했습니다. 마음이 같을진대 어찌하여 꼭 부귀한 다음에야 함께할 수 있단 말입니까?"

그러고는 공주가 값진 팔찌를 팔아 논밭과 집, 남녀 종, 소와 말, 그릇 등을 사니 살림살이가 온전히 갖추어졌다. 일찍이 말을 살 때 공주가 온달에게 말했다.

"저자 상인의 말을 사지 마시고, 나라에서 기른 말로 병들고 야위어 내다 파는 말을 골라 사십시오."

온달이 그 말대로 했다. 공주가 부지런히 말을 먹여 기르니, 말이 나날이 살이 붙고 튼튼해졌다.

고구려에서는 해마다 3월 3일이면 낙랑 언덕에 모여 사냥을 해 멧돼지나 사슴을 잡아 하늘과 산천의 신에게 제사를 지냈다. 그날이 되어 평강왕이 사냥을 하는데, 여러 신하와 군사들이 따랐다. 이때 온달도 기른 말을 타고 따랐다. 온달이 말을 타고 달리는데 늘 앞서고 사냥한 것도 가장 많아 다른 사람이 따를 수 없었다. 평강왕이 온달을 불러 이름을 물어보고는 놀라며 이상하게 여겼다.

이때 중국 후주 무제가 군사를 일으켜 고구려의 요동을 쳤다. 평강왕이 군사를 이끌고 이산의 들판에서 싸웠다. 온달이 선봉이 되어 날래게 싸워 적 수십 명을 베었다. 이에 고구려 군사들의 사기가 올라 적을 크게 무찔렀다. 싸움의 공을 말하는데, 누구나 온달이 으뜸이라고 말했다. 평강왕이 감탄하며 말했다.

"이 사람이 바로 내 사위다."

그러고는 예의를 갖추어 온달을 맞이하고 대형 벼슬을 주었다. 이로부터 온달은 평강왕의 두터운 신임을 받아 권세와 위엄이 날로 커졌다.

영양왕이 왕위에 올랐다. 온달이 왕에게 아뢰었다.

"신라가 우리 한강 북쪽의 땅을 빼앗아 차지하니, 백성들이 한스럽게 여기고 우리 고구려를 잊지 못하고 있습니다. 대왕께서 신을 어리석다 여기지 않으시고 군사를 주신다면 반드시 우리 고구려 땅을 되찾겠습니다."

영양왕이 허락했다. 온달이 떠나면서 스스로 맹세했다.

"계립현과 죽령 서쪽의 땅을 되찾지 못하면 돌아오지 않겠다."

온달이 아단성 아래에서 신라군과 싸우다가 날아온 화살에 맞아 죽었다. 장사를 지내려 하는데 관이 움직이지 않았다. 공주가 와서 관을 어루만지며 말했다.

"죽고 사는 것이 이미 정해졌으니, 이제 그만 돌아갑시다."

그러자 관이 움직여 땅에 묻었다. 영양왕이 이 소식을 듣고 몹시 슬퍼했다.

해설

《삼국사기》〈열전〉에는 모두 52명이 실려 있다. 그중에 고구려 사람은 온달을 포함해 모두 아홉 명이 올라 있다.

온달 이야기는 공주와의 사랑으로 해서 더욱 애절하게 다가온다. 사람들이 바보 온달이라고 했던 것은 그가 실제로 어리석어서가 아니라 고지식했기 때문이었던 것으로 보인다. 또한 당시 고구려 지배 세력에 비해 온달이 상대적으로 미천한 가문의 출신이었기 때문이었다고 보기도 한다. 어쨌든 온달은 신분의 벽을 넘어 공주와 결혼함으로써 능력을 발휘할 수 있게 된다. 제천 의식에서의 사냥과 중국과의 전쟁을 통해 온달은 자신의 능력을 인정받고 벼슬을 얻는다.(대형은 고구려 13관등 중에서 일곱 번째에 해당한다.)

여기까지에서 주인공이 되는 인물은 온달이라기보다는 공주(평강 공주라는 이름은 적절하지 않다. 그것은 진평왕의 공주를 진평 공주라고 하지 않는 것과 같다.)이다. 온달이 〈열전〉에 오른 이유는 벼슬을 받고 난 다음의 일 때문이다. 그것은 국토 수복의 의지와 좌절된 꿈에 대한 이야기다. 신라 진흥왕에게 빼앗긴 계립현과 죽령 서쪽의 땅을 되찾기 위해 출정한 온달은 신라군과 싸우다가 화살에 맞아 죽는다. 빼앗긴 땅을 찾지 못하면 돌아오지 않겠다던 온달의 맹세대로, 장사를 지내려 하는데 관이 움직이지 않는다. 이것은 온달의 국토 수복(고구려어로 '다물(多勿)'이라 함)의 염원과 의지가 얼마나 강했던가를 상징적으로 보여준다.

모란꽃은 향기가 없다
—일연

제27대 덕만의 시호는 선덕여대왕인데, 성은 김씨이고 아버지는 진평왕이다. 정관 6년(632) 임진에 왕위에 올랐다. 16년 동안 나라를 다스렸는데, 미리 알아차린 일이 세 가지 있다.

첫 번째 일이다. 당나라 태종이 붉은색, 자주색, 흰색 세 가지 색으로 그린 모란 그림과 씨 석 되를 보냈다. 왕이 모란꽃 그림을 보고 말했다.

"이 꽃은 분명 향기가 없을 것이다."

이에 궁궐 뜰에 씨를 뿌려 꽃이 피었다 질 때까지 기다렸는데, 과연 그 말과 같았다.

두 번째 일이다. 영묘사라는 절의 옥문지(玉門池)라는 연못에서 겨울인데도 개구리 떼가 사나흘이나 울었다. 사람들이 이상히 여겨 왕에게 아뢰었다. 왕이 급히 각간 알천과 필탄에게 명령했다.

"강한 군사 2000명을 이끌고 서쪽 여근곡(女根谷)을 찾아가면 그곳에 적군이 있을 것이니 공격해 죽이시오."

알천과 필탄이 각각 군사 1000명씩 거느리고 성 밖 서쪽으로 가서 물어보니, 과연 부산 아래 여근곡이라는 곳이 있었다. 백제 군사 500명이 와서 그곳에 숨어 있었는데, 신라 군사들이 모두 쳐서 죽였다. 백제 장군 우소가 남산 고개 바위에 숨어 있었는데, 신라 군사들이 에워싸 활을 쏘아 죽였다. 또 뒤이어 백제 군사 1300명이 오는데 모두 죽였다.

세 번째 일이다. 왕이 아무 병도 없었는데, 여러 신하들에게 말했다.

"내가 아무 해 아무 달 아무 날에 죽으면, 나를 도리천(忉利天) 안에 장사 지내라."

여러 신하들이 도리천이 어디 있는지 알지 못했기에 왕에게 물었다.

"도리천이 어디 있습니까?"

"낭산의 남쪽이다."

과연 왕이 앞에서 말한 날 죽었다. 신하들이 낭산의 남쪽에 왕을 장사 지냈다. 10여 년이 지나서 문무대왕이 선덕여대왕의 무덤 아래쪽에 사천왕사라는 절을 세웠다.• 불경에 '사천왕천 위에 도리천이 있다.'라고 했으므로, 사람들은 선덕여대왕이 신령스럽고 성스럽다는 것을 알았다.

• 10여 ~ 세웠다: 선덕여대왕은 647년에 죽었고, 사천왕사는 679년에 창건되었다.

일이 있었을 때, 신하들이 왕에게 물었다.

"모란꽃과 개구리와 관련한 두 가지 일을 어떻게 아셨습니까?"

"모란꽃 그림에 나비가 없는 것을 보고 향기가 없다는 것을 알았다. 이것은 당나라 임금이 내가 짝이 없는 것을 놀린 것이다. 개구리의 성난 모양은 곧 군사들의 모습이다. 옥문은 곧 여근이다. 여자는 음(陰)이고 그 빛깔은 흰색이다. 흰색은 곧 서쪽을 가리킨다. 그래서 적의 군사들이 서쪽에 있다는 것을 알았다. 남근이 여근에 들어가면 반드시 죽기 때문에 적군을 쉽게 잡을 수 있다는 것을 알았다."

이에 여러 신하들이 왕의 성스러운 지혜에 감탄했다. 당나라 임금이 세 가지 빛깔의 꽃을 보낸 것은 신라에 선덕, 진덕, 진성 등 세 사람의 여왕이 있을 줄 알고 그러한 것일까? 당나라 임금도 미리 앞을 내다보는 지혜가 있었던 것이다. 왕이 영묘사라는 절을 세운 것은 〈양지 스님의 전기〉에 자세히 실려 있다. 다른 책에는 이때 돌을 다듬어 첨성대를 쌓았다고 적혀 있다.

해설

《삼국유사》에 실려 있는 이 세 가지 이야기 가운데 앞의 두 가지는《삼국사기》에도 기록되어 있다. 선덕여대왕은 아버지 진평왕이 죽고 아들이 없어 나라 사람들이 추대해 왕이 되었다. 신라의 첫 여왕으로 인자하며 밝고 민첩했다. 그러나 김부식은 "신라가 여자를 추대해 왕위에 앉힌 것은 진실로 난세의 일이니, 그러고도 나라가 망하지 않은 것은 요행이다."라고 혹평했다.

선덕여대왕이 재위한 16년 동안 신라는 백제, 고구려와의 전쟁에 시달렸고, 당나라로부터 업신여김을 받아야 했다.《삼국사기》 선덕여대왕 12년 기록에 따르면, 고구려와 백제의 침입에 시달리던 신라가 당나라에 사신을 보내 구원을 요청하자, 당 태종은 신라의 왕이 여자이기 때문이므로 황제의 친족을 보내어 왕으로 삼으면 이웃 나라의 침입을 막을 수 있다고 하기도 했다. 이것이 선덕여대왕이 겪어야 했던 현실이었다.

이 세 가지 이야기는 모두 선덕여대왕의 슬기로움을 보여준다. 모란꽃을 통해 당나라에 못지않은 지혜를 가진 신라 사람의 슬기를 보여주고, 여근곡 이야기를 통해 강한 백제에 맞선 신라 사람들의 의지를 드러낸다. 도리천에 묻힌 선덕여대왕의 이야기는 죽음까지도 넘어선 슬기로움과 성스러움을 담고 있다.

《삼국유사》를 편찬한 일연 스님이 보기에도 이상한 일로 여겨졌는지, 이 이야기들을 〈기이〉 편에 실었다. 내우외환으로 힘든 시기를 보낸 여왕에 대한 신라 사람들의 사랑이 이 이야기를 통해 전해진다.

신이라 불린 이순신
—유성룡•

이순신은 자가 여해(汝諧)이고 본관은 덕수이다. 그의 조상 중에 이변은 벼슬이 판중추부사에 이르렀고 성품이 곧기로 유명했다. 증조할아버지는 이거로 성종 임금을 섬겼다. 연산군이 세자였을 때, 이거는 세자에게 경서를 가르쳤는데 엄하여 세자가 꺼렸다. 일찍이 사헌부의 장령으로 있을 때, 관리들의 잘못을 꾸짖고 나무라니 모든 사람이 그를 꺼리며 '호랑이 장령'이라고 불렀다. 할아버지는 이백록인데 아버지의 덕으로 벼슬했다. 아버지는 이정으로 벼슬하지 않았다.

이순신은 어려서부터 용감하고 뛰어나며 얽매인 데가 없었다. 나무를 다듬어 활과 화살을 만들어 아이들과 놀았다. 마을에서 그 뜻에 맞지 않은 사람을 만나면 그 눈을 쏘아 맞히려고 해 어른들도 이순신이 두려워 그의 문 앞을 지나가지 못했다. 자라서는 활을 잘 쏘아 무과에 급제해 세상에 드러났다. 이순신의 집안

• 유성룡(1542~1607): 조선 중기의 문신. 호는 '서애'. 왜란을 대비해 이순신을 전라좌도 수군절도사에 천거했다. 1592년 왜적이 침입하자 병조판서를 겸하고 도체찰사로 군무를 총괄했다. 저서로 《서애집》, 《징비록》 등이 있다.

은 대대로 유학을 공부했는데, 이순신에 이르러 무과에 합격해 훈련원 봉사가 되었다.

그때 병조판서 김귀영에게 서녀가 있었는데 이순신에게 첩으로 삼도록 했다. 이순신이 받아들이지 않자 사람들이 의아해하니 이순신이, "내가 갓 벼슬에 나아갔는데 어찌 감히 권세 있는 집안에 기대 승진을 꾀하겠는가?"라고 했다.

또 병조 정랑 서익이 훈련원에 아는 사람이 있어 차례를 뛰어넘어 벼슬을 높여주고자 했다. 이순신이 훈련원의 일을 보면서 이를 받아들이지 않았다. 그러자 서익이 이순신을 불러들여 뜰에 세워두고 트집을 잡아 꾸짖었다. 그러나 이순신은 말과 낯빛을 바꾸지 않고 곧은 말을 하며 흔들리지 않았다. 서익이 크게 노해 이순신을 다잡으려 했으나 이순신은 조용히 대꾸하며 끝내 기를 꺾지 않았다. 서익이 원래 고집이 세고 오만해 동료들도 그를 싫어해 더불어 말을 나누려고 하지 않았다. 이날 병조의 서리들이 뜰아래 있었는데, 모두가 서로 돌아보며, "이 사람이 감히 병조 정랑에게 대들다니……. 앞으로 벼슬살이를 어떻게 하려고 그러는지 모르겠군." 했다. 날이 저물자 서익이 창피하여 기세를 꺾고 이순신을 돌려보냈다. 이에 사람들이 이순신의 사람됨을 알게 되었다.

이순신이 옥에 갇혔을 때, 일이 어떻게 될지 알 수 없었다. 죄수를 감시하던 이가 몰래 이순신의 조카 이분에게, "뇌물을 주면 죄를 면할 수 있습니다."라고 했다. 이순신이 이 소리를 듣고는 화를 내며 조카에게, "죽을 일이라면 죽는 것이지 어찌 옳은 도리를 어기며 살기를 바란단 말이냐?" 했다. 그의 지조가 이와 같았다.

이순신의 사람됨이 말과 웃음이 적고 용모가 단아해서 마치 학문을 하는 선비와 같았다. 그러나 마음속에는 용감한 기운을 가지고 몸을 잊고 나라를 위해 죽으리라 하며 늘 마음을 닦았다. 형으로 이희신과 이요신이 있었지만 모두 이순신보다 먼저 죽었다. 이순신은 조카들을 자기 자식처럼 보살폈다. 이순신이 장가를 보내면서 죽은 형의 아이들을 먼저 보내고 자기 자식은 뒤에 보냈다.

이순신은 재주가 있었으나 운수가 없어 백에 하나도 펴보지 못하고 죽었으니 참으로 애석한 일이다.

이순신이 삼도수군통제사가 되어 밤낮으로 경계를 철저히 하며 갑옷을 벗은 적이 없었다. 견내량에서 적과 대치하고 있을 때이다. 모든 배가 닻을 내리고 있었는데, 그날 밤 달빛이 아주 밝았다. 이순신이 갑옷을 입고 북을 베고 누웠다가 문득 일어나 앉아 소주를 가져오라 하여 한 잔을 마셨다. 그러고는 모든 장수를 불러들여 말했다.

"오늘 밤 참으로 달빛이 밝구나. 적이 간사한 꾀를 부려 달빛이 없으면 우리를 침범했다. 오늘은 달빛이 밝으니 적이 반드시 쳐들어올 것이다. 경계를 철저히 하라."

드디어 나팔을 불게 해 모든 배의 닻을 올리고 척후선에 명령을 전했다. 척후선의 군사들이 깊이 잠들었다가 일어나 적을 대비했다. 한참 후에 척후선이 와서 적이 왔다고 보고했다. 달은 서쪽 산에 걸렸는데, 산 그림자가 바다에 비쳐 바다의 반이 옅게 그림자가 졌다. 무수히 많은 적의 배가 어둠을 틈타 오고 있었다. 적의 배들이 가까이 오자 가운데 있던 우리 군사들이 대포를 쏘며 소리를 질렀다. 이에 모든 배들이 호응했다. 적이 우리가 준비하고 있다는 것을 알고 일시에 조총을 쏘니 그 소리가 바다를 흔들고, 날아온 총알이 바다에 떨어지는데 마치 비가 쏟아지는 듯했다. 적이 마침내 우리 군사를 해치지 못하고 도망갔다. 여러 장수들은 이순신을 신이라고 했다.

해설

이순신은 꽤 늦은 나이인 서른두 살에 무과에 합격한다. 여러 벼슬을 거쳐 1589년 정읍 현감이 되고, 마흔일곱 살인 1591년 2월 전라좌도 수군절도사가 된다. 이때 이순신을 가장 강하게 추천한 사람이 유성룡이었다. 그러나 당시 사간원에서는 이순신의 임명을 강하게 반대했다.

사간원이 아뢰기를, "전라좌수사 이순신은 현감으로서 아직 군수에 부임하지도 않았는데 좌수사에 앉히시니, 그것이 인재가 모자란 탓이긴 하지만 관작의 남용이 이보다 심할 수 없습니다."(《조선왕조실록》 선조 24년 2월 16일)

이틀 뒤에도 역시 사간원은 이순신의 좌수사 임명에 반대하며 다른 사람으로 바꾸기를 청한다. 전라 좌수사에 임명된 이순신은 1592년 임진왜란의 발발과 함께 조선에 승리를 가장 먼저 안겨주었고, 최초로 삼도수군통제사에 오른다. 그러나 이순신의 관직 생활은 순탄하지 못했다. 알려진 대로 두 번이나 백의종군을 했으며, 두 번째 백의종군 때에는 어머니의 상을 당하기도 했다.

이순신과 같이 자란 유성룡이 쓴 짧은 이 글에는 이순신의 사람됨이 몇 가지 일화를 통해 잘 나타나 있다. 권력에 아부하지 않는 강직함과 곧고 바른 공무 처리, 형의 자식에 대한 보살핌 등을 통해 이순신의 인간적인 면모를 엿볼 수 있게 한다. 또한 임진왜란 때 옥포대첩을 시작으로 연전연승의 신화를 이룬 이순신의 무인으로서의 모습이 잘 그려져 있다.

망태기 거지
—김려•

삭낭자는 홍씨인데 전주에 살던 거지다. 짚을 엮어 망태기를 만들어, 다닐 때는 메고 밤에는 그 안에 들어가 잤다. 스스로 이름을 삭낭자(망태기)라 했는데, 다른 사람들도 그를 삭낭자라고 불렀다.

삭낭자는 키가 일곱 자로 수염이 아름답고 얼굴이 얼음과 옥과 같이 맑고 깨끗했다. 사람들이 그에게 나이를 물으면,

"스무 살이오."

했다. 그다음 해에 물어도 역시 스무 살이라고 대답했다. 10년이 지나 물어도 마찬가지였다. 10년이 지나도 그의 얼굴은 조금도 늙지 않았다.

삭낭자는 늘 해진 베옷 한 벌을 입고 커다란 나막신 한 켤레를 신고 다녔다. 서울 안에 돌아다니며 쌀을 구걸했는데, 그러다가

• 김려(1766~1822): 조선 후기의 문신이자 학자. 호는 '담정'. 이옥 등과 교유하면서 소품체 문장의 대표적 인물로 주목받았다. 1797년에 강이천과 관련된 일과 1801년 천주교 박해 사건으로 10여 년간 유배 생활을 하게 된다. 유배지에서 가난한 농어민과 친밀하게 지내고 관기인 연희와 어울리며 그들의 처지를 이해하고 그들을 위한 시를 지어 화를 입었다. 저서로《담정유고》가 있다.

많이 얻으면 다른 거지들에게 나누어주었다. 평생토록 다른 사람과 더불어 이야기하는 것을 좋아하지 않았고, 다른 사람의 집에서 자지도 않았다.

삭낭자는 먹는 양이 대단해서 여덟 말로 밥을 해서 먹어도 양이 차지 않았고, 두어 동이 술을 마셔도 취하지 않았다. 늘 달포나 밥을 먹지 않았는데도 허기지지 않았다.

삭낭자는 바둑을 아주 잘 두었지만 다른 사람과 승부를 겨루는 것을 좋아하지 않았다. 서울에 사는 양반들이 그를 불러 바둑을 두게 했다. 그는 바둑을 잘 두는 사람과 겨루어도 딱 한 집을 이기고, 바둑을 못 두는 사람과 겨루어도 또한 한 집을 이겼다. 그래서 당시 사람들이 바둑에서 한 집을 이기는 것을 '삭낭자 바둑'이라고 했다.

삭낭자는 추위를 타지 않았다. 눈보라가 치고 얼음이 얼어 새가 모두 얼어 죽는 한겨울에도 발가벗고 서 있었다. 때로는 시내 바위 사이에 누워 사흘이나 닷새나 잤다. 그러다가 일어나면 땀이 발꿈치까지 흘러내렸다.

사람들이 삭낭자에게 옷을 주어도 그는 받지 않았다. 억지로 주면 옷을 입고 저자에 가서 다른 거지에게 벗어 주었다.

충익공 원두표가 전주 부윤•이 되었을 때, 삭낭자를 불러 후하게 대우했다. 먹을 것을 주니 삭낭자가 먹었다. 원두표가 더불어

• 부윤: 조선 시대의 지방 관아인 부(府)의 우두머리.

이야기를 나누고자 했지만 삭낭자는 한마디도 말하지 않았다. 얼마 되지 않아 삭낭자가 간 곳을 알 수 없었다. 그 후 수십 년이 지나 어떤 사람이 관서 지방을 가던 길에 삭낭자를 만났는데, 옛날 모습과 다름이 없었다.

내가 백성들 사이에 떠도는 이야기를 적은 글을 보다 삭낭자의 이야기를 보고는 깜짝 놀랐다. 저 삭낭자는 진실로 속이 있는 사람인데, 다른 사람들이 알아보지 못했다. 도를 지닌 사람이라면 어찌 그렇게 했겠는가?

어떤 사람은 삭낭자가 높은 가문의 아들로 문장을 잘했는데 집안이 불행을 만나 세상을 피해 숨었다고 한다. 그 말이 가장 그럴듯하다.

해설

이 글은 망태기 거지의 전기다. 이 글이 실린 김려의 문집《담정유고》〈단량패사〉에는 모두 여덟 편의 전(傳)이 실려 있는데, 모두 평범함에도 미치지 못하는 인물들이 등장한다. 김려는 서자로서 과학자인 이안민, 포수인 이사룡, 의원인 안황중, 장사꾼인 가수재, 아전의 아들로 비범한 삶을 살다 간 장생, 그리고 궁인 한씨 등의 이야기를 다루어 조선 후기 사회의 변화된 모습을 보여준다. 이들은 '기이한 재주를 지닌 사람이었지만 재주를 가지고도 몰락해 답답한 마음으로 살다 죽은 사람(〈이안민전〉)'이거나 '평범하면서도 의리를 소중하게 여기는 사람(〈한숙원전〉)' 또는 '기이한 재주와 탁월한 뜻을 지니고 숨어 사는 군자(〈가수재전〉)'이다.

이 망태기 거지의 전기도 위에서 말한 인물들과 별반 다르지 않다. 특히 망태기 거지 이야기는 거지면서 비범한 면모를 보여준다는 점에서 〈장생전〉과 비슷하다. 김려는 〈장생전〉에서 '기이한 재주를 간직했으나 인륜의 변고를 만났으므로 일부러 스스로 괴롭게 속세를 떠나서 자신의 슬픈 걱정과 억울한 원한을 풀어냈다.'라고 논평했다.

망태기 거지의 모습은 극단적인 기행을 보여준다. 망태기를 집으로 삼아 살고, 여덟 말로 밥을 해서 먹어도 양이 차지 않고, 달포나 밥을 먹지 않았는데도 허기지지 않는다. 또한 추운 한겨울에도 발가벗고 지내고, 남이 옷을 주어도 받지 않는다. 이러한 기이한 행동은 재주 있는 사람이 불우하게 살아가는 부조리한 현실 세계에 대한 저항의 몸짓으로 해석할 수 있다.

6장

삼국사기를 짓고_김부식

세한도에 부쳐_김정희

학문의 진리가 마음을 즐겁게 해야_조종도

이와 개 이야기_이규보

굽은 나무와 곧은 나무_장유

늙은 의원은 사람을 죽이지 않는다_이호민

남쪽으로 가려면서 북쪽으로 수레를 모는 나라_허균

두려워해야 할 것은 백성뿐이다_허균

파리야, 북쪽으로 날아가거라_정약용

나를 지키는 집_정약용

글을 어떻게 쓸 것인가_박지원

학문의 진리가 마음을 즐겁게 해야

삼국사기를 짓고
—김부식

신 김부식은 폐하께 아뢰옵니다. 옛날부터 여러 나라에서는 역사를 기록하는 관리를 두고 그때그때 일어난 일을 기록했습니다. 그래서 맹자께서도 진나라의 《승》, 초나라의 《도올》, 노나라의 《춘추》는 모두 의미가 같은 것이라고 하셨습니다.

우리 해동 삼국은 지나온 역사가 오래이니 마땅히 그 사실을 기록해야 할 것입니다. 이에 폐하께서는 늙은 저에게 그 일을 하도록 명을 내리셨으나 스스로 돌아보니 제 능력이 부족해 어찌할 줄을 모르겠습니다.

엎드려 생각건대 폐하께서는 요임금과 같은 현명함을 타고 나셨고 우임금의 부지런함과 검소함을 본받으셨습니다. 그래서 틈이 날 때마다 예전의 일들을 널리 살피시고 말씀하셨습니다.

"오늘날 학자들이나 벼슬아치들을 보면 중국에서 건너온 경서들과 중국 학자들의 글, 진나라나 한나라의 역사에 대해서는 널리 통하고 자세히 풀이하는 사람이 많다. 그러나 우리나라 일에 대해서는 도리어 아무것도 알지 못하니 한탄스러운 일이다."

하물며 신라, 고구려, 백제는 각기 나라를 세워 솥발처럼 세 나라가 맞서면서 예를 갖추어 중국과 통했습니다. 그리하여 중국

범엽이 지은《후한서》나 송기가 지은《신당서》등에 삼국에 관한 사실이 열전으로 실려 있습니다. 그러나 그들은 중국의 일은 자세히 적고 우리나라 일은 간략하게 적어 제대로 갖추어 적지 않았습니다. 또 우리나라도 삼국의 사실을 적은 옛 책이 있지만 글이 시원찮고 사실은 빠진 것이 많습니다.

그런 탓에 역대 임금들의 잘잘못, 신하들의 충직함과 바르지 못함, 나라의 편안함과 위태로움, 백성들의 평화로움과 어지러움 등이 모두 드러나지 않아 뒷날 본보기로 삼기에 적절하지 않습니다. 그러니 재능 있는 인재를 찾아 좋은 역사책을 만들어 만세토록 전해서 해와 별처럼 빛나게 해야 할 것입니다.

저는 본래 훌륭한 재주나 깊은 학식을 갖추지 못했습니다. 더구나 늘그막이 되니 나날이 정신이 흐릿해져 가물가물합니다. 또 책을 열심히 읽어도 책장을 덮으면 곧 잊어버리고, 붓을 쥘 힘이 없어 종이를 마주해도 글을 써 내려가기가 어려울 지경입니다. 제 학문의 깊이가 이처럼 얕고 옛일에 대해서도 그렇게 어둡습니다. 이런 까닭으로 있는 힘을 다해 겨우 이 책을 완성했지만 보잘것없어 다만 스스로 부끄러울 뿐입니다.

엎드려 바라건대 폐하께서는 뜻만 크게 세웠다가 보잘것없이 마무리한 점을 헤아리시고 잘못 만든 죄를 용서해 주시옵소서. 이 책이 비록 명산에 간직하기에는 부족하오나 간장 항아리 덮개로 쓰이지 않았으면 합니다. 이 구차하고 망령된 뜻은 하늘의 해가 내려다볼 것입니다.

해설

인종 23년(1145) 왕의 명을 받고 편찬한《삼국사기》는 오늘날 우리에게 남아 있는 가장 오래된 역사서이다.

이 글에는《삼국사기》를 지은 동기가 세 가지로 드러나 있다. 첫째는 우리 해동 삼국의 역사가 오래라는 것이고, 둘째는 삼국에 관한 사실이 중국의 역사서에 실려 있지만 중국의 일은 자세히 적고 우리나라의 일은 간략하게 적어 제대로 갖추어 적지 않았다는 것이며, 셋째는 삼국의 사실을 적은 책이 있지만 사실이 잘 드러나지 않아 뒷날 본보기로 삼기에 적절하지 않다는 것이다.

또한 당시의 학자들은 중국의 역사에는 밝았으나 우리의 역사에는 어두워 이 책을 편찬한다고 밝히고 있다. 남의 것이 아니라 우리 것을 주체적으로 인식해야 한다는 이러한 생각은 오늘의 우리에게도 시사하는 바가 크다고 할 것이다.

세한도에 부쳐

—김정희•

지난해 《대운》과 《만학》 두 책을 부치고 올해 또 《문편》을 보내 주셨습니다. 이 책들은 세상에 흔한 것이 아니니, 아마도 천만리 먼 곳에서, 그것도 여러 해 걸려서 얻었을 테지요. 이 일은 잠깐 동안에 할 수 있는 일이 아닙니다.

요즘 세상 풍조는 권세와 이익만을 좇고 있습니다. 그대는 몸과 마음을 다해 힘들게 이것들을 구했을 텐데, 그것으로 권세와 이익을 좇지 않고 바다 밖에서 초라하게 귀양살이하고 있는 나

〈세한도〉 – 김정희는 1840년부터 1848년까지 제주도에 유배된다.
이 그림은 1844년에 그려졌다.

• 김정희(1786~1856): 조선 후기 문신이자 서화가. 호는 '추사', '완당'. 스물네 살 때 청나라 연경에 가서 많은 학자들과 교유했다. 학문에서는 실사구시를 주장했고, 서예에서는 자신만의 독특한 필치가 살아 있는 추사체를 이루었다.

에게 마치 세상 사람들이 권세가를 좇아서 그렇게 하듯이 가져다주었습니다.

사마천은 "권세와 이익으로 어울리는 사람은 그것이 다하면 사귐이 성글어진다."라고 말했습니다. 그대 또한 세상의 흐름 속에 있는 한 사람인데도 아랑곳하지 않고 권세와 이익의 테두리 밖에 초연히 벗어나 있습니다. 권세나 이익의 잣대로 나를 대하지 않는다는 것인가요, 아니면 사마천의 말이 틀린 것인지요?

공자는 "날이 추워진 다음이라야 소나무와 잣나무가 시들지 않는다는 것을 알 수 있다."라고 했습니다. 소나무나 잣나무는 사시사철 시들지 않습니다. 추위가 오기 전에도 소나무와 잣나무요, 추위가 닥친 다음에도 같은 소나무나 잣나무인 것입니다. 그런데도 공자는 굳이 추위가 닥친 다음의 소나무와 잣나무에 대해 말했습니다.

지금 그대가 나를 대하는 것을 보면 내가 어려움에 처하기 전에 더 잘한 것도 없지만 그 이후에 더 소홀한 것도 없습니다. 이전의 그대는 칭찬할 것이 없지만 이후의 그대는 성인(聖人)으로 칭찬받을 만합니다. 공자가 추운 시절의 소나무와 잣나무에 대해 말한 것은 한갓 시들지 않는 굳센 정절 때문만은 아니었습니다. 공자도 역시 어려운 시절을 겪는 인간에 대해 느낀 것이 있었던 것이겠지요.

아아! 한나라 때와 같이 풍속이 아름다웠던 시절의 급암과 정당시 같은 어진 사람에게조차도 그들의 처지에 따라 손님들이 모이기도 하고 흩어지기도 했습니다. 하규 사람 책공이 대문에 글을 써서 내건 일은 세상 사람들의 마음이 너무 박절했다는 것을 보여주는 일입니다. 슬픈 일이지요.

해설

이 글을 쓴 김정희는 1840년 윤상도의 옥사에 연루되어 제주도에 유배되었다가 1848년 풀려났다. 〈세한도〉는 김정희가 제주도에서 귀양살이를 하고 있을 때인 1844년에 그린 그림이다.

그의 제자 이상적은 지위와 권력을 박탈당한 보잘것없는 처지의 김정희에게 사제 간의 의리를 저버리지 않고 두 번씩이나 북경으로부터 귀한 책들을 구해다 주었다. 김정희는 그런 이상적을 '권세와 이익의 테두리 밖에 초연히 벗어나' '권세나 이익의 잣대로 나를 대하지 않는' 사람이라고 보았던 것이다.

김정희는 그런 이상적의 인품을 날이 추워진 다음에도 시들지 않는 소나무와 잣나무에 비유해 〈세한도〉를 그려주면서 이 글을 덧붙였다.

학문의 진리가 마음을 즐겁게 해야
—조종도•

대답합니다. 집사 선생께서 스승의 풍모를 갖추시고 학교의 법도를 물어 세상의 도리를 바로잡아 일으켜 정치를 잘 다스리려는 뜻이 큽니다. 저는 교육을 받고 있는 사람으로 온 힘을 기울여 집사 선생의 물음에 만분의 일이나마 대답하고자 합니다.

나라에서 인재를 기르는 것은 필요할 때 쓰기 위해서입니다. 인재를 기르는 방법은 학교에 달려 있고, 학교의 일은 윤리와 착함을 밝히는 데 있을 뿐입니다. 사람의 본성은 착하지만 타고난 기질과 성품이 이것을 구속합니다. 뛰어난 지혜를 갖추지 않았더라도 가르치면 곧 선하게 되고 가르치지 않으면 악하게 됩니다. 그래서 옛날 훌륭한 임금들은 학교를 두고 가르쳤던 것입니다.

학교에서는 먼저 비로 먼지를 쓸고 물을 뿌리며 물음에 대답하는 것을 가르쳤습니다. 그러고 나서 뜻을 성실히 하고 마음을 바르게 하며 몸을 닦고 집안을 다스리는 것을 가르쳤습니다. 이

• 조종도(1537~1597): 조선 중기의 문신. 호는 '대소헌'. 1592년 임진왜란이 일어나자 김성일과 함께 의병을 모았다. 1596년에는 함양 군수가 되었고, 다음 해 정유재란이 일어나자 안음 현감 곽준과 함께 황석 산성을 지키며 왜군과 싸우다가 전사했다. 저서로《대소헌집》이 있다.

를 통해 나라를 다스리고 세상을 안정시키기를 바랐던 것입니다. 일상 속에서 사람으로서 떳떳하게 지켜야 할 도리와 어버이에 대한 효도, 형제끼리의 우애, 나라에 대한 충성과 벗 사이의 믿음을 가르친 까닭에 다스림은 두텁고 풍속은 아름다워 학교가 잘 꾸려졌습니다. 그런데 뒷날에 이르러서 가르침이 글을 외우고 읊으며 문장을 다듬어 과거에 응시해 벼슬을 구하는 것이 되고 말았습니다. 그래서 학교가 쇠퇴하고 무너진 것입니다.

그러므로 학교가 흥하고 쇠퇴하는 것은 오로지 임금에게 달려 있습니다. 몸소 실천하고 마음으로 터득한 것으로 백성들을 교화하고 풍속을 이루는 길로 나아가야 합니다. 그러니 올바른 학문을 강론하고 마음을 바르게 하는 것밖에 무엇이 있겠습니까?

집사 선생의 물음에 따라 진술하겠습니다. 복희, 신농 이전의 학교 제도는 자세히 알 수 없습니다. 하늘을 본받아 근본을 세우고 임금과 스승을 내어 다스림과 교육을 이룬 것은 멀리 복희, 신농 때부터이지만 너무 아득해 밝힐 수가 없습니다. 동쪽에는 교(膠)라는 학교를 두고 서쪽에는 상(庠)이라는 학교를 둔 것은 순임금 때의 일입니다. 요임금 때 학교에 대해서는 제가 들어보지 못했습니다. 그러나 교육을 맡아보던 벼슬인 사도(司徒)와 음악을 맡아보던 전악(典樂)이라는 벼슬이 요순시대에 있었습니다. 이로 보아 요순임금이 학교를 설치한 것이 어찌 서로 다르겠습니까? 또 하나라 때는 교(校)라는 학교를 두고, 은나라 때는 서(序)라는 학교를 두었으니 시대마다 학교의 이름은 달랐습니다. 비록 활쏘기를 가르친 뜻은 달랐지만 배우게 하려 한 점에서는 모두 같았습니다. 주나라에서는 학교를 상(庠)이라 하여 성균(成均)과 벽옹(辟雍)이라고 이름했습니다. 그 이름이 취한 뜻은 예의와 음악을 높이고 세상을 밝게 교화한다는 점에서는 달랐지만, 가르친다는 점에서는 뜻이 같았습니다. 요순시대와 하, 은, 주 세 왕조의 학교 제도는 차례와 내용을 자세히 알 수 없습니다. 그러나 옛날 뛰어난 임금들이 몸소 실천하고 사람들을 가르치고 기른 방법은 뒷사람들이 미칠 수 있는 것이 아니었습니다.

한나라에서 당나라까지는 학교가 설치되기는 했지만 성인의 뜻과는 거리가 멀어 성인의 말씀이 거의 사라졌습니다. 입과 귀로만 학문을 익히니 진리를 잃어버렸습니다. 학문을 하는 까닭이 문장을 찾고 글귀만 맞춰 이름을 드러내는 것에만 몰두했으니 지금 말할 바가 못 됩니다. 송나라 초기에 막혔던 운수가 겨우 회복되었지만 학교의 행정은 더욱 무너져 버렸습니다. 서원이 겨우 넷밖에 없었던 것도 당연했습니다. 그 후 주돈이, 정호, 정이, 장재, 주희 같은 진짜 유학자들이 나와 공자와 맹자가 남긴 실마리를 이을 수 있었습니다. 이 어찌 가꾸고 기른 까닭이 아니겠습니까? 하늘의 운수가 돌아 검은 구름이 걷히고 학문의 상서로움이 드러나 기틀이 비로소 마련되었습니다.

우리 조선에 이르러 훌륭한 임금들이 잇달아 나와 학교를 세워 정치를 돕는 근본으로 삼으셨습니다. 서울에는 성균관을 설치해 우수한 인재들을 길렀으니, 이는 옛날 태학을 둔 것과 같은 일입니다. 또 네 곳에 학교를 세워 어린 학생들을 길렀으니, 이는 옛날 소학을 둔 것과 같은 일입니다. 각 고을에는 향교를 설치했으니, 이는 옛날 고을에 서(序)와 상(庠)이라는 학교를 둔 것과 같은 일입니다. 우리 조선의 임금들께서 학교를 세운 뜻은 저 중국의 삼대와 견주어도 나란하여 아름다운 일입니다.

아! 그런데 어찌 된 일인지 근래에 이르러서는 사람들이 그 몸을 위하기만 하고, 선비들은 학문을 하여 사사로운 이익을 꾀합니다. 배우는 학생들도 서울에서는 떼를 지어 나아갔다 물러났다 하며, 시골에서는 서로 바라보기만 하고 게으르게 흩어집니다. 이들이 생각하는 것은 오직 과거 시험으로 이익과 벼슬을 꾀할 뿐입니다. 독서를 문장과 글귀를 훔쳐 대답하는 밑천으로만 삼으니, 이는 화려한 상자에 정신을 빼앗겨 그 속의 구슬은 돌려주고 빈 상자만 사는 꼴입니다. 거짓된 글을 지어 과거에 빨리 합격하기만 꾀하니, 도리와 이치가 어긋날 뿐입니다. 배우고 묻고 생각하고 밝히는 일에는 아랑곳하지 않고, 예절과 의리와 청렴과 부끄러움에도 아랑곳하지 않습니다.

선비들의 모습이 이와 같으니 나라가 무엇을 믿겠습니까? 교육이 이러한 것을 세상의 탓으로만 돌려야겠습니까? 의자에 기대 가르치지 않는 것을 선생의 탓이라고만 하겠습니까? 집사 선생이 걱정하는 것은 당연합니다.

저는 이런 말을 들었습니다. "학교 행정이 제대로 되지 않는 것은 법과 제도가 서지 않아서가 아니라 학문의 진리가 마음을 즐겁게 하지 못하기 때문이다." 하, 은, 주 세 왕조의 학문은 때에 맞추어 마땅했습니다. 같고 다른 것이 주는 손해와 이익이 비록 한결같지 않았지만 쇠고기와 돼지고기가 입을 즐겁게 하는 것처럼 학문의 진리가 마음을 즐겁게 했습니다. 그래서 본성과 직분에 따라 다스리고 가르쳐 그 본성을 되찾게 했다는 점에서 다를 바가 없었습니다. 어버이를 사랑하고 형을 공경하며 나라에 충성하고 어른을 공경하는 것은 인간 본연의 변하지 않는 도리며 모든 사람이 공통적으로 가지고 있는 것입니다. 가르침은 어버이에 대한 효도, 형제끼리의 우애, 나라에 대한 충성과 벗 사이의 믿음에서 시작해 자기를 수양하고 다른 사람을 다스리는 데서 마칩니다.

각 과정에는 조리(條理)가 있어 순서에 따라 점점 나아가게 합니다. 몸을 바루어 곧게 하고 올바른 데로 이끌어줍니다. 또 마음을 한가롭고 편안히 하여 깊이 젖어 들게 합니다. 조정에 등용되면 그에게 나랏일을 맡기니 사람들을 행복하게 만듭니다.

한 나라의 근본은 한 사람에게 있고, 한 사람의 몸은 그 마음이 주인입니다. 임금의 마음이 바르면 온 나라 사람의 마음이 바르게 됩니다. 구중궁궐에서 몸소 실천하고 마음을 터득하면, 바람이 불어 풀을 눕히듯 만물의 기준이 됩니다.

먼저 몸과 마음을 바르게 하지 않고 헛되이 과거로만 선비를 쓰며 벼슬과 녹봉으로 사람을 잡아매면 어찌 학교가 정돈되고 선비들의 습성이 바르게 되겠습니까? 진실로 몸과 마음을 바르게 하고 교화해야만 위로는 정치가 바르게 되고 아래로는 풍속이 아름다워질 것입니다. 그런 후에 정이와 호원 같은 사람을 얻어 학교를 맡겨야 합니다.

정이는 나라의 젊은이들을 상세하게 심사하면서 관리 선발 제도를 바꾸었습니다. 또 호원은 호주와 소주에서 경의재와 치사재를 두어 생도들을 가르쳤습니다. 이것은 특별하게 행한 것 중 한 가지 일에 불과합니다. 옛날 순임금, 우임금, 탕임금, 문왕처럼 마음으로부터 배움을 구한다면 오늘에도 요순시대와 하, 은, 주 세 왕조의 학교 제도를 볼 수 있을 것입니다.

집사 선생의 물음에 저는 이와 같이 대강을 추려서 진술했습니다. 이 글을 마치기 전에 한 말씀 더 드리고자 합니다.

하, 은, 주 세 왕조 이전에 선비를 뽑는 방법은 과거 제도가 아니었습니다. 그래서 음악을 맡아보던 악정(樂正)이 이전 임금이 지켜온 '시, 서, 예, 악'으로 선비들을 가르쳤습니다. 대사도(大司徒)는 고을에서 세 가지 일, 곧 육덕(六德)•, 육행(六行)•, 육예(六藝)•로 백성들을 가르치고 뛰어난 인재를 뽑아 빈객으로 추천했습니다. 이처럼 가르치고 기르는 데 대비가 있었고, 사람을 가

• 육덕: 사람으로서 갖추어야 할 여섯 가지 도의. 지(知), 인(仁), 성(聖), 의(義), 충(忠), 화(和)를 이른다.
• 육행: 여섯 가지의 덕행. 효도, 형제 우애, 친족 화목, 외척 친목, 친구 간의 믿음, 구휼을 이른다.
• 육예: 고대 중국 교육의 여섯 가지 과목. 예의, 음악, 활쏘기, 수레 몰이, 서예, 셈을 이른다.

려 쓰는 데도 법도가 있었습니다. 한나라와 당나라 이후로도 현량(賢良)과 방정(方正) 같은 관리 선발 제도와 효렴(孝廉)과 같은 추천 제도가 있었습니다. 송나라 때는 열 가지 항목으로 관리를 뽑아 쓰는 제도가 있어 이름과 실상이 서로 들어맞았습니다. 비록 자세하게는 알 수 없지만, 사람을 쓰는 방법이 한 가지에만 얽매이지 않았다는 것은 알 수 있습니다.

그러나 지금은 그렇지 않습니다. 재주가 뛰어난지 그렇지 않은지, 또 사람 됨됨이가 어진지 그렇지 않은지를 묻지 않습니다. 많은 사람들을 경쟁하게 하여 사물의 이치를 대충 깨치고 법도에 맞으면 뽑아 쓰고는 의심하지 않습니다. 이것이 과연 예의를 갖추어 서로 양보하게 하는 도리를 가르친 것입니까? 학교가 쇠퇴하여 일어나지 못하는 것은 바로 이것 때문입니다.

여러 해 쌓인 잘못을 한꺼번에 고칠 수는 없습니다. 그러나 근래 뛰어난 선비가 중종 임금을 도와 선비를 뽑는 새로운 방법을 건의했다고 저는 들었습니다. 덕행과 업무 능력, 몸가짐이 평소 사람의 우러름을 받는 이를 선발하여 과거에 추천하는 것은 하, 은, 주 세 왕조가 악정과 사도를 둔 제도를 본받은 것입니다.

그러나 시기하는 무리가 기회를 틈타서 철인은 죽고 말았습니다. 그리하여 좋은 법과 아름다운 제도가 또한 없어져 오늘날 다시 행해지지 못하고 말았습니다. 말을 하려니 목이 메고 주먹을 불끈 쥐고 길게 탄식하게 됩니다.

삼가 대답합니다.

해설

오늘날 학교가 무너졌다는 이야기에 많은 사람들이 고개를 끄덕인다. 그것은 단지 학습 능력을 두고 하는 말이 아니라는 것쯤은 대한민국 사람이라면 누구든 안다. 2000년 이후 OECD 회원국을 대상으로 중등학생들의 '국제 학업 성취도 비교 평가'에서 우리나라 학생들의 학습 능력은 최상위에 위치한다. 문제는 우리나라 중등학생들의 학습에 대한 흥미나 학습 동기, 창의성 부문은 최하위에 놓여 있다는 사실이다.

이러한 불가사의한 현상의 원인은 무엇일까? 유치원부터 고등학교까지 모든 교육이 대학 입학만을 위해서 존재하는 오늘날의 학교 모습은, 조선 시대 선비들이 과거 합격만을 위해서 진리를 잃어버리고 입과 귀로만 학문을 익히는 모습과 다르지 않다. 대학 합격과 좋은 직장을 위해서 공부하는 지금의 학생들은, 과거 시험으로 이익과 벼슬을 꾀하는 조선 시대 선비들과 꼭 닮았다.

글쓴이는 당시 학교와 교육이 안고 있는 문제에 대한 해결책을 간명하게 제시한다. '학교 행정이 제대로 되지 않는 것은 법과 제도가 서지 않아서가 아니라 학문의 진리가 마음을 즐겁게 하지 못하기 때문이다.' 이 처방은 400년 후의 오늘날 우리나라 교육, 학교에도 그대로 적용된다. '배우고 때로 익히면 또한 즐겁지 아니한가?', '아는 것은 좋아하는 것만 못하고, 좋아하는 것은 즐기는 것만 못하다.'라는 공자의 말이나, '진리가 너희를 자유롭게 하리라.'라는 성경의 글은 다르지 않다. 이 글은 진리에 이르는 과정이 즐겁다는 것은 정말 이상에 불과한 것인지를 묻게 한다.

이와 개 이야기

—이규보

어떤 사람이 나에게 말했다.

"어제저녁에 어떤 불량한 사람이 큰 몽둥이로 돌아다니는 개를 때려서 죽이는 것을 보았습니다. 그 광경이 너무 끔찍해서 마음이 아팠답니다. 그래서 이제부터는 개나 돼지고기 같은 것은 먹지 않을 작정입니다."

그래서 내가 이렇게 대꾸했다.

"어제 어떤 사람이 화롯불을 끼고 앉아 이를 잡아 태워서 죽이더군요. 그것을 보니 제 마음이 무척 아팠습니다. 그래서 이제부터는 이를 잡지 않을 생각입니다."

그 사람이 실망스러운 모습으로 나에게 말했다.

"이라는 것은 하찮은 생물이 아닙니까? 저는 큰 동물이 죽는 것을 보고 슬픈 생각이 들어서 그렇게 말했던 것입니다. 그런데 당신이 그런 식으로 말하다니, 나를 놀리는 것입니까?"

내가 다시 말했다.

"피와 기운을 가진 것은 사람이나 소, 말, 돼지, 양, 곤충이나 개미 등에 이르기까지 사는 것을 좋아하고 죽는 것을 싫어하는 것은 한가지입니다. 그러니 어찌 큰 동물만 죽기를 싫어하고 작은 생물은 그렇지 않다고 하겠습니까? 그러니까 개나 이의 죽음은 같은 것입니다. 그래서 그렇게 말했던 것이지 어찌 당신을 놀리려고 했겠습니까? 믿지 못하겠으면 당신의 열 손가락을 깨물어 보십시오. 어찌 엄지손가락만 아프고 나머지 손가락은 아프지 않겠습니까? 한 몸에 있는 것은 크든 작든 모두 피와 기운을 가지고 있기 때문에 그 아픔은 같은 것이지요. 숨 쉬는 기운을 받은 것이 어찌 어떤 것은 죽음을 싫어하고 어떤 것은 죽음을 좋아하겠습니까? 당신은 물러나 가만히 생각해 보십시오. 그리하여 달팽이 뿔을 쇠뿔과 같이 보고 늪에 사는 메추라기를 붕새처럼 여기십시오. 그런 다음에 나는 당신과 도에 대해 말하겠습니다."

해설

이의 죽음과 개의 죽음을 놓고 글쓴이와 어떤 사람이 논쟁을 벌인다. 먼저 그 사람은 개의 죽음을 보면서 끔찍해 마음이 아팠다고 말한다. 이에 대해 글쓴이는 이의 죽음을 보고 마음이 아파 이를 잡지 않겠다고 말한다.

그러자 그 사람은 이라는 하찮은 생물의 죽음과 개라는 큰 동물의 죽음이 다르다고 응수한다. 개의 죽음을 안타까워하는 사람은 '큰 동물의 죽음을 보니 불쌍하다.'라는 생각을 한다. 이에 대해 글쓴이는 개나 이의 죽음이 같다고 말한다. 즉 이의 죽음을 거론한 글쓴이는 '생명을 가진 모든 존재의 죽음은 불쌍하다.'라는 것이다.

이 이야기를 통해 글쓴이는 편견이나 선입견을 버리고 현상의 이면을 바라보는 안목을 갖추어야 사물의 본질을 올바로 파악할 수 있다는 사실을 우리에게 가르쳐주고 있다.

굽은 나무와 곧은 나무

—장유•

이웃에 장씨 성을 가진 사람이 살고 있었다. 그가 집을 짓기 위해 나무를 베려고 산에 갔다. 그러나 나무들은 모두 굽어서 쓸 만한 것이 없었다. 산비탈에 나무 한 그루가 있는데 앞에서 보고 좌우에서 살펴보아도 곧았다. 쓸 만하다고 생각해 도끼를 들고 나무를 베려고 뒤로 가 살펴보니 나무가 굽은 게 아닌가? 그가 도끼를 내던지고 한숨을 쉬며 말했다.

"아, 쓸 만한 나무는 찾기도 쉽고 가리기도 쉽다. 그러나 내가 이 나무를 세 번이나 살펴보았는데도 쓰지 못할 나무라는 것을 알아차리지 못했다. 하물며 겉으로는 인자한 모습을 하고 있으나 안으로 제 속마음을 깊이 감추고 있는 사람이라면 어떠하겠는가? 말을 들으면 아름답고 얼굴을 보면 착하고 행동을 자세하게 살펴보면 부지런하니, 이런 사람은 분명 군자라고 할 것이다. 그러나 큰일이 닥치면 속마음이 드러나게 된다. 나라가 무너지

• 장유(1587~1638): 조선 중기의 문신. 호는 '계곡'. 병자호란 때는 공조판서로 최명길과 더불어 강화론을 주장했다. 일찍이 양명학을 익히고 주기론을 취했다. 문장이 뛰어나 이정구, 신흠, 이식 등과 더불어 한문 사대가로 일컬어졌다. 문집으로《계곡집》이 있다.

는 것은 바로 이런 사람을 등용하는 데서 비롯된다.

나무라는 것은 짐승이 짓밟지 않고 도끼로 찍지 않으면 비와 이슬을 받아 곧게 자라기 마련이지만, 이처럼 굽어서 쓸모없는 나무가 되기도 한다. 나무도 이러한데 사람이 세상을 살아가는 데 있어서는 오죽하겠는가? 욕심이 도리를 어지럽히고 잇속이 안목을 흐리게 해서 도리를 잃고 처음 먹은 마음을 버리는 사람이 많다. 그래서 거짓된 사람이 많고 정직한 사람이 적은 것도 이상할 것이 없다."

장씨가 나에게 이 이야기를 해주기에 나는 이렇게 말해주었다.

"그대는 정말 잘 보았습니다. 그렇지만 제 생각은 다릅니다. 오행에서 나무는 굽은 성질과 곧은 성질을 지닌 것으로 설명합니다. 그러니 나무가 굽은 것은 집 짓는 데는 적절하지 않을지 모르지만 나무의 타고난 성질로서는 당연한 것입니다. 공자께서 사람은 정직해야 한다고 하셨습니다. 정직하지 않으면서도 살고 있는 것은 요행히 해로움을 벗어나 사는 것이라고 하셨지요. 그러니 사람이 정직하지 않으면서 죽지 않고 살아가는 것은 뜻밖의 행운일 따름입니다.

제가 세상을 살펴보니 굽은 나무는 집을 짓는 데 목수가 가져다 쓰지를 않습니다. 그렇지만 정직하지 못한 사람은 세상을 다스리는 데 버려지지 않고 쓰입니다. 큰 집을 짓는 것을 자세히 살펴본 적이 있습니까? 대들보나 기둥, 서까래, 각목 등이 모두 다르지만 굽은 것은 보지 못했을 것입니다. 그런데 지금 조정을 한번 살펴보십시오. 높고 낮은 벼슬아치들이 푸른색, 붉은색 옷을 입고 왔다 갔다 하지만 곧은 사람은 보지 못했을 것입니다. 이는 굽은 나무는 늘 불행한데 정직하지 못한 사람은 오히려 뜻밖의 행운을 쥐고 있는 것을 보여주는 것입니다. 줄같이 곧으면 길에서 죽고 갈고리같이 굽으면 높은 벼슬을 받는다는 말이 있습니다. 이것이 정직하지 못한 사람이 굽은 나무보다 많다는 것을 보여주는 증거가 될 것입니다."

해설

이웃에 사는 장씨가 나무를 베려고 하다가 다시 자세히 살피니 나무가 굽어 있었다. 나무를 살피는 것은 쉬운 일인데도 이러했으니, 속마음을 깊이 감추고 있는 사람을 살피고 판단하는 일은 얼마나 어려운 일일까 탄식한다. 나무는 곧게 자라는 것이 본성이지만, 사람은 욕심과 잇속으로 도리를 잃고 흐려져 착한 본성을 버리고 만다. 그래서 세상에 거짓된 사람이 많고 정직한 사람이 적은 것도 이상할 것이 없다.

이에 대해 글쓴이는 장씨와 다른 생각을 진술한다. 나무는 곧게만 자라는 것이 본성이 아니라 굽은 것도 나무의 본성이다. 그러나 사람은 나무와 다르다. 사람은 바르고 곧아야 하는데, 그러하지 않으면서도 세상을 사는 것은 뜻밖의 행운에 불과한 것이다.

살펴보면 목수가 집을 짓는 데 굽은 나무는 가져다 쓰지를 않지만, 정직하지 못한 사람은 버려지지 않고 세상에 쓰인다. 조정의 높고 낮은 벼슬아치들을 보면 곧은 사람을 볼 수가 없다. 이는 나무와 달리 정직하지 못한 사람이 뜻밖의 행운을 누리고 있는 것을 보여주는 것이다. 곧은 사람은 세상으로부터 배척당해 길에서 죽고 굽으면 높은 벼슬을 받는다.

다른 사람을 헐뜯고 세상의 비위를 맞추는 사람이 부귀와 권세를 누리는 것은 옛날과 지금이 다름이 없다. 오늘의 정치를 보면 더욱 그렇다. 정치를 한다면 무엇을 먼저 할 것인지 제자가 묻자 공자는 이렇게 대답했다. "명분을 바로 세우겠다." 정치란 무엇인가에 대한 공자의 대답은 더욱 간결하다. "정치란 바름이다."

늙은 의원은 사람을 죽이지 않는다
—이호민•

논한다. 어떤 의원을 선택해야 하는가? 무엇보다 나이 든 의원을 찾아서 선택해야 한다. 어째서 그런가?

어떤 의원이 있는데, 의술이 뛰어난지 못한지를 알지 못했지만 나이가 많았다. 집안에 병자가 있는 사람이 늙은 의원에게 와서 말했다.

"저희 부모님의 병이 이러저러하고, 처자식의 병이 또한 이러저러합니다. 어떻게 하면 고칠 수 있겠습니까?"

그 말을 듣고 늙은 의원은 조용하고 간단하게 말했다.

"이 약을 가져다 먹이시오."

늙은 의원이 내미는 약을 보니 세상에 흔한 처방이라 다른 의원들과 다를 바가 없었다. 그는 별로 탐탁하게 여기지 않고, 집으로 돌아와서는 화를 내며 사람들에게 말했다.

"부모님과 처자식이 이만저만해서 의원에게 달려갔더니, 그

• 이호민(1553~1634): 호는 '오봉'. 조선 중기의 문신으로 시에 뛰어났다. 임진왜란 때 이조좌랑에 있으면서 왕을 호종했다. 또한 명나라에 지원을 요청해 명나라의 군대를 끌어들이는 데에 크게 공헌했다. 저서로《오봉집》이 있다.

의원이란 자가 별로 놀라는 기색도 없이 약을 하나 지어 주더니 써보라고 하더군."

그 약을 썼지만 효험이 없었다. 그는 의원이 준 약을 버리고 다른 의원을 찾아갔다.

저자로 가서 보니 한 의원이 앉아 있는데 용모가 수려하고 말솜씨 또한 뛰어났다. 의서에 있는 주옥같은 말들을 쏟아내고, 그 앞에는 인삼과 금초, 지초, 삽주 등과 같은 약재를 늘어놓았다. 그가 의원에게 병을 말하자 의원은 놀라며 동정하는 기색이 역력했다. 의원이 말을 하는데 똑 부러졌다.

"저번 약이 잘못됐으니 빨리 다른 처방을 써야 합니다. 만약 그렇게 하지 않으면 3일 안에 장례를 치러야 할 거요."

그러면서 의원이 말을 하는데, 세상의 온갖 의서를 넘나들고 천지자연의 이치를 담고 있었다. 그 말을 들으면 물이 용솟음치는 듯, 산이 솟아나는 듯해서 세상에 아무리 뛰어난 의원이라도 미치지 못할 것 같았다. 그가 만족하며 약을 사서 집에 돌아와 사람들에게 말했다.

"오늘 저자에서 아주 뛰어난 의원을 만났다네. 그러니 병은 다 나은 것이나 마찬가지야."

그러고는 가져온 약을 먹였다. 그러자 병자가 현기증을 일으키며 어지럽다고 했다. 두 번 세 번 약을 먹이자 병이 더욱 악화되었다.

그가 나에게 상황을 말하면서 물었다.

"지난번 늙은 의원의 약을 먹었을 때 아무런 해가 없었습니다. 그런데 저자 의원은 그 약만 먹으면 다 나을 것처럼 말했는데, 오히려 병이 더 나빠졌으니 어찌 된 일일까요?"

이에 내가 말했다.

"큰 지혜는 한 곳으로만 파고들지 않고, 바른 도리는 상도를 벗어나지 않는다네. 지난번 자네가 늙은 의원에게 부모와 처자식의 병을 말했을 때, 늙은 의원인들 인정상 어찌 마음이 동요하지 않고 구하고 싶은 생각이 없었겠는가?

그런데도 그 늙은 의원이 놀라는 기색도 없이 무덤덤하게 자네를 대한 것은 다른 이유가 없다네. 늙은 의원은 많은 병을 보면서 깊이 살폈던 것이라네. 자네가 하는 말을 듣고는 곧 병의 원인도, 또 어떻게 병이 진전될지도 알았을 게야. 그러니 약을 처방할 때 모든 것을 예상해서 살릴 수 있는 방법을 확실히 찾았던 것이지. 어떤 큰 병도 그의 의술을 어지럽힐 수 없다네. 그런데 자네가 찾아왔을 때 의원이란 자가 병을 두려워하는 기색을 보인다면 어떻겠는가? 자네는 틀림없이 놀라고 허둥지둥했을 테지. 병자의 마음이 그렇게 된다면 해로움이 더욱 심하다네. 그래서 늙은 의원은 놀라는 기색도 없이 무덤덤했던 것이라네.

의원이 약을 처방할 때는 먼저 자세히 살피고 경험을 살려야 세상에서 말하는 뛰어난 의원이라고 할 수 있지. 그런 다음에 하늘의 뜻을 기다린다네. 그건 특별히 새로운 것도 아니고 다른 사람과 다른 비방도 아니리네. 사람의 병에 어찌 신선의 명약을 기다려야 한단 말인가? 그래야 옳은 의원이라네.

늙은 의원의 말은 단순하고 쉬운 듯하면서도 깊은 뜻이 있었던 것이야. 그런데 자네는 어찌 한 번 먹이고 효험이 없다고 두 번 세 번 먹여보지도 않고 약을 바꾸었단 말인가? 늙은 의원의 약은 효험이 없다 하더라도 사람을 죽이는 지경에까지는 가지 않는다네. 하물며 효과가 없는 것도 아닌데 말인가?

저자 의원은 그렇지 않다네. 그는 의서는 보았겠지만 병자를 치료해 보지 않아서 약을 쓸 때 경험에 의지하지 않는다네. 비유하자면 물고기와 그물이 따로 노는 것이지. 그는 병의 증세를 들어도 갈팡질팡하면서 실마리조차 잡지 못하고, 의술이 없는 것이 두려워 자기가 들어서 알고 있던 것을 죄다 떠벌린다네. 말재주는 뛰어나지만 의술은 형편없지. 또 사람들이 그 늙은 의원의 말을 따르고 자기 의술을 무시할까 봐 늙은 의원을 욕하면서 3일도 못 넘긴다고 한 것이라네. 이것이 바로 어진 사람을 모함해서 세상에 자신을 드러내려는 것이 아니겠는가?

자네도 저자 의원이 놀라고 애처로워하는 것을 보았지? 또 그 사람의 똑 부러지는 말을 듣고 자네는 '저 의원은 내 말을 듣고 의술을 다 쓰는구나.' 하지 않았던가? 그것이 바로 자네가 잘못 안 것이라네.

'3대를 계속한 의원이 아니면 그 의원의 약을 먹지 마라.'라는 말이 있고, 또 '사람이 정직하지 않으면서 의원 노릇을 하면 안 된다.'라는 말도 있다네. 그 말이 믿을 만하지 않은가?"

해설

글쓴이는 늙은 의원과 젊은 의원을 대조해 늙은 의원이 현명하다는 것을 이야기한다. 늙은 의원은 병을 자세히 살피고 경험을 살려서 처방하는 것뿐 특별히 새로운 것도 아니고 다른 사람과 다른 약을 쓰는 것도 아니다. 그것은 단순하고 쉬운 듯하면서도 깊은 뜻이 있다. 늙은 의원의 약은 효험이 없다 하더라도 사람을 죽이는 지경에까지는 가지 않는다.

그러나 사람들은 그를 믿고 기다리지 않는다. 한 번 먹어 당장 효험이 없으면 의원을 바꾼다. 저자의 젊은 의원을 찾아가 보면, 그는 경험에 의지하지 않아 의술은 형편없는데 말은 현란해 온갖 세상의 이치를 넘나들며 떠벌린다. 그는 바로 어진 사람을 모함해서 세상에 자신을 드러내려는 사람이다.

세상에 누가 저자의 젊은 의원의 약이 해롭고 늙은 의원의 약이 이롭다는 것을 모르겠는가? 늙은 의원은 오랜 시간을 거치면서 상세하게 시험해 장점이 많다. 그런데도 세상에서는 저자 의원의 말이 옳다고 여겨 힘을 얻는다. 그래서 늙은 의원의 처방을 젊은 의원의 처방이 대신하게 된다.

물론 늙음이 만사는 아니다. 미네소타 의학협회가 내린 다음과 같은 노인의 정의는 경청할 만하다. '노인은 스스로 늙었다고 느끼는 사람, 배울 만큼 배웠다고 생각하는 사람, 젊은이들의 활동에 아무런 관심이 없는 사람, 듣는 것보다 말하는 것을 좋아하는 사람이다.' 시간은 사람을 어른으로도 만들지만 그렇지 못하면 초라한 늙은이로 만든다.

남쪽으로 가려면서 북쪽으로 수레를 모는 나라
—허균•

나라를 다스리는 사람과 하늘이 맡긴 일을 다스리는 사람은 모두 인재라야만 한다. 하늘이 인재를 나게 하는 것은 그 쓰임이 있기 때문이다.

인재가 나는 것은 귀한 집안 사람이라고 해서 재주를 더 많이 주는 것도 아니고, 낮은 집안 사람이라고 해서 그것을 덜 주는 것도 아니다. 옛날부터 사리에 밝은 사람들은 그것을 분명히 알았다. 그래서 궁벽한 시골에서도 인재를 구했고, 하찮은 군사들 가운데서도 인재를 가려서 구했다. 또는 전쟁에서 항복한 장수들 가운데서도 가려 썼고, 도둑이나 창고지기 가운데서도 뽑아 올렸다. 그렇게 뽑힌 사람들은 모두 그 일에 알맞았고 각기 자신의 재주를 제대로 펼 수 있었다. 그러니 나라로서는 복이었고 다스림은 날로 새로워졌다. 이것이 사람을 바로 쓰는 길이었다.

세상의 큰 나라들도 인재를 버리게 될까 봐 두려워해 앉은 자

• 허균(1569~1618): 조선 중기의 문신이자 문인. 호는 '교산'. 허난설헌의 동생이으로, 〈홍길동전〉을 지었다. 그에 대해서는, 문학에 뛰어난 재주가 있었다는 긍정적인 평가와 사람됨이 경박하다는 부정적인 평가가 공존한다. 문집으로《성소부부고》가 있다.

리에서나 밥상머리에서도 걱정했다. 그런데 우리나라에는 어찌 해서 숨어살면서 재주를 감추고 드러내지 않는 사람이 이렇게 많단 말인가? 또 재주 있는 사람들도 낮은 자리에 있으면서 마침내는 자신이 마음속에 지니고 있는 생각을 시험해 보지도 못하는 사람이 이렇게 많단 말인가? 인재란 찾아내기도 어렵지만 찾았다 하더라도 그 재주를 다하게 하기도 또한 어렵다.

우리나라는 땅이 좁고 인재가 적은 것을 옛날부터 걱정했다. 우리 조선에 들어와서는 인재를 쓰는 길이 더욱 좁아졌다. 대대로 벼슬하던 집안의 사람이 아니면 높은 벼슬에 오를 수가 없었고, 시골에 숨어사는 사람은 비록 재주가 있더라도 막혀서 쓰이지 못했다. 과거를 보고 벼슬에 나아간 사람이 아니면 높은 자리에 이르기 어렵고, 비록 덕이 높은 사람이라 하더라도 재상에 오르기가 어렵다. 하늘이 재주를 고르게 주었는데 좋은 집안 사람이나 과거를 본 사람으로 제한하고 있다. 그러니 늘 인재가 모자란다고 괴로워하는 것은 당연한 일이다.

옛날부터 오늘날까지는 멀고 오래되었으며 세상은 넓다. 그렇지만 서자라고 해서 현명한데도 버리거나 어머니가 다시 시집을 갔다고 해서 그 재주를 쓰지 않았다는 말은 듣지 못했다.

그런데 우리나라는 그렇지가 않다. 어머니가 천하거나 다시 시집을 간 자손은 모두 벼슬길에 나아가지 못한다. 우리나라는 작은 나라로 두 오랑캐 사이에 끼어 있다. 그래서 재주 있는 사람들을 나라에서 찾아 쓰더라도 나랏일이 해결될지 알기 어렵다. 그런데도 스스로 그 길을 막고는 인재가 없다고 말한다. 이것은 남쪽으로 가려고 하면서 북쪽으로 수레를 모는 격이다. 차마 이것을 이웃 나라에서 알지 못하도록 해야 할 것이다.

평범한 사람들도 원한을 품으면 하늘이 슬퍼한다. 하물며 우리나라는 원망을 품은 지아비와 홀어미가 나라의 반이나 된다. 그러니 어찌 나라가 편안하길 바라겠는가?

옛날 현명한 사람들은 대부분 하찮은 사람들에서 나왔다. 만약 그때도 우리나라와 같은 법을 적용했다면 범문정은 재상의 자리에 오르지 못했을 것이다. 그리고 진관이나 반양귀는 바른 말을 하는 신하가 되기 어려웠을 것이고, 사마양저나 위청과 같은 장수도 나오지 않았을 것이며, 왕부의 문장도 끝내 세상에 쓰이지 못했을 것이다.

하늘이 보냈는데도 사람들이 그걸 버렸으니 이는 하늘의 도리를 어기는 것이다. 하늘의 도리를 어기고도 하늘에 빌어 뜻을 이룬 사람은 아무도 없었다. 나라를 다스리는 사람들이 하늘의 뜻을 받들어 행한다면 좋은 일을 맞이할 수 있을 것이다.

해설

글쓴이는 조선의 인재 등용 정책을 비판한다. 땅이 좁고 인재가 모자라는 나라에서 도리어 좋은 집안과 과거 출신으로만 인재의 쓰임을 제한한다. 어머니가 천하거나 다시 시집을 간 자손은 모두 벼슬길에 나아가지 못한다. 그러면서 인재가 없다고 한탄한다. 이것은 남쪽으로 가려고 하면서 북쪽으로 수레를 모는 격이다.

정나라 사람이 신발을 사려고 했다. 그는 자신의 발을 재고는 그것을 놓아두고 시장에 갔다. 신발을 사려고 하다가 발 치수를 잰 것을 두고 온 것을 알았다. 그래서 다시 집으로 돌아와 치수를 잰 것을 가지고 시장으로 가니, 시장이 파해서 신발을 살 수가 없었다. 사람들이 왜 발로 직접 재보지 않았느냐고 묻자 그 사람이 치수 잰 것은 믿을 수 있어도 자신은 믿을 수 없다고 했다고 한다. 《한비자》에 나오는 이야기로, 그 정나라 사람의 태도는 서자나 개가한 여성들의 자녀를 버려두고 인재가 없다고 한탄하는 조선 위정자의 태도와 다를 바 없다.

특히 서자라고 등용을 제한하는 것은 허균의 삶과 관련해 살펴볼 필요가 있다. 서자 출신의 홍길동이 율도국 왕이 되는 소설 〈홍길동전〉은 이러한 허균의 삶과 사상이 잘 드러나 있다. 또 다른 글 〈호민론〉에서도 허균은 "두려워해야 할 사람은 오직 백성뿐이다."라고 하면서 조선 중기의 사회 모순을 비판했다.

오늘날에도 'SKY'니 'TK'니 하는 말이 떠돈다. 그런 말 속에는 특정 학교나 지역 출신이 독점하는 우리 사회의 잘못된 인사 정책의 난면이 들어 있다.

두려워해야 할 것은 백성뿐이다
—허균

이 세상에서 두려워해야 할 것은 백성뿐이다. 백성은 큰물이나 불, 호랑이나 표범보다 훨씬 두려워해야 한다. 그런데도 윗자리에 있는 사람이 백성을 업신여기며 모질게 부려먹는다. 도대체 왜 그러한가?

이룬 것을 함께 즐거워하고 일상적으로 보고 듣는 것에 얽매이는 사람이나, 순순히 법을 지키면서 윗사람에게 부림을 당하는 사람들은 항민(恒民)이다. 항민은 두려워할 만한 존재가 아니다.

모질게 빼앗겨서 살갗이 벗겨지고 뼛골이 부서지며 집안의 수입과 논밭에서 난 곡식을 끝없는 욕심을 가진 윗사람에게 다 바치고 나서 시름하고 한숨을 쉬며 윗사람을 미워하는 사람들은 원민(怨民)이다. 이 원민도 두려워할 필요가 없다.

자취를 푸줏간에 숨겨서 몰래 딴마음을 품고 세상의 가장자리에 피하고 있다가 때를 만나서 자기의 뜻을 이루려고 하는 사람들은 호민(豪民)이다. 이들 호민은 몹시 두려워해야 할 존재이다. 호민은 나라의 허술한 틈을 살피고 일이 이루어질 만한 때를 기다리다가 팔을 휘두르며 밭두렁 위에서 소리를 지른다. 그러면 원민은 그 소리만 듣고도 모여들어 시키지 않는데도 호민과 같이 소리를 지른다. 항민도 또한 살길을 찾느라 호미, 고무래, 창 자루를 들고 따라와서 도리에 어긋난 사람들을 죽인다.

진나라가 망한 것은 진승과 오광• 때문이었고, 한나라가 어지러워진 것은 황건적 때문이었다. 당나라가 약해지자 왕선지와 황소• 가 틈을 타고 일어났는데 마침내 이들 때문에 당나라는 망해버렸다. 이것은 모두 윗자리에 있는 사람들이 백성을 괴롭히면서 자기 살길만 꾀했기 때문이었고, 호민들이 그 틈을 탄 것이다.

하늘이 벼슬아치를 낸 것은 백성을 위하라고 한 것이지 윗자리에서 눈을 부릅뜨고 끝없는 욕심을 다 채우라고 한 것이 아니다. 그러니 진나라나 한나라 다음에도 여러 나라가 어지러워지고 망한 것은 당연한 것이지 어쩌다 그런 것이 아니다.

지금 우리나라는 그렇지 않다. 땅이 좁고 사람도 적다. 백성들은 번듯하지 못하고 좀스러우며 뛰어난 절개나 올바른 마음도 갖지 않고 있다. 그래서 보통 때에도 뛰어난 사람이 나와 세상에 쓰이지 못했고, 나라가 어지러운 때에도 호민이나 사나운 무리가 난리를 일으켜 걱정거리가 되지도 않았으니 참으로 다행한 일이었다.

그러나 지금은 고려 때와 같지 않다. 고려 시대에는 백성들에

• 진승과 오광: 진승은 진나라 사람으로 오광과 함께 반란을 일으켰으나 실패하여 죽었다. 그러나 이들의 반란은 진나라가 망하고 한나라가 일어난 계기가 되었다.
• 왕선지와 황소: 당나라 때 사람으로 무리를 모아 난을 일으켰으나 실패하여 죽었다.

게 거두는 세금에도 일정한 정도가 있었고 자연에서 얻은 이익은 백성들과 같이 나누었다. 장사꾼들을 오가게 하고, 물건을 만드는 사람들에게도 혜택이 돌아갔다. 또 거두어들인 것을 헤아려 써서 나라에는 늘 저축해 둔 것이 있었다. 그래서 갑자기 전쟁이 일어나거나 큰일이 있어도 백성들에게 세금을 더 거두어들이지 않았다. 심지어 말기에 이르러서도 백성들의 가난을 오히려 걱정해 주었다.

그러나 우리 조선은 그렇지가 못하다. 백성들이 귀신을 섬기고, 윗사람을 받드는 제도는 중국과 같다. 그러나 백성들이 바치는 세금이 다섯이라면 관청으로 들어오는 것은 겨우 하나에 불과하고 나머지 넷은 간악한 자들에게 흩어져 돌아간다. 관청에 남아 있는 것이 없어 혹시 일이라도 생기면 한 해에 두 번이라도 세금을 거두어들인다. 그리고 고을을 맡은 관리들은 그것을 핑계로 백성들에게 끝없이 세금을 거두어들인다.

이러니 백성들의 걱정과 불평은 고려 말보다 더 심하다. 그런데도 벼슬아치들은 두려움을 모르고 평화롭다고 여기며 우리나라에는 호민이 없다고들 한다.

그러나 불행하게도 견훤이나 궁예 같은 사람이 나타나 몽둥이를 휘두르면, 걱정과 불평으로 가득 찬 백성들이 그들을 따르지 않는다고 누가 자신 있게 말할 수 있겠는가? 이것은 당나라 때 황소와 같은 사람을 기다리는 꼴이라고 할 수 있다.

백성을 다스리는 사람들이 지금이야말로 정말 두려워할 만한 상황임을 제대로 알아서 전철을 되밟지 않는다면 나라가 그런대로 평화로워질 것이다.

해설

허균은 백성을 순순히 법을 지키면서 윗사람에게 부림당하는 항민, 시름하고 한숨을 쉬며 윗사람을 미워하는 원민, 그리고 세상의 가장자리에 피하고 있다가 때를 만나서 자기의 뜻을 이루려고 하는 호민, 세 가지로 나눈다.

그중 가장 두려워해야 할 백성이 호민으로, 허균은 중국 역사에서 진승과 오광, 황건적, 왕선지와 황소 등 호민들이 언제 나섰는지 예를 들고, 정치가 잘못되면 호민들이 일어나 힘을 펼 수밖에 없다고 주장한다. 그러면서 당시 조선이 처한 현실을 이전의 고려와 비교하면서 벼슬아치들의 각성을 촉구한다. 벼슬아치들이 두려움을 모르고 조선에 호민이 없다고 여기고 있다는 사실은 현실을 제대로 파악한 것이 아니기 때문에 벼슬아치들이 백성을 두려워해야 한다고 말한다.

백성들의 삶이 힘들어지면 나라가 위태로워질 수밖에 없는 것은 예나 지금이나 마찬가지다. 이 글의 본래 제목은 '호민론'으로 《성소부부고》에 실려 있다.

파리야, 북쪽으로 날아가거라

—정약용•

경오년(1810) 여름에 파리가 집에 들끓더니 점점 불어나 산과 골짜기를 뒤덮었다. 얼어 죽지 않은 파리들이 높고 큰 집, 술집이나 떡집까지 구름처럼 모여들어 왱왱거렸다. 늙은이들은 한숨을 쉬며 이상한 일이라고들 하고, 아이들은 화를 내며 파리를 잡아 없애려고 했다. 사람들은 대나무 통을 만들어 올가미로 잡기도 하고 약을 쳐서 죽이기도 했다.

내가 말했다.

"아아! 이들을 죽여서는 안 된다. 이들은 굶어 죽은 사람들이 변신한 것이다. 아아! 불쌍한 생명들이다. 지난해 크게 굶주리고 겨울에는 살을 에는 듯이 추웠다. 전염병이 돌고 게다가 벼슬아치들이 백성들의 재물까지 빼앗으니 시체가 길가에 널리고 언덕을 뒤덮었다. 수의도 관도 갖추지 못한 시체들이 따뜻한 바람이 불어오자 살이 썩어 옛 추깃물(송장이 썩어서 흐르는 물)과 새 추깃

• 정약용(1762~1836): 조선 후기의 문신이자 학자. 호는 '다산', '여유당', '사암' 등. 22세 때 진사 시험에 합격한 후 정조의 총애를 받아 두루 관직을 거쳤으나, 정조가 죽고 난 후 경북 포항 장기, 전남 강진 등에서 약 17년간 유배 생활을 했다. 이 시절에 《경세유표》, 《목민심서》 등 많은 책을 저술했다.

물이 고여 흥건했다. 거기서 황하의 모래알보다 더 많은 구더기가 생겼고, 이 구더기에 날개가 돋쳐 사람들 집으로 날아든 것이다. 아아! 파리야. 그러니 네 어찌 우리 사람과 같은 무리가 아니겠느냐. 네 삶을 생각하니 눈물만 흐르는구나. 이제 음식을 마련해 너희를 청하니 서로 널리 알려서 먹도록 하라."

그러고는 파리를 위로하는 글을 지었다.

파리야, 날아와 밥상에 모여라. 수북한 쌀밥에 국도 간이 맞단다. 향기로운 술에 국수도 있으니 네 마른 목구멍도 축이고 타는 속도 풀어라.

파리야, 날아오너라. 훌쩍훌쩍 울지만 말고 네 부모와 아내, 자식까지 모두 데리고 와서 부족하나마 걱정 말고 마음껏 먹어라. 네 살던 옛집을 보니 쑥대만 우거지고 처마와 벽은 무너지고 문은 기울어졌다. 밤에는 박쥐가 날고 낮에는 여우가 운다. 네가 옛날 농사짓던 땅을 보니 기장만 우거졌구나. 올해는 비가 많이 내려 땅은 기름지지만 마을에는 사람이 아무도 없어 잡초만 우거지고 땅을 일구지도 못하는구나.

파리야, 날아와 이 기름진 고기에 붙어라. 살진 소 다리도 삶아 놓았고 초장에 파도 넣고 생선회도 마련했다. 네 굶주린 속을 채우고 얼굴을 활짝 펴라. 도마 위에는 남은 고기가 있으니 네 무리 불러 먹여라. 네 몸뚱이를 보니 언덕에 넘어져 풀숲에 나뒹굴고 있구나. 장맛비가 내리고 날이 더워지자 모두 변해서 꼬물꼬

물하더니 어지럽게 꿈틀거린다. 옆구리에서 구물거리며 나오더니 콧구멍에도 가득하다. 이어 허물을 벗고 탈바꿈해 날아가니 길가에는 시체만 뒹굴고 있어 길 가는 사람들이 모두 놀랐다. 그런데도 어린아이는 어미 가슴이라고 시체를 붙들고 젖을 빨고 있다. 마을 사람들이 시체를 묻지 않아 산에는 무덤이 없고, 구덩이에는 풀들만 우거져 있다. 이리가 와서 시체를 뜯어 먹으며 좋아 날뛰니 해골이 여기저기 뒹구는데 구멍이 송송했다. 너는 이미 파리가 되어 날아가고 번데기만 남겨놓았구나.

파리야, 날아서 마을로 들어가지 마라. 굶주린 사람을 가려내기 위해 구실아치가 붓을 들고 사람들 얼굴을 꼼꼼히 살피고 있단다. 대나무처럼 빽빽이 늘어선 사람들 가운데 그래도 한번 가려 뽑히면 다행히 물같이 허연 죽 한 모금 얻어 마시지만 그것으로 그만일 뿐이다. 돼지처럼 살진 건 호화스러운 구실아치들뿐이다. 그들은 한통속이 되어 공로를 상전에게 아뢰니 상전은 그들을 칭찬할 뿐 꾸짖지 않는다. 보리만 익으면 관청에서는 굶주린 사람을 돌보던 일을 그만두고 잔치를 베푼다. 북소리, 피리소리가 요란하고 아름다운 여자들이 춤을 추며 빙빙 돈다. 아리따운 모습으로 교태를 지으며 부채로 가리니, 비록 음식이 많더라도 너는 먹을 수가 없구나.

파리야, 날아서 관청으로는 들어가지 마라. 깃발과 창이 삼엄하게 늘어서 있구나. 돼지고기 국, 쇠고기 국이 넘쳐나고, 메추라기 구이와 붕어찜, 오리탕, 꽃무늬 아름답게 수놓은 약과 등을 가득 차리고 즐긴다. 그렇지만 부채를 부치니 너는 엿볼 수도 없구나. 구실아치가 부엌에 들어가 음식과 아궁이를 살피는데 냄비에 고기를 지지며 입으로 불을 분다. 계피물, 설탕물에 칭찬으로 떠들썩하다. 그러나 호랑이 같은 문지기가 굳게 버티고 서서 애처로운 부르짖음을 물리치면서 시끄럽다고 꾸짖는다. 원님은 조용히 앉아 음식을 먹으며 즐기고 있고 구실아치들은 술집에 앉아 제멋대로 판결한다. 그들은 고을이 편안하다고 보고하고 길거리에는 굶주린 사람이 없고 아무 걱정이 없다고들 한다.

파리야, 너의 넋이 되살아 돌아오려고 하지는 말아라. 오래도록 아무것도 알지 못하고 살아가는 너희 신세를 나는 오히려 축하한다. 너희는 죽었지만 재앙은 남아 살아 있는 형제들에게 미친단다. 유월인데 벌써 구실아치들은 세금을 재촉하며 문을 두드린다. 그들의 호령 소리가 사자의 울음소리 같아 산을 뒤흔든다. 가마솥도 빼앗고 송아지와 돼지도 끌어간다. 때로는 관청으로 끌고 가 볼기도 친다. 매를 맞고 돌아오면 힘이 없어 염병에 걸려서, 풀이 꺾여 쓰러지듯 고기가 익어 문드러지듯 죽어간다. 그렇지만 사람들은 이 세상 어디에도 딱한 사정을 알릴 데가 없고, 숨이 넘어갈 지경이라도 슬퍼할 수가 없다. 어진 사람들은 움츠리고 있고 뭇 소인배들이 날뛰니, 봉황은 입을 다물고 까마귀가 떠드는 셈이다.

파리야, 날아가려거든 북쪽으로 날아가거라. 북쪽 천 리를 날아 궁궐에 가서 네 속마음을 호소하고 그 깊은 슬픔을 알려라.

말을 하지 않으면 옳고 그름을 가릴 수 없단다. 네 호소가 우레 같이 울려 하늘을 감동시키면 곡식도 잘되어 굶주리는 백성들이 없을 것이다. 파리야, 그때 남쪽으로 날아오너라.

해설

이 글의 원래 제목은 '조승문(弔蠅文)'으로 파리를 애도하는 글이란 뜻이다. 이 글을 쓰기 전해인 1809년, 전라도 강진 지방은 극심한 가뭄으로 백성들이 굶어 죽어 시체가 길과 언덕을 덮었다고 한다.

시신이 썩어 구더기가 끓고, 구더기는 다시 파리로 변해 인가로 날아들었다. 귀양지에서 이러한 비참한 현실을 목격한 정약용은 이 파리들을 죽은 백성들의 화신으로 보고 제사 음식을 마련해 위로한다.

정약용은 파리에게 마을이나 관청으로 들어가지 말라고 한다. 그것은 '돼지처럼 살진 건 호화스러운 구실아치들뿐'이기 때문이다. 또한 다산은 사람들이 이 세상 어디에도 딱한 사정을 알릴 데가 없는 현실을 말하면서 북쪽으로 날아가 궁궐에 계신 임금에게 호소하고 알리라고 한다.

이는 당시 조선 사회의 구조적인 모순을 단적으로 보여주고 있는 것이다.

나를 지키는 집

—정약용

'수오재(守吾齋, 나를 지키는 집)'는 우리 큰형님이 계시는 집 이름이다. 처음에 나는 그 이름을 듣고 의문이 들었다.

'사물 가운데 나와 굳게 맺어져 떨어질 수 없는 것으로 나만한 것이 없다. 그러니 지키지 않는다고 내가 어디로 가겠는가? 참으로 이상한 이름이구나.'

내가 장기로 귀양을 온 다음에 홀로 거처하면서 그 이름을 곰곰이 생각해 보았다. 하루는 문득 떠오르는 것이 있어 일어나 혼자 중얼거렸다.

"세상의 만물 가운데 아무것도 지킬 필요가 없는데 오직 '나'만은 지켜야 한다. 누가 내 논밭을 가지고 달아나겠는가? 그러니 논밭은 지킬 필요가 없다. 누가 내 집을 가지고 달아나겠는가? 그러니 역시 집도 지킬 필요가 없다. 누가 내 집 뜰에 있는 꽃나무나 과실나무를 가져가겠는가? 그 나무뿌리는 땅에 깊이 박혀 있다. 누가 내 책을 훔쳐 가 없앨 수 있는가? 그 책들은 세상에 널리 전해져서 물과 불처럼 퍼져 있다. 그러니 그것을 누가 없애 버리겠는가? 또 누가 내 옷과 양식을 훔쳐 나를 가난하게 하겠는가? 지금 세상의 실과 곡식은 모두 내 옷감이며 양식이 될 수 있는 것들이다. 그러니 누가 훔쳐 간다 하더라도 그것은 한두 개에 불과할 것이고 세상의 모든 옷과 양식을 없애지는 못할 것이다. 그러므로 세상의 만물 가운데 지킬 것이 아무것도 없다.

그런데 '나'라는 것은 그 성질이 달아나기를 좋아해서 나고 드는 것이 일정하지가 않다. '나'는 나에게 아주 잘 붙어 있어 배신할 것 같지 않지만, 내가 조금만 느슨하게 하면 제 갈 곳으로 가버린다. 또 이익으로 꾀면 가버리고 불행으로 겁을 줘도 가버린다. 아름다운 음악 소리를 들어도 가버리고 아름다운 여인의 모습만 봐도 가버린다. 이렇게 해서 한번 가버리면 돌아올 줄을 모르고, 붙잡으려고 해도 말릴 수가 없다. 그러므로 세상에서 잃기 쉬운 것 가운데 '나'만 한 것이 없다고 하는 것이다. 그러니 실과 끈으로 매어 빗장을 걸고 자물쇠로 잠가서 굳게 지켜야 하지 않겠는가?"

나는 '나'를 게으르게 두었다가 '나'를 잃은 사람이다. 어렸을 때 과거 시험을 좋게 보아서 거기에 빠져들어 '나'를 잃고 10여 년을 보냈다. 그러다 처지가 바뀌어 벼슬길에 나아가 모자를 쓰고 비단옷을 입고 미친 듯이 대낮에 거리를 뛰어다닌 지가 12년이었다. 그러다가 또 상황이 바뀌어 일가붙이들과 헤어져 한강을 건너고 새재를 넘어 아득한 바닷가 대나무 숲에 와서야 멈추게 되었다. 이때 '나'는 비로소 땀을 흘리며 숨을 죽이고 아무런 마음의 여유도 갖지 못한 채 나를 따라 이곳에 오게 되었다. 내가 '나'에게 말했다.

"자네는 어쩌다가 여기 왔는가? 여우나 도깨비에게 홀려서 왔는가, 아니면 바다의 신령이 불러서 왔는가? 자네 집안과 일가붙이가 모두 초천에 있는데 왜 고향으로 돌아가지 않는가?"

그러나 '나'는 멍하니 움직이지 않고 돌아갈 줄을 몰랐다. 그 모습을 보니 얽매인 것이 있어서 돌아가고 싶어도 돌아가지 못하는 것 같았다. 그래서 나는 '나'를 붙잡아 함께 머물게 되었다. 이때 내 작은형님께서도 자신의 '나'를 잃고 남쪽 바닷가로 오셨는데, 역시 나처럼 자신의 '나'와 함께 머물게 되었다.

오직 내 큰형님만이 '나'를 잃지 않으시고 편안하고 단정하게 수오재에 앉아 계시는데, 그것은 본바탕을 지켜서 '나'를 잃지 않으셨기 때문이었다. 이것이 큰형님께서 그 집 이름을 그렇게 붙인 까닭일 것이다. 큰형님께서는 늘 이렇게 말씀하셨다.

"돌아가신 아버님께서는 내 이름을 태현(太玄, '아주 고요하다'라는 뜻)이라고 지어주셨어. 나는 내 이름에 담긴 뜻을 지키기 위해 집 이름을 수오재라고 했지."

그렇지만 큰형님의 이 말씀은 겸손에서 비롯된 것이다. 맹자에 이르기를, '무엇을 지키는 것이 중요한가? 자신의 몸을 지키는 것이 가장 중요하다.' 했는데 진실로 옳은 말씀이다. 나는 이에 이 말을 써서 형님께 알리고 나를 지킨다는 말의 의미를 적어둔다.

해설

이 글에서 말하는 '나를 지킨다는 것'은 무슨 뜻일까? 글쓴이는 큰형님이 집에다 '수오재'라는 이름을 붙인 것을 보고 의문을 품는다. 그것은 사물 가운데 나와 굳게 맺어져 떨어질 수 없는 것으로 나만 한 것이 없기 때문이다.

흔히 이것저것 지켜야 할 것이 많은 것 같지만, 정말 지켜야 할 것은 자기 자신이다. 하지만 '나'를 지킨다는 것이 쉬운 일은 아니며, 사람들은 보통 '나'를 잃고 방황하는 삶을 산다. 그렇기에 일찍이 맹자도 '무엇을 지키는 것이 중요한가? 자신의 몸을 지키는 것이 가장 중요하다.'라고 말한 것이 아니겠는가?

정약용은 귀양지에서 '나'를 잃고 방황했던 지난날을 돌아본다. 젊은 시절 과거 시험에 빠져들어 나를 잃고, 벼슬길에 나아가 나를 잃고, 그러다가 귀양지에 와서 '나를 지킨다'라는 말의 진정한 의미를 깨닫게 된다.

이 글의 본래 제목은 '수오재기'로《여유당전서》에 실려 있다.

글을 어떻게 쓸 것인가

—박지원

글을 어떻게 쓸 것인가?

사람들은 반드시 옛것을 따라야 한다고 말한다. 그래서 세상에는 마침내 옛것을 본떠 흉내 내면서도 부끄러워하지 않는 사람이 생겨났다. 이러하다면 왕망이 《주관》으로 예법과 음악을 만들 수 있고, 양화가 공자와 닮았다 하여 만세의 스승이 될 수 있다는 것이니, 어찌 옛것을 본뜨기만 할 것인가?

그러면 새롭게 창조하는 것이 옳겠는가? 그래서 세상에는 멋대로 이상야릇하고 헛된 글을 지으면서도 두려움을 모르는 사람이 생겨났다. 이는 세 발 길이의 나무가 중요한 법전보다 낫고• 이연년의 새로운 노래를 종묘에 올릴 수 있다는 것이니, 어찌 새롭게 창조하기만 할 것인가?

그렇다면 어떻게 글을 쓸 것인가? 내가 장차 어떻게 해야 한단 말인가? 글쓰기를 그만두어야 하는가?

• 이는 ~ 낫고: 진(秦)나라 효공 때 상앙이 법령을 시행하기에 앞서 도성 남문에 세 발 되는 장대를 세워놓고 그것을 북문에 옮겨놓는 자에게는 상금을 주겠다고 했다. 어떤 사람이 이를 옮기자 약속대로 상금을 주어 법치를 닦았다.

아! 옛것을 따라야 한다는 사람은 옛 자취에만 얽매이는 것이 탈이 되고, 새롭게 창조해야 한다는 사람은 떳떳하지 못한 것이 걱정거리가 된다. 그러니 진실로 옛것을 따르면서도 변화시킬 줄 알며 새롭게 창조하면서도 법도에 맞을 수 있게 한다면 지금의 글이 바로 옛날의 글이 되는 것이다.

옛사람 중에 글을 잘 읽은 사람이 있으니 공명선이 바로 그 사람이고, 옛사람 중에 글을 잘 지은 사람이 있으니 한신이 바로 그 사람이다. 왜 그러한가?

공명선이 증자에게 배우면서 3년 동안이나 글을 읽지 않았다. 증자가 그 까닭을 묻자 공명선이 대답했다.

"저는 스승님께서 집에 계실 때나 손님을 맞이하실 때나 조정에 계실 때를 보면서 배우고자 하였으나 아직 다 배우지 못했습니다. 제가 아무것도 배우지 못하면서 어찌 스승님의 문하에 있을 수 있겠습니까?"

한신이 강을 등지고 진을 치자 병법에 있지 않은 것이라 하여 여러 장수들이 따르려 하지 않았다. 그러자 한신이 말했다.

"강을 등지고 진을 치는 것은 병법에 있는 것인데 그대들이 자세히 살피지 못한 것이다. 병법에 이르기를 '죽을 자리에 놓인 뒤에라야 산다.'라고 하지 않았던가?"

그러므로 배우지 않은 것이 오히려 잘 배운 것이 되는 것은 혼자 살던 노나라 남자•에게서 볼 수 있고, 아궁이를 늘려 아궁이를 줄인 꾀•를 좇은 것은 변화시킬 줄 안 우승경에게서 볼 수 있다.

이로 살피건대, 하늘과 땅이 아무리 오래되어도 끊임없이 생명을 낳고, 해와 달이 아무리 오래되어도 빛이 나날이 새로우며, 책이 비록 많다지만 담고 있는 뜻이 모두 다르다. 그러므로 날고 헤엄치고 달리고 뛰는 짐승들 중에는 아직 이름이 알려지지 않은 것도 있고, 산과 들에 있는 풀과 나무 중에는 신비로운 것이 있어 썩은 흙에서 지초가 자라고 썩은 풀이 반딧불이로 변한다.

예법에 대해서도 말다툼이 있고, 음악에 대해서도 의견 다툼이 있다. 글은 글쓴이의 말을 다 드러내지 못하고, 그림도 화가의 뜻을 다 드러내지 못한다. 어진 사람은 도(道)를 일컬어 어짊이라고 하며, 슬기로운 사람은 도를 일컬어 슬기로움이라고 한다. 그러므로 먼 뒷날 지혜와 덕이 뛰어난 사람을 기다려 의아스러움이 없다고 한 것은 공자의 뜻이며, 순임금과 우임금이 다시 살아온다 해

• 노나라 남자: 노나라에 어떤 남자가 혼자 살고 있었는데, 이웃에 사는 과부가 밤중에 폭풍우로 집이 무너지자 그를 찾아와 하룻밤 재워줄 것을 청하는데 문을 잠그고 열어주지 않았다. 과부가 "당신은 어찌하여 유하혜처럼 하지 않소? 그는 성문이 닫힐 때 미처 들어오지 못한 여자를 몸으로 따뜻하게 녹여주었으나 사람들이 그를 음란하다고 하지 않았소." 하자, 그는 "유하혜는 그래도 되지만 나는 안 되오. 나는 장차 내가 해서는 안 되는 행동으로써 유하혜라면 해도 되는 행동을 배우려고 하오."라고 답했다. 이에 공자는 "유하혜를 배우고자 한 사람 중에 이보다 더 흡사한 사람은 아직 없었다. 최고의 선을 목표로 하면서도 그의 행동을 답습하지 않으니, 지혜롭다고 말할 수 있겠다."라고 칭찬했다.
• 아궁이를 ~ 꾀: 제나라 손빈이 위나라의 장수 방연과 싸울 때, 첫날에는 아궁이를 10만 개 만들었다가 이틀날에 5만 개로 줄이고 또 그 이틀날에 3만 개로 줄여 군사들이 겁먹고 도망친 것처럼 보이게 했다. 이에 방연이 방심하고 보병을 버려둔 채 기병만으로 추격을 하다 마릉에서 손빈의 복병을 만나자 자결했다. 후한 때의 장수 우승경이 북방의 오랑캐와 싸우면서 병력의 열세로 몰리게 되자 구원병이 온다는 거짓 소문을 내고는 아궁이의 수를 매일 늘려 구원병이 계속 늘어나는 것처럼 보이게 했다.

도 내 말을 바꾸지 않을 것이라고 한 것은 맹자의 말이다. 우임금과 후직, 안회의 법도는 한가지였다. 맹자는 너그럽지 못하고 공손하지 못한 것은 군자가 따르지 않는다고 말했다.

박제운은 스물세 살인데 문장이 뛰어나다. 호를 초정이라 하는데, 나를 따라 공부한 지 여러 해이다. 그는 진(秦)나라 이전과 양한(兩漢) 시대의 글을 좋아하면서도 형식에 얽매이지 않는다. 글을 쓰면서 낡은 형식에서 벗어나려 하다 보니 근거 없는 곳으로 흐르기도 하고, 주장을 하면서 너무 높게 뜻을 드러내다 보니 법도에서 벗어나기도 한다. 이는 명나라의 여러 작가들이 옛것을 본받아야 한다느니 새롭게 창조해야 한다느니 하면서 서로 헐뜯으며 자기주장만 내세우다가 모두 올바름을 얻지 못하고 함께 말세의 자질구레함에 떨어져 도(道)를 이루는 데 보탬이 되지 못하고 헛되이 풍속을 병들게 하고 교화를 해친 것과 마찬가지일 것이다. 내가 두려워하는 것이 바로 이것이다. 나는 새롭게 창조한다고 하면서 재주만 부리기보다는 차라리 옛것을 본받다가 부족한 것이 오히려 낫다고 생각한다.

내가 초정이 쓴 글을 읽으면서 공명선과 노나라 남자가 배움에 힘쓴 일을 말하고, 한신과 우승경이 기이한 재주를 드러낸 일을 보였다. 이는 옛것을 제대로 배우고 변화시킬 줄 알아야 한다는 것을 보여주는 것이다.

밤에 초정과 이런 이야기를 했다. 드디어 그 책의 첫머리에 이 이야기를 쓰고 학문에 힘쓰기를 권한다.

해설

박지원은 글쓰기의 방법으로 두 가지를 제시한다. 하나는 법고(法古), 곧 옛것을 따르는 것이고, 다른 하나는 창신(刱新), 곧 새롭게 창조하는 것이다. 법고를 주장하는 사람의 병폐는 옛 자취에만 얽매여 옛것을 본떠 흉내 내면서도 부끄러워하지 않는 것이고, 창신을 주장하는 사람의 병폐는 멋대로 이상야릇하고 헛된 글을 지으면서 떳떳하지 못한 것이다.

그럼 어떻게 글을 쓸 것인가? 박지원은 그것을 '법고창신'이라고 말한다. 즉 옛것을 따르면서도 변화시킬 줄 알고, 새롭게 창조하면서도 법도에 맞을 수 있게 하는 것이다.

그것은 한신과 우승경의 예를 통해 볼 수 있다. 한신이 조나라의 군사를 대적하면서 강을 뒤에 두고 진을 쳤다. 부하 장수들이 병법에 없는 것이라고 했지만, 한신은 결국 열 배가 넘는 조나라와 싸워 이겼다. 우승경은 병력의 열세로 불리해지자 아궁이를 계속 늘리면서 구원병이 오는 것처럼 적을 속여 적의 추격을 따돌리고 무사히 군사를 후퇴시킬 수 있었다. 그것은 제나라 손빈이 위나라 방연과 싸우면서, 손빈은 아궁이를 줄여 군사들이 도망친 것처럼 속여 방연을 방심시켜 죽인 전술을 변화시킨 것이다.

박지원은 법고와 창신 사이에서 이 둘의 중간을 말하고 있는 것이 아니다. 위에서 예를 든 한신과 우승경은 모두 옛것을 따르면서도 새롭게 변화시킬 줄 알았던 것이다. 법고와 창신, 그것을 지양하여 더 높은 차원으로 승화시키는 것, 그것이 박지원이 말하는 글쓰기의 방법이다.

국어시간에 옛글읽기

1판 1쇄 발행일 2020년 12월 23일

옮긴이 전국국어교사모임

발행인 김학원
발행처 (주)휴머니스트출판그룹
출판등록 제313-2007-000007호(2007년 1월 5일)
주소 (03991) 서울시 마포구 동교로23길 76(연남동)
전화 02-335-4422 **팩스** 02-334-3427
저자·독자 서비스 humanist@humanistbooks.com
홈페이지 www.humanistbooks.com
유튜브 youtube.com/user/humanistma **포스트** post.naver.com/hmcv
페이스북 facebook.com/hmcv2001 **인스타그램** @humanist_insta

편집책임 문성환 **편집** 김사라 **디자인** 이수빈
용지 화인페이퍼 **인쇄** 청아디앤피 **제본** 정민문화사

ISBN 979-11-6080-525-3 43810